我的文学白日梦

余　华
散文精选

余华 著

北京联合出版公司
Beijing United Publishing Co.,Ltd.

序

俞敏洪

"东方名家经典"系列中的散文精选集推出来了,我特别开心。开心,不仅因为这一想法的最初创意我积极参与了,而且我本人对于散文这种表达方式也情有独钟。同时,这一创意,也能够成为我和那些著名作家和散文家联结和交流的桥梁。

小说、诗歌、散文三种文体,我都很喜欢。高中之前读小说比较多,稚嫩的心灵需要故事的滋养,小说中的人物人格对读者品格和个性的塑造,常常会产生重大的影响,所以我们说:少不读水浒,老不读三国!从高中到大学,我更多地阅读诗歌,当然主要是现当代诗歌,不仅读,自己也学着写。二十世纪八十年代,诗歌的阅读和写作风靡全国,那种青年的朦胧情感和激情,需要从诗歌中汲取营养和寻找出口。当少年的幻想和青年的激荡开始退潮,我们开始面临的,是平凡的日常和绵延的岁月,这时候，我们的心灵，更加需要润物细无声的滋养。从大学毕业开始，阅读散文就成了我的习惯，并且一直持续到今天。

其实，我们从上学伊始，就一直在得到散文的滋养。十二年的中小学岁月，我们几乎每一个人，应该都或多或少背诵过一些散文，从古文的《爱莲说》《岳阳楼记》《醉翁亭记》，到现代散文《绿》《背影》《雪》，我们大部分人都耳熟能详。我们大部分人的表达能力和写作能力，也是从写作散文训练开始的。散文，尽管不如小说扣人心弦，也不如诗歌慷慨激昂，但却如涓涓细流，滋润心田。一盏茶、一杯酒，孤灯相伴，没有比反复阅读精美的散文更加能够让人心平气和的了。

散文读多了，我自己也尝试着写作。初中的时候我尝试写过小说，事实证明我的想象力太贫乏，根本成不了小说家。大学时候我尝试着写诗歌，希望通过诗歌打动心上人的芳心，结果芳心在读完我写的诗歌后瞬间枯萎。我终于发现我是一个从生活到情感都很朴素平凡的人，用朴素平凡的语言来记录自己的生活和思想，才是最适合的方式。创立新东方后，我一头扎进了新东方生死存亡的经营之中，有很长一段时间既不怎么阅读，也不怎么写作。等到终于意识到生命比生意更加重要，已经人到中年。终于重新拿起书，拿起笔，开始了只求意会的阅读和随心随意的记录。我一直认为，生命中的一些事情和情感，是需要记录的，而记录最好的方式，当然就是散文。记录，不是为了出版，不是为了宣传，而是为了自己，为了自己一生走来，能够回头去寻找过来的路径。这几年，我也出版了几本散文集，可惜由于文笔和思想欠佳，始终没有什么大气的文字出现。

每每当我阅读到优秀的散文时，我就爱不释手，到今天我还有意无意会去背诵一些特别优秀的散文段落。周围也总有朋友和家长问我，我们的孩子怎样找到优秀的散文阅读。这些询问，终于激发我产生了收集优秀的散文，并且结集出版的想法。新东方有自己的编辑队伍，现在又有了以东方甄选为主要平台的推广业务，很多现在在中国活跃的作家和散文家还和我有私交，有了这些条件，我觉得要是不做这件事情，都对不起自己。于是，我跟一些作家谈了我的想法，结果得到了他们的鼎力支持！

大部分作家都著作等身，我们从什么角度来选取作家的散文，变成一本精选集，就成了一个问题。最后，我们决定以"成长"为切入角度。我们希望，这套"东方名家散文选"，更多的是为青少年进行编辑，让青少年通过阅读这些名家散文和他们的成长回忆，得到启发和励志，帮助青少年更加美好地成长。通过阅读这些文字，这些著名的作家不再是一个个神一样的存在，而是还原成一个个有血有肉的人，有欢笑有眼泪，有成功也有失落。追寻这些优秀作家的成长脚步和他们对于人生的思考，我们不仅在品味他人的人生发展，更是在潜移默化地设计自己的人生之路。也许，在不知不觉之中，我们走上了一条更加明亮的发展道路。

在我们被忙忙碌碌的日常事务所淹没的今天，我们更加需要阅读来拯救自我的心灵。新东方在过去的几年中，一直在努力推广阅读。去年一年，在东方甄选、新东方直播间和我个人的平台上，销售出去的图书就超过五百万本。其中不光包含市面上一些耳熟能详的畅销品类，还有很多平时稍显冷门的纯文学类的甚至哲学类的图书。由此我们感受到，越来越多的读者正在回归阅读的本质，越发注重阅读带来的精神上和心灵上的愉悦与滋养。因此，我们新东方的这套散文集，也是本着这样一种使命感与责任感，精心梳理编辑，推给广大读者。

在这套散文集之后，我们还会陆续推出越来越多的好作家的好作品。我们希望自己能通过大众阅读与更多的人建立联结。去年一年，我还做了一件事，就是开了一家新书店，叫"新东方·阅读空间"。买书和读书这两件事，我自己一直没有中断过。现在，我又开始写书、做书和卖书。不过，这个阅读空间作为一个实体书店，我希望它不以卖书为主，而以阅读为主。

人生在世，总要做一些绝对不会后悔的事情，而阅读，就是你怎么做都不会后悔的事情，尤其是当你阅读的是文笔和内容俱佳的散文。

让我们一起打开"东方名家经典"，开启一次愉快的精神之旅吧。

目 录

上

文学青年的诞生

最初的岁月 / 003

医院里的童年 / 011

父子之战 / 018

麦田里 / 024

土地 / 027

包子和饺子 / 033

十九年前的一次高考 / 038

我的第一份工作 / 041

别人的城市 / 047

篮球场上踢足球 / 049

儿子的出生 / 052

可乐和酒 / 060

恐惧与成长 / 063

下

把写作作为方法

我最初的阅读与写作 / 071

一个记忆回来了 / 078

回忆十七年前 / 088

我的文学白日梦 / 094

我能否相信自己 / 097

我叙述中的障碍物 / 104

我的写作经历 / 116

长篇小说的写作 / 120

虚伪的作品 / 129

我们与他们 / 144

永远不要被自己更愿意相信的东西所影响 / 149

荒诞是什么 / 161

飞翔和变形 / 165

生与死，死而复生 / 176

一九八七年《收获》第五期 / 190
温暖和百感交集的旅程 / 195
川端康成和卡夫卡的遗产 / 206
语文和文学之间 / 211
我为何写作 / 242
网络与文学 / 246
文学和民族 / 252
没有一条道路是重复的 / 258
读拜伦一行诗,胜过读一百本文学杂志 / 261
歪曲生活的小说 / 271
我已经懂得如何尊重我笔下的人物 / 275
写作的乐趣 / 290

上
文学青年的诞生

最初的岁月

一九六〇年四月三日的中午，我出生在杭州的一家医院里，可能是妇幼保健医院，当时我母亲在浙江医院，我父亲在浙江省防疫站工作。有关我出生时的情景，父母没有对我讲述过，在我记忆中他们总是忙忙碌碌，每天都有做不完的事，我几乎没有见过他们有空余的时间坐在一起谈谈过去，或者谈谈我——他们的第二个儿子出生时的情景。我母亲曾经说起过我们在杭州时的生活片断，她都是带着回想的情绪去说，说我们住过的房子和周围的景色，这对我是很重要的记忆，我们在杭州曾经有过的短暂生活，在我童年和少年时期一直是想象中最为美好的部分。

我父亲在我一岁的时候，离开杭州来到一个叫海盐的县城，从而实现了他最大的愿望，成为了一名外科医生。父亲一辈子只念了六年书，三年是小学，另外三年是大学，中间的课程是他在部队里当卫生员时自学的，他在浙江医科大学专科毕业后，不想回到防疫站去，为了当一名外科医生，他先是到嘉兴，可是嘉兴方面让他去卫生学校当教务主任；所以他最后来到了一个更小的地方——海盐。

他给我母亲写了一封信，将海盐这个地方花言巧语了一番，于是我母亲放弃了在杭州的生活，带着我哥哥和我来到了海盐，母亲经常用一句话来概括她初到海盐时的感受，她说："连一辆自行车都看不到。"

我的记忆是从"连一辆自行车都看不到"的海盐开始的，我想起了石板铺成的大街，一条比胡同还要窄的大街，两旁是木头的电线杆，里面发出嗡嗡的声响。我父母所在的医院被一条河隔成了两半，住院部在河的南岸，门诊部和食堂在北岸，一座很窄的木桥将它们连接起来，如果有五六个人同时在上面走，木桥就会摇晃，而且桥面是用木板铺成的，中间有很大的缝隙，我甚至能一只脚掉下去，下面的河水使我很害怕。到了夏天，我父母的同事经常坐在木桥的栏杆上抽烟闲聊，我看到他们这样自如地坐在粗细不均，而且还时时摇晃的栏杆上，心里觉得他们实在是了不起。

我是一个很听话的孩子，我母亲经常这样告诉我，说我小时候不吵也不闹，让我干什么我就干什么，她每天早晨送我去幼儿园，到了晚上她来接我时，发现我还坐在早晨她离开时坐的位置上。我独自一人坐在那里，我的那些小伙伴都在一旁玩耍。

到了四岁的时候，我开始自己回家了，应该说是比我大两岁的哥哥带我回家，可是我哥哥经常玩忽职守，他带着我往家里走去时，会突然忘记我，自己一个人跑到什么地方去玩耍了，那时候我就会在原地站着等他，等上一段时间他还不回来，我只好一个人走回家去，我把回家的路分成两段来记住，第一段是一直往前走，走到医院；走到医院以后，我再去记住回家的路，那就是走进医院对面的一条胡同，然后沿着胡同走到底，就到家了。

接下来的记忆是在家中楼上，父母上班去后，就把我和哥哥锁在屋中，我们就经常扑在窗口，看着外面的景色。我们住在胡同底，其实就是乡间了，我们长时间地看着在田里耕作的农民，他们的孩子提着割草篮子在田埂上晃来晃去。到了傍晚，农民们收工时的情景是一天中最有意思的，先是一个人站在田埂上喊叫："收工啦！"然后在田里的人陆续走了上去，走上田埂以后，另外一些人也喊叫起收工的话，一般都是女人在喊叫。在一声起来、一声落下的喊叫里，我和哥哥看着他们扛着锄头，挑着空担子三三两两地走在田埂上。接下去女人们开始喊叫起她们的孩子了，那些提着篮子的孩子在田埂上跑了起来，我们经常看到中间有一两个孩子因为跑得太快而摔倒在地。

在我印象里，父母总是不在家，有时候是整个整个的晚上都只有我和哥哥两个人在家里，门被锁着，我们出不去，只好在屋里将椅子什么的搬来搬去，然后就是两个人打架，一打架我就吃亏，吃了亏就哭，我长时间地哭，等着父母回来，让他们惩罚哥哥。这是我最疲倦的时候，我哭得声音都沙哑后，父母还是没有回来，我就睡着了。

那时候我母亲经常在医院值夜班，她傍晚时回来一下，在医院食堂买了饭菜带回来让我们吃了以后，又匆匆地去上班了。我父亲有时是几天见不着，母亲说他在手术室给病人动手术。我父亲经常在我们睡着以后才回家，我们醒来之前又被叫走了。在我童年和少年时期，几乎每个晚上，我都会在睡梦里听到楼下有人喊叫："华医生，华医生……有急诊。"

我哥哥到了上学的年龄以后，就不能再把他锁在家里，我也因此得到了同样的解放。哥哥脖子上挂着一把钥匙，背着书包，带上我开始了上学的生涯。他上课时，我就在教室外一个人玩，他放学后就带着我回家。有几次他让我坐到课堂上去，和他坐在一把椅子上听老师讲课。有一次一个女老师走过来把他批评了一通，说下次不准带着弟弟来上课，我当时很害怕，他却是若无其事。过了几天，他又要把我带到课堂上去，我坚决不去，我心里一想到那个女老师就怎么也不敢再去了。

我在念小学时，我的一些同学都说医院里的气味难闻，我和他们不一样，我喜欢闻酒精和福尔马林的气味。我从小是在医院的环境里长大的，习惯那里的气息，我的父母和他们的同事在下班时都要用酒精擦手，我也学会了用酒精洗手。

那时候我一放学就是去医院，在医院的各个角落游来荡去的，一直到吃饭。我对从手术室里提出来的一桶一桶血肉模糊的东西已经习以为常了，我父亲当时给我最突出的印象，就是他从手术室里出来时的模样,他的胸前是斑斑的血迹,口罩挂在耳朵上,边走过来边脱下沾满鲜血的手术手套。

我读小学四年级时,我们干脆搬到医院里住了,我家对面就是太平间,差不多隔几个晚上就会听到凄惨的哭声。那几年里我听够了哭喊的声音,各种不同的哭声,男的,女的,老的,少的,我都听了不少。

最多的时候一个晚上能听到两三次,我常常在睡梦里被吵醒;有时在白天也能看到死者亲属在太平间门口号啕大哭的情景,我搬一把小凳坐在自己门口,看着他们一边哭一边互相安慰。有几次因为好奇我还走过去看看死人,遗憾的是我没有看到过死人的脸,我看到的都是被一块布盖住的死人,只有一次我看到了一只露出来的手,那手很瘦,微微弯曲着,看上去灰白,还有些发青。

应该说我小时候不怕看到死人,对太平间也没有丝毫恐惧,到了夏天最为炎热的时候,我喜欢一个人待在太平间里,那用水泥砌成的床非常凉快。在我记忆中的太平间总是一尘不染,四周是很高的树木,里面有一扇气窗永远打开着,在夏天时,外面的树枝和树叶会从那里伸进来。

当时我唯一的恐惧是在黑夜里,看到月光照耀中的树梢,尖细的树梢在月光里闪闪发亮,伸向空中,这情景每次都让我发抖,我也不知道是什么原因,总之我一看到它就害怕。

我小学毕业的那一年,应该是1973年,县里的图书馆重新对外开放，父亲为我和哥哥弄了一张借书证，从那时起我开始喜欢阅读小说了，尤其是长篇小说。我把那个时代能看到的所有的作品几乎都读了一遍，浩然的《艳阳天》《金光大道》，还有《牛田洋》《虹南作战史》《新桥》《矿山风云》《飞雪迎春》《闪闪的红星》……当时我最喜欢的书是《闪闪的红星》，然后是《矿山风云》。

在阅读这些枯燥乏味的书籍的同时，我迷恋上了街道上的大字报，那时候我已经在念中学了，每天放学回家的路上，我都要在那些大字报前消磨一个来小时。到了七十年代中期，所有的大字报说穿了都是人身攻击，我看着这些我都认识都知道的人，怎样用恶毒的语言互相谩骂，互相造谣中伤对方。有追根寻源挖祖坟的，也有编造色情故事的，同时还会配上漫画，漫画的内容就更加广泛了，什么都有，甚至连交媾的动作都会画出来。

在大字报的时代，人的想象力被最大限度地发掘了出来，文学的一切手段都得到了发挥，什么虚构、夸张、比喻、讽刺……应有尽有。这是我最早接触到的文学，在大街上，在越贴越厚的大字报前，我开始喜欢文学了。

当我真正开始写作时，我是一名牙医了。我中学毕业以后，进入了镇上的卫生院，当起了牙科医生，我的同学都进了工厂，我没进工厂进了卫生院，完全是我父亲一手安排的，他希望我也一辈子从医。

后来，我在卫生学校学习了一年，这一年使我极其难受，尤其是生理课，肌肉、神经、器官的位置都得背诵下来，过于呆板的学习让我对自己从事的工作开始反感。我喜欢的是比较自由的工作，可以有想象力，可以发挥，可以随心所欲。可是当一名医生——严格说我从来没有成为过真正的医生，就是有职称的医生——当医生只能一是一、二是二，没法把心脏想象得在大腿里面，也不能将牙齿和脚趾混同起来，这种工作太严格了，我觉得自己不适合。

还有一点就是我难以适应每天八小时的工作，准时上班，准时下班，这太难受了。所以我最早从事写作时的动机，很大程度上是为了摆脱自己所处的环境。那时候我最大的愿望就是能够进入县文化馆，我看到文化馆的人大多懒懒散散，觉得他们的工作对我倒是很合适的。于是我开始写作了，而且很勤奋。

写作使我干了五年的牙医以后，如愿以偿地进入了县文化馆。后来的一切变化都和写作有关，包括我离开海盐到了嘉兴，又离开嘉兴来到北京。

如今虽然我人离开了海盐，但我的写作不会离开那里。我在海盐生活了差不多有三十年，我熟悉那里的一切，在我成长的时候，我也看到了街道的成长、河流的成长。那里的每个角落我都能在脑子里找到，那里的方言在我自言自语时会脱口而出。我过去的灵感都来自那里，今后的灵感也会从那里产生。

现在，我在北京的寓所里，根据中国社会科学出版社的要求写这篇自传时，想起了几年前的一件事，那时我刚到县文化馆工作，我去杭州参加一个文学笔会期间，曾经去看望黄源老先生，当时年近八十的黄老先生知道他家乡海盐出了一个写小说的年轻作家后，曾给我来过一封信，对我进行了一番鼓励，并要我去杭州时别忘了去看望他。

我如约前往。黄老先生很高兴，他问我家住在海盐什么地方？我告诉他住在医院宿舍里。他问我医院在哪里？我说在电影院西边。他又问电影院在哪里？我说在海盐中学旁边。他问海盐中学又在哪里？

我们两个人这样的对话进行了很久，他说了一些地名我也不知道，直到我起身告辞时，还是没有找到一个双方都知道的地名。同样一个海盐，在黄源老先生那里，和在我这里成了两个完全不同的记忆。

我在想，再过四十年，如果有一个从海盐来的年轻人，和我坐在一起谈论海盐时，也会出现这样的情况。

一九九四年五月

医院里的童年

我童年的岁月在医院里。我的父亲是一位外科医生，母亲是内科医生。我没有见到过我的祖父和祖母，他们在我出生前就去世了，而我的外公和外婆则居住在另外的城市。在我的记忆里，外婆从来没有来过我们的县城，只有外公隔上一两年来看望我们一次。我们这一代人有一点比较类似，那就是父母都在忙工作，而祖辈们则在家清闲着，于是他们理所当然地照看起了孩子，可是我没有这样的经历。对我来说，外公和外婆的存在，主要是每个月初父母领工资时，母亲都要父亲给外公他们寄一笔钱。这时候我才会提醒自己：我还有外公和外婆，他们住在绍兴。

与我的很多同龄人不一样，我和哥哥没有拉着祖辈们的衣角成长，而是在医院里到处乱窜，于是我喜欢上了病区走廊上的来苏尔的气味，而且学会了用酒精棉球擦洗自己的手。我经常看到父亲手术服上沾满血迹地走过来，对我看上一眼，又匆匆走去，繁忙的工作使他都不愿意站住脚和我说上一两句话。这方面我母亲要好些，当我从她的内科门诊室前走过时，有时候她会叫住我，没有病人的时候我还可以在她身边坐上一会儿。

那时候我还没有上小学，我记得一座木桥将我父母工作的医院隔成两半，河的南岸是住院部，门诊部在河的北岸，医院的食堂和门诊在一起。夏天的傍晚，我父亲和他的同事们有时会坐在桥栏上聊天。那是一座有人走过来就会微微晃动的木桥，我看着父亲的身体也在晃动，这情景曾经让我胆战心惊，不过夏季时晚霞让河水泛红的景色至今令我难忘。我记得自己经常站在那里，双手抓住桥栏看着下面流动的河水，我在河水里看到了天空如何从明亮走向黑暗的历程。

我清楚地记得有一天我父亲上班时让我跟在他的身后，他在前面大步流星地走着，而我必须用跑步的速度才能跟上他。到了医院的门诊部，他借了医院里唯一的一辆自行车，让我坐在前面，他骑着自行车穿过木桥，在住院部转了一圈，又从木桥上回到了门诊部，将车送还以后，他就走进了手术室，而我继续着日复一日的在医院里的游荡生活。

这是我童年里为数不多的奢侈的享受，原因是有一次我吃惊地看到父亲骑着自行车出现在街上，我的哥哥就坐在后座上，这情景使我伤心欲绝，我感到自己被抛弃了，是被幸福抛弃。我不知道自己流出了多少眼泪，提出了多少次的请求，最后又不知道等待了多少日子，才终于获得那美好的时刻。当自行车从桥上的木板驶过去时，发出了嘎吱嘎吱的响声，这响声让我回味无穷，能让我从梦中笑醒。

在医院游荡的时候，我和我的哥哥经常在手术室外活动，因为那里有一块很大的空地，阳光灿烂的时候总是晾满了床单，我们喜欢在床单之间奔跑，让潮湿的床单打在我们脸上。这也是我童年经常见到血的时候，我父亲每次从手术室出来时，身上都是血迹斑斑，即使是口罩和手术帽也都难以幸免。而且手术室的护士几乎每天都会从里面提出一桶桶血肉模糊的东西，将它们倒进不远处的厕所里。

有一次我们偷了手术室的记事本，那是一本硬皮的记事本，我们并不知道它的重要，只是因为喜欢它坚硬的封皮，就据为己有。那时候的人生阅历已经让我们明白不能将它拿回家，于是我们在手术室外撬开了一块铺地砖，将记事本藏在了下面。结果引起了手术室一片混乱，他们在一夜之间失去了一年的记录，有几天他们翻箱倒柜地寻找，我哥哥也加入了进去，装模作样地和他们一起寻找。我哥哥积极的表现毫无用处，当他们意识到无法找回记事本时，就自然地怀疑起整日在那里游手好闲的我们。

于是审问开始了，他们先从我哥哥那里下手，我哥哥那时候已经知道问题有多么严重了，所以他坚决否认，一副宁死不屈的模样。接下来就轮到我了，他们叫来了我们的母亲，让她坐在我的身边，手术室的护士长说几句话就会去看我的母亲，我母亲也就跟着她的意思说。有几次我差点要招供了，因为那个平时很少理睬我们的护士长把我捧上了天,她说我聪明、懂事、听话、漂亮,凡是她想起来的赞美之词全部用上了,我从来没有一下子听到这么多甜蜜的恭维,我被感动得眼泪汪汪,而且我母亲的神态似乎也在鼓励我说出真相。如果不是我哥哥站在一旁凶狠地看着我,我肯定抵挡不住了,我实在是害怕哥哥对我秋后算账。

后来,他们很快忘记了那个记事本,即使是我们这两个小偷也忘记了它,我想它很可能在那块正方的地砖下面腐烂了,融入泥土之中。当那个护士长无可奈何地站起来时,我看到自己的母亲松了一口气,这情景时隔三十多年以后,在我眼前依然栩栩如生。

"文革"开始后,手术室外面的空地上搭起了一个礼堂一样大的草棚,医院所有的批斗会都在草棚里进行,可是这草棚搭起来没多久,就被我们放了一把火烧掉了。我们在草棚旁玩消防队救火的游戏,我哥哥划一根火柴点燃草棚的稻草,我立刻用尿将火冲灭。可是我们忘记了自己的尿无法和消防队的水龙头相比,它可以源源不断,而我们的尿却无法接二连三。当我哥哥第二次将草棚点燃,吼叫着让我快撒尿时,我只能对他苦笑了。

星星之火,可以燎原。当火势熊熊而起时,我哥哥拔腿就跑,我却站在那里不知所措。我看着医院里的人纷纷跑了出来,我父亲提着一桶水冲在最前面,我立刻跑过去对父亲说:这火是哥哥放的。

我意思是想说这火不是我放的,我的声音十分响亮,在场的人都听到了。当时父亲只是嗯了一声，随后就从我身旁跑了过去。后来我才知道当初的那句话对父亲意味着什么，那时候他正在被批斗，好不容易遇上一个救火当英雄的机会，结果一个浑小子迎上去拦住他，说了这么一句足可以使他萌生死意的话。

母亲将我和我哥哥寄住到他们的一位同事家中，我们在别人的家中生活了近一个月。其间父亲历尽磨难，就是在城里电影院开的批斗会上，他不知道痛哭流涕了多少次，他像祥林嫂似的不断表白自己，希望别人能够相信他，我们放的那把火不是他指使的。

一个月以后，母亲将我们带回家。一进家门，我们看到父亲穿着衣服躺在床上，母亲让我们坐在自己床上，然后走过去对父亲说：他们来了。父亲答应了一声后，坐起来，下了床，他提着一把扫帚走到我们面前，先让我哥哥脱了裤子扑在床上，然后是我。我父亲用扫把将我们的屁股揍得像天上的彩虹一样五颜六色，使我们很长时间都没法在椅子上坐下来。

从此，我和我哥哥名声显赫起来，县城里几乎所有的孩子都知道向阳弄里住着两个纵火犯。而且我们的形象上了大字报，以此告诫孩子们不要玩火。我看到过大字报上的漫画，我知道那个年龄小的就是我，我被画得极其丑陋，当时我不知道漫画和真人不一样，我以为自己真的就是那么一副嘴脸，使我在很长时间里都深感自卑。

我读小学以后，我们家搬进了医院的宿舍楼，宿舍就建立在我们的纵火之地,当时手术室已经搬走,原先的平房改成了医院总务处和供血室,同时又在我家对面盖了一幢小房子,将它作为太平间,和厕所为邻。

后来的日子,我几乎是在哭泣声中成长。那些因病逝去的人,在他们的身体被火化之前,都会在我窗户对面的太平间里躺上一晚,就像漫漫旅途中的客栈,太平间以无声的姿态接待了那些由生向死的匆匆过客,而死者亲属的哭叫声只有他们自己可以听到。

当然我也听到了。我在无数个夜晚里突然醒来,聆听那些失去亲人以后的悲痛之声。居住在医院宿舍的那十年里,可以说我听到了这个世界上最为丰富的哭声,什么样的声音都有,到后来让我感到那已经不是哭声,尤其是黎明来临时,哭泣者的声音显得漫长持久,而且感动人心。我觉得哭声里充满了难以言传的亲切,那种疼痛无比的亲切。有一段时间,我曾经认为这是世界上最为动人的歌谣。

就是那时候我发现,很多人都是在黑夜里逝去的。白天的时候,我上厕所经常从太平间的门口走过,我看到里面只有一张水泥床,显得干净整洁。有时候我会站在自己的窗口,看着对面那一间有些神秘的小屋,它在几棵茂盛的大树下。

那时夏天的炎热难以忍受,我经常在午睡醒来时,看到草席上汗水浸出来的自己的体形,有时汗水都能将自己的皮肤泡白了。于是有一次我走进了对面的太平间,我第一次发现太平间里极其凉爽，我在那张干净的水泥床上躺了下来。在那个炎热的中午，我感受的却是无比的清凉，它对于我不是死亡，而是幸福和美好的生活。后来，我读到了海涅的诗句，他说："死亡是凉爽的夜晚。"

长大成人以后，我读到过很多回忆录，我注意到很多人的童年都是在祖父或者外婆们的身旁度过的，而我全部的童年都在医院里，我感到医院养育和教导了我，它就是我出生前已经逝去的祖父和祖母，就是我那在"文革"中逝去的外公，就是十来年前逝去的外婆。如今，那座医院也已经面目全非，我童年的医院也已经逝去了。

一九九八年五月二十六日

父子之战

　　我对我儿子最早的惩罚是提高自己的声音,那时他还不满两岁,当他意识到我不是在说话,而是在喊叫时,他就明白自己处于不利的位置了,于是睁大了惊恐的眼睛,仔细观察着我进一步的行为。当他过了两岁以后,我的喊叫渐渐失去了作用,他最多只是吓一跳,随即就若无其事了。我开始增加惩罚的筹码,将他抱进了卫生间,狭小的空间使他害怕,他会在卫生间里"哇哇"大哭,然后就是不断地认错。这样的惩罚没有持续多久,他就习惯卫生间的环境了,他不再哭叫,而是在里面唱起了歌,他卖力地向我传达这样的信号——"我在这里很快乐"。接下去我只能将他抱到了屋外,当门一下子被关上后,他发现自己面对的空间不是太小,而是太大时,他重新唤醒了自己的惊恐,他的反应就像是刚进卫生间时那样,号啕大哭。可是随着抱他到屋外次数的增加,他的哭声也消失了,他学会了如何让自己安安静静地坐在楼梯上，这样反而让我惊恐不安，他的无声无息使我不知道外面发生了什么，我开始担心他会出事，于是我只能立刻终止自己的惩罚，开门请他回来。当我儿子接近四岁的时候，他知道反抗了，有几次我刚把他抱到门外，他下地之后以难以置信的速度跑回了屋内，并且关上了门。他把我关到了屋外。现在，他已经五岁了，而我对他的惩罚黔驴技穷以后，只能启动最原始的程序，动手揍他了。就在昨天，当他意识到我可能要惩罚他时，他像一个小无赖一样在房间里走来走去，高声说着："爸爸，我等着你来揍我！"

我注意到我儿子现在对付我的手段，很像我小时候对付自己的父亲。儿子总是不断地学会如何更有效地去对付父亲，让父亲越来越感到自己无可奈何；让父亲意识到自己的胜利其实是短暂的，而失败才是持久的；儿子瓦解父亲惩罚的过程，其实也在瓦解着父亲的权威。人生就像是战争，即便父子之间也同样如此。当儿子长大成人时，父子之战才有可能结束。不过另一场战争开始了，当上了父亲的儿子将会去品尝作为父亲的不断失败，而且是漫长的失败。

我不知道自己五岁以前是如何与父亲作战的，我的记忆省略了那时候的所有战役。我记得最早的成功例子是装病，那时候我已经上小学了，我意识到父亲和我之间的美妙关系，也就是说父亲是我的亲人，即便我伤天害理，他也不会置我于死地。我最早的装病是从一个愚蠢的想法开始的，现在我已经忘记了究竟是什么原因促使我装病，我所能记得的是自己假装发烧了，而且这样去告诉父亲，父亲听完我对自己疾病的陈述后，第一个反应——几乎是不假思索的反应就是将他的手伸过来，贴在了我的额头上。那时我才想起来自己犯了一个致命的错误，我竟然忘记了父亲是医生，我心想完蛋了，我不仅逃脱不了前面的惩罚，还将面对新的惩罚。幸运的是我竟然蒙混过关了，当我父亲洞察秋毫的手意识到我什么病都没有的时候，他没有去想我是否在欺骗他，而是对我整天不活动表示了极大的不满，他怒气冲冲地训斥我，警告我不能整天在家里坐着或者躺着，应该到外面去跑一跑，哪怕是晒一晒太阳也好。接下去他明确告诉我，我什么病都没有，我的病是我不爱活动，然后他让我出门去，爱干什么就干什么，两个小时以后再回来。我父亲的怒气因为对我身体的关心一下子转移了方向，使他忘记了我刚才的过错和他正在进行中的惩罚，突然给予了我一个无罪释放的最终决定。我立刻逃之夭夭，然后在一个很远的安全之处站住脚，满头大汗地思索着刚才的阴差阳错，思索的结果是以后不管出现什么危急的情况，我也不能假装发烧了。

于是，我有关疾病的表演深入到了身体内部，在那么一两年的时间里，我经常假装肚子疼，这确实起到了作用。由于我小时候对食物过于挑剔，所以我经常便秘，这在很大程度上为我的肚子疼找到了借口。每当我做错了什么事，我意识到父亲的脸正在沉下来的时候，我的肚子就会疼起来。刚开始的时候我还能体会到自己是在装疼，后来竟然变成了条件反射，只要父亲一生气，我的肚子立刻会疼，连我自己都分不清是真是假。不过这对我来说已经不重要了，重要的是我父亲的反应，那时候我父亲的生气总会一下子转移到我对食物的选择上来，警告我如果继续这样什么都不爱吃的话，我面临的就不仅仅是便秘了，就连身体和大脑的成长都会深受其害。又是对我身体的关心使他忘记了应该对我做出的惩罚，尽管他显得更加气愤，可是这类气愤由于性质的改变，我能够十分轻松地去承受。

这似乎是父子之战时永恒的主题，父与子之间存在着的那一层隐秘的和不可分割的关系，那种仿佛是抽刀断水水更流的关系，其实是父子间真正的基础，就像是河流里的河床那样，不会改变。很多年过去了，当我开始写作以后，我父亲对我写下的每一篇故事，都会反复地阅读，这几乎是他一生里最为认真的阅读经历了。当我出版一部新作，给他寄出后，他就会连续半个月天天去医院的传达室等候我的书，而且几乎每天都给我打电话，对我的书迟迟未到显得急躁不安。我父亲这样的情感其实在我小时候就已经充分显露了，从而使我经常可以逃脱他的惩罚。

我装病的伎俩逐渐变本加厉，到后来不再是为了逃脱父亲的惩罚，而且为摆脱扫地或者拖地板这样的家务活而装病了。有一次我弄巧成拙了，当我声称自己肚子疼的时候，我父亲的手摸到了我的右下腹，他问我是不是这个地方，我连连点头，然后父亲又问我是不是胸口先疼，我仍然点头，接下去父亲完全是按照阑尾炎的病状询问我，而我一律点头。其实那时候我自己也弄不清是真疼还是假疼了，只是觉得父亲有力的手压到哪里，哪里就疼。然后，在这一天的晚上，我躺到了医院的手术台上，两个护士将我的手脚绑在了手术台上。当时我心里充满了迷惘，父亲坚定的神态使我觉得自己可能是阑尾炎发作了，可是我又想到自己最开始只是假装疼痛而已，尽管后来父亲的手压上来的时候真的有点疼痛。我的脑子转来转去，不知道如何去应付接下去将要发生的事，我记得自己十分软弱地说了一声：我现在不疼了。我希望他们会放弃已经准备就绪的手术，可是他们谁都没有理睬我。那时候我母亲是手术室的护士长，我记得她将一块布盖在了我的脸上，在我嘴的地方有一个口子，然后发苦的粉末倒进了我的嘴里，没多久我就什么都不知道了。

等到我醒来的时候，我已经睡在家里的床上了，我感到哥哥的头钻进了我的被窝，又立刻缩了出去，连声喊叫着："他放屁啦，臭死啦。"然后我看到父母站在床前，他们因为我哥哥刚才的喊叫而笑了起来。就这样，我的阑尾被割掉了，而且当我还没有从麻醉里醒来时，我就已经放屁了，这意味着手术很成功，我很快就会康复。很多年以后，我曾经询问过父亲，他打开我的肚子后看到的阑尾是不是应该切掉。我父亲告诉我应该切掉，因为我当时的阑尾有点红肿。我心想"有点红肿"是什么意思，尽管父亲承认吃药也能够治好这"有点红肿"，可他坚持认为手术是我坚信不同的题材应该有不同的表达方式,所以我的叙述风格总会出现变化。我深感幸运的是,总是有人理解我的不断变化。

那些轻易发表看法的人，很可能经常将别人的知识误解成是自己的，将过去的知识误解成未来的。

最为正确的方案。因为对那个时代的外科医生来说，不仅是"有点红肿"的阑尾应该切掉，就是完全健康的阑尾也不应该保留。我的看法和父亲不一样，我认为这是自食其果。

一九九九年一月三十一日

麦田里

我在南方长大成人，一年四季、一日三餐的食物都是大米，由于很少吃包子和饺子，这类食物就经常和节日有点关系了。小时候，当我看到当外科医生的父亲手里提着一块猪肉，捧着一袋面粉走回家来时，我就知道这一天是什么日子了。我小时候有很多节日，五月一日是劳动节，六月一日是儿童节，七月一日是共产党的生日，八月一日是国家军队的生日，十月一日是中华人民共和国的生日，还有元旦和春节，因为我父亲是北方人，这些日子我就能吃到包子或者饺子。

那时候我家在一个名叫武原的小镇上，我在窗前可以看到一片片的稻田，同时也能够看到一小片的麦田，它在稻田的包围中。这是我小时候见到的绝无仅有的一片麦田，也是我最热爱的地方。我曾经在这片麦田的中央做过一张床，是将正在生长中的麦子踩倒后做成的，夏天的时候我时常独自一人躺在那里。我没有在稻田的中央做一张床，是因为稻田里有水，就是没有水也是泥泞不堪，而麦田的地上总是干的。

那地方同时也成了我躲避父亲追打的乐园，不知为何我经常在午饭前让父亲生气，当我看到他举起拳头时，立刻夺门而逃，跑到了我的麦田，躺在麦子之上，忍受着饥饿去想象那些美味无比的包子和饺子，那些咬一口就会流出肉汁的包子和饺子，它们就是我身旁的麦子做成的。这些我平时很少能够吃到的，在我饥饿时的想象里成了信手拈来的食物。而对不远处的稻田里的稻子，我知道它们会成为热气腾腾的米饭，可是虽然我饥肠辘辘，对它们仍然不屑一顾。

我一直那么躺着，并且会进入梦乡，等我睡一觉醒来时，经常是傍晚了，我就会听到父亲的喊叫，父亲到处在寻找我，他喊叫的声音随着天色逐渐暗淡下来变得越来越焦急。这时候我才偷偷爬出麦田，站在田埂上放声大哭，让父亲听到我和看到我，然后等父亲走到我身旁，我确定他不再生气后，我就会伤心欲绝地提出要求，我说我不想吃米饭，我想吃包子。

父亲每一次都满足了我的要求，他会让我爬到他的背上，让我把眼泪流在他的脖子上，当饥饿使我胃里有一种空洞的疼痛时，父亲将我背到了镇上的点心店，使我饱尝了包子或者饺子的美味。

后来父亲发现了我的藏身之处。那一次还没有到傍晚，他在田间的小路上走来走去，怒气冲冲地喊叫着我的名字，威胁着我，说如果我再不出去的话，他就会永远不让我回家。当时我就躺在麦田里，我一点都不害怕，我知道父亲不会发现我。虽然他那时候怒气十足，可是等到天色黑下来以后，他就会怒气全消，就会焦急不安，然后就会让我去吃上一顿包子。

　　让我倒霉的是，一个农民从我父亲身旁走过去了，他在田埂上看到麦田里有一块麦子倒下了，于是嘴里抱怨麦田里的麦子被一个王八蛋给踩倒了，他骂骂咧咧地走过去，他的话提醒了我的父亲，这位外科医生立刻知道他的儿子身藏何处了。于是我被父亲从麦田里揪了出来，那时候还是下午，天还没有黑，我父亲也还怒火未消，所以那一次我没有像往常那样因祸得福地饱尝了一顿包子，而是饱尝了皮肉之苦。

一九九八年二月二十三日

土地

我觉得土地是一个充实的令人感激的形象，比如是一个祖父，是我们的老爷子。这个历尽沧桑的老人懂得真正的沉默，任何惊喜和忧伤都不会打动他。他知道一切，可是他什么都不说，只是看着，看着日出和日落，看着四季的转换，看着我们的出生和死去。我们之间的相爱和钩心斗角，对他来说都是一回事。

大约是在四五岁的时候，我离开了杭州，跟随父母来到一个名叫海盐的小县城。我在一条弄堂的底端一住就是十多年，县城弄堂的末尾事实上就是农村了。我的童年和少年时期，在那块有着很多池塘、春天开放着油菜花、夏天里满是蛙声的土地上，干了很多神秘的、已经让我想不起来的坏事，偶尔也做过一些好事。

回忆使我看到了过去的炊烟，从农舍的屋顶出发，缓慢地汇入到傍晚宁静的霞光里。田野在细雨中的影像最为感人，那时候它不再空旷，弥漫开来的雾气不知为何让人十分温暖。我特别喜欢黄昏收工时农民的吆喝，几头被迫离开池塘的水牛，走上了狭窄的田埂。还有来自蔬菜地的淡淡的粪味，这南方农村潮湿的气息，对我来说就是土地的清香。

这就是土地给予我，一个孩子，最初的礼物。它向我敞开胸膛，让我在上面游荡时感到踏实，感到它时刻都在支撑着我。

我童年伙伴里有许多农村孩子，他们最突出的形象是挎着割草篮子在田野里奔跑，而我那时候是房屋的囚徒。父母去上班以后，就把我和哥哥反锁在屋里，我们只能羡慕地趴在楼上的窗口，眺望那些在土地上施展自由的孩子，他们时常跑到楼下来和我们对话，他们最关心的是在楼上究竟能望多远，我哥哥那时已经懂得如何炫耀自己，他告诉他们能望到大海。那些楼下的孩子个个目瞪口呆，谎言使我哥哥体会到了自己的优越。然而当他们离去时，他们黝黑的身体在夏天的阳光里摇摇晃晃，嫉妒就笼罩了哥哥和我。那些农村孩子赤裸的脚和土地是那么和谐。

后来我到了上学的年龄，就开始有机会和他们一起玩耍。那时候的农民都没有锁门的习惯，他们的孩子成为我的朋友以后，我就可以大模大样地在他们的屋子里走进走出，屋中有没有人对我来说无所谓。我可以随便揭开他们的锅盖，看看里面有没有年糕之类的食物，或者在某个角落拿一个西红柿什么的。当然更多的时候我是挎着一个割草篮子，追随着他们。他们中间有一个年龄稍大的，好像比我哥哥大一岁，他叫什么名字我已经忘了，只记得他很会吹牛。我印象最深的一次，是他说他父母结婚时，他吃了满满一篮子糖果。当时我们几个年龄小的，都被他骗得瞪目结舌。后来是几个年龄大的孩子揭穿了他，向他指出那时候他还没有出生呢，他只是嘿嘿一笑，一点也不惭愧。这个家伙有一次穿着一条花短裤，那色彩和条纹和我母亲当时的一条短裤一模一样，当我正要这样告诉他时，哥哥捂住了我的嘴，比我大两岁的哥哥已经知道我要说什么，过了一会儿他悄悄告诉我，如果我刚才说出那句话，他们就会说我母亲的下流话，当时我心里是一阵阵地紧张。

那个爱吹牛的孩子很早就死去了，是被他父亲一拳打死的。当时他正靠墙站着，他父亲一拳打在他的脖子上，打断了颈动脉。当场就死了。这事在当时很出名，我父亲说他如果不是靠墙站着，就不会死去，因为他在空地上摔倒时会缓冲一下。父亲的话对我很起作用，此后每当父亲发怒时，我赶紧站到屋子中央，免得也被一拳打死。他家弟兄姐妹有六个，他排行第四。所以他死后，他的家人也不是十分悲伤，他们更多的是感叹他父亲的倒霉，他父亲为此蹲了两年的监狱。他被潦草地埋在一个池塘旁，坟堆不高，从我家楼上的窗口可以清楚地看到。很长时间里，他都作为吓唬人的工具被我们这些孩子利用。我哥哥常常在睡觉时悄声告诉我，说他的眼睛正挂在我家黑暗的窗户上，吓得我用被子蒙住头不敢出气。有时候在晚上，我会鼓起勇气偷偷看一眼他的坟堆，我觉得他的坟还不是最可怕的，吓人的是坟旁一棵榆树，树梢在月光里锋利地抖动，这才是真正的可怕。几年以后，他的坟消失了，他被土地完全吸收以后，我们也就完全忘记了他。

当时住在弄堂里的城镇孩子，常和这些农村的孩子发生争吵。我们当时小小的年龄就已经明白了自己是城里人，还是乡下人；知道自己为什么优越，为什么自卑。弄堂里的孩子和农村的孩子集体斗殴是经常发生的。有一次我站到了农村孩子一边，我哥哥就叫我叛徒。我和那些农村孩子经常躲在稻浪里，密谋当然也包括我的哥哥，袭击自己哥哥的方案是最让我苦恼的。我之所以投奔他们，背叛自己弄堂里的同类，是因为他们重视我，我小小的自尊心会得到很大的满足。如果我站到弄堂里的孩子一边，年龄的劣势只能让我做一个小走卒。

我的行为给我带来了一个凄凉的夜晚，当时弄堂里为首的一个大孩子叫刘继生，他能吹出迷人的笛声，他经常坐在窗口吹出卖梨膏糖的声音，我们这些馋嘴的孩子上当后拼命奔跑过去，看到的是他坐在窗前哈哈大笑。他十八岁那年得黄疸肝炎死去了。他家院子里种着葡萄，那一年夏天的晚上，弄堂里的很多孩子都坐在葡萄架下，他母亲给他们每人一串葡萄，我哥哥也坐在那里。我因为背叛了他们，便被拒绝在门外。我一个人坐在外面的泥地上，听着他们在里面说话和吃葡萄。我的那些农村盟友不知都跑哪儿去了，我孤单一人，在月光下独自凄凉。

我八岁的时候，曾经有过一次冒险的远足。一个比我大几岁的农村孩子,动身去看他刚刚死去的外祖父。他可能是觉得路上一个人太孤单,所以就叫上在夏天中午里闲逛的我。他骗我只有很近的路,就是马上就能回来,我就跟着他去了。我们在烈日下走了足足有三个小时,这个家伙一路上反复说:就在前面拐弯那地方。可是每次拐了弯以后他仍然这么说,把我累得筋疲力尽,最后到那地方时恰恰不用拐弯了。他一到那地方就不管我了,我问他什么时候回去,他说是明天。这使我非常紧张,我迅速联想到父母对我的惩罚。我缠着他,硬要他立刻带我回去,他干脆就不理我。于是在一个我完全陌生的老人下葬时,我号啕大哭,哭得比谁都要伤心。后来是他的一个表哥,大约十六七岁,送我回了家。我记得他有一张瘦削的脸,似乎很白净,路上他不停地和我说话,他笑的样子使我当时很崇拜。他详细告诉我夜晚如何到竹林里去捕麻雀,他那时在我眼中已经是一个成年人了。我从来没有和一个成年人如此亲密地说话,所以我非常喜欢他。那天回到家中时天都黑了,一进家门我就淹没在父母的训斥之中,害怕使我忘记了一切。一直到第二天清晨醒来后,我才又想起他。他送我回家后,都没有跨进我的家门,我也不知道他是什么时候离开的。

那一天是我第一次看到什么是葬礼。死去的老人的脸上被一种劣质的颜料涂抹,这使死者的脸显得十分古怪。他没有躺在棺材里,而是被一根绳子固定在两根竹竿上,面向耀眼的天空,去的地方则是土地。人们把他放在一个事先挖好的坑中,然后盖上了泥土。就像我有一次偷了父亲的放大镜,挖个坑放进去盖上泥土一样。土地可以接受各种不同的东西,在那个夏日里,这个老人生前无论是作恶多端,还是广行善事,土地都同样沉默地迎接了他。

一九九二年三月十二日

包子和饺子

在我小时候，包子和饺子都是属于奢侈的食物，只有在逢年过节时才有希望吃到。那时候，我还年轻的父亲手里捧着一袋面粉回家时，总喜欢大叫一声："面粉来啦！"这是我童年记忆里最为美好的声音。

然后，我父亲用肥皂将脸盆洗干净，把面粉倒入脸盆，再加上水，他就开始用力地揉起了面粉。我的工作就是使劲地按住脸盆，让它不要被父亲的力气掀翻。我父亲高大强壮，他揉面粉时显得十分有力，我就是使出全身的力气按住脸盆，脸盆仍然在桌上不停地跳动，将桌子拍得"咚咚"直响。

这时候，我父亲就会问我："你猜一猜，今天我们吃的是包子呢，还是饺子？"

我需要耐心地等待。我要看他是否再往面粉里加上发酵粉，如果加上了，他又将脸盆抱到我的床上，用我的被子将脸盆捂起来，我就会立刻喊叫："吃包子。"

如果他揉完了面粉，没有加发酵粉，而是将调好味的馅端了过来，我就知道接下去要吃到的一定是饺子了。

这是我小时候判断包子和饺子区别时的重要标志。包子的面粉通过发酵，蒸熟后里面有许多小孔，吃到嘴里十分松软。而包饺子的面粉是不需要发酵的，我们称之为"死面"。当然，将它们做完后放在桌上时，我就不需要这些知识了，我一眼就可以看出它们的区别，形状圆圆的一定是包子；像耳朵一样的自然是饺子了。

我七岁的时候，父亲带着我去他的老家山东。我记得我们先是坐船，接着坐上了汽车，然后坐的是火车，到了山东以后，我们又改坐汽车，最后我们是坐着马车进入我父亲的村庄。那是在冬天，田野里一片枯黄，父亲带着我走进了他姑妈的家。我的祖父母在我出生前就去世了。我父亲的姑妈，也就是我祖父的妹妹，当时正坐在灶前烧火，见到分别近二十年的侄儿回来了，她一下子跳了起来，"哇哇"地与我父亲说了一堆我那时候听不懂的山东话。然后揭开锅盖，给我一碗热气腾腾的玉米糊。

这是我到父亲家乡吃到的第一顿饭。在父亲老家的一个月，我每天都喝玉米糊。那地方流传着这样一句话：人走红运，张嘴飞进白馍馍。白馍馍就是馒头，或者说是没有馅的包子。意思就是谁要是吃上了馒头，谁就交上好运了。遇上了好运才只是吃到馒头，如果吃到了饺子或者包子，就不知道是什么样的好运了。

所以我在父亲姑妈的家里，只能每天喝玉米糊。

在我们快要离开时，我终于吃上了一次饺子。那是我父亲的表弟来看我们，他来的时候手里提着一块猪肉，一进村庄就被一群孩子围住了，这些孩子一年里见不到几次猪肉，他们流着口水紧跟着我父亲的表弟，来到了我父亲姑妈的家门口。当我父亲和他的姑妈、表弟坐在炕上包饺子时，那些孩子还不时地将脑袋从门外探进来张望一下。

当饺子煮熟后热气腾腾地端上来，我吃到了这一生最难忘的饺子，我咬了一口，那饺子和盐一样咸，将一只饺子放进嘴里，如同抓一把盐放进嘴里似的，把我咸得满头大汗，我只能大口大口地喝玉米糊，来消除嘴里的咸味。后来我父亲告诉我，他家乡的饺子不是作为点心来吃的，而是喝玉米糊时让嘴巴奢侈一下的菜，就像我们南方喝粥时吃的咸菜一样。

我在读小学的时候，每个学期都会安排一次学工，或者是学农和学军。学工就是让我们去工厂做工，学农经常是去农村收割稻子，而我们最喜欢的是学军，学军就是学习解放军，让我们一个年级的孩子排成队行军，走向几十里路外的某一个目的地。我们经常是天没亮就出发了，自带午餐，到了目的地后坐下来吃完午餐，然后又走回来，回家时往往已经是天黑了。

这也是我除了逢年过节以外，仍然有希望吃到包子的日子。我母亲会给我一角钱，让我自己去街上买两个包子，用旧报纸包起来放进书包，这就是我学军时的午餐。对我来说，这可是一年里为数不多的美味。我的哥哥这时候总能分享这一份美味。当时我是用一根绳子系裤子,我没有皮带,而我哥哥有一根皮带,我非常希望自己能够在衣服外面再扎上一根皮带,这样我会感到自己真正像一个军人了。于是我就用一个包子去和哥哥交换皮带。

在我学军的这一天,我和哥哥天没有亮就出门,我们走到街上的点心店,我用母亲给的一角钱买下两个包子,那是刚出笼的包子,蒸发着热气,带着麦子的香味来到我的手中,我看着哥哥取下自己的皮带,他先交给我皮带,我才递给他包子。我将剩下的一个包子放进书包,将哥哥的皮带扎在衣服外面,然后向学校跑去。我哥哥则在后面慢慢地走着,他一手提着快要滑下来的裤子,另一只手拿着包子边吃边走。接下去他会去找一根绳子,随便对付一天,因为到了晚上我就会把皮带还给他。

我活了三十多年,不知道吃下去了多少包子和饺子,我的胃消化它们的同时,我的记忆也消化了它们,我忘记了很多可能是有趣的经历,不过有一次令我难忘。那是十年前,我们几个人去天津,天津的朋友请我们去狗不理包子铺吃饭。

那一天,我们在狗不理包子铺坐下来以后,刚好十个人。各式各样的包子一笼一笼端了上来,每笼十个包子,刚好一人一个。天津的狗不理包子有七十多个品种,区别全在馅里面,有猪肉馅、牛肉馅、羊肉馅,有虾肉馅、鱼肉馅,还有各种蔬菜馅;有甜的、有咸的,也有酸的和苦的,有几十种。刚坐下来的时候,我们雄心勃勃,准备将所有的品种全部品尝,可是吃到第三十六笼以后，我们谁也吃不下去了，每个人都把自己的胃撑得像包子皮一样薄，谁也不敢再吃了，再吃就会将胃撑破了，而桌上包子还在增加，最后我们发现就是看着这些包子，也使我们感到害怕了，于是我们站起来，小心翼翼地站起来，小心翼翼地走下了楼梯，小心翼翼地来到了街上。

我们一行十个人站在街道旁，谁也不敢立刻过马路，我们吃得太多了，走路都非常困难，我们怕自己走得太慢，会被街上快速行驶的汽车撞死。

那天下午，我们就这样站在街道上，互相看着嘿嘿地笑，其实我们是想放声大笑，可是我们不敢，我们怕大笑会将胃笑破。我们一边嘿嘿地笑，一边打着嗝，打出来的嗝有着五花八门的气味，这时候我们想起了中国那句古老的成语——百感交集。

一九九九年七月

十九年前的一次高考

潘阳让我为《全国高考招生》杂志写一篇文章，说说我当初考大学时的情景，我说我当初没有考上大学，潘阳说这样更有意思。潘阳是我的朋友，他让我写一篇怎样考不上大学的文章，我只好坐到写字桌前，将我十九年前的这一段经历写出来。

我是1977年高中毕业的，刚好遇上了恢复高考。当时这个消息是突然来到的，就在我们毕业的时候都还没有听说，那时候只有工农兵大学生，就是高中毕业以后必须去农村或者工厂工作两年以后，才能去报考大学。当时我们心里都准备着过了秋天以后就要去农村插队落户，突然来消息说我们应届高中毕业生也可以考大学，于是大家一片高兴，都认为自己有希望去北京或者上海这样的大城市生活，而不用去农村了。

其实我们当时的高兴是毫无道理的，我们根本就不去想自己能不能考上大学，对自己有多少知识也是一无所知。我们这一届学生都是在"文革"开始那一年进入小学的,"文革"结束那一年高中毕业,所以没有认真学习过。我记得自己在中学的时候,经常分不清上课铃声和下课铃声,我经常是在下课铃声响起来时,夹着课本去上课,结果看到下课的同学从教室里拥了出来。那时候课堂上就像现在的集市一样嘈杂,老师在上面讲课的声音根本听不清楚,学生在下面嘻嘻哈哈地说着自己的话,而且在上课的时候可以随便在教室里进出,哪怕从窗口爬出去也可以。

四年的中学,就是这样过来的,所以到了高考复习的时候,我们很多同学仍然认真不起来,虽然都想考上大学,可是谁也不认真听课,坏习惯一下子改不过来。倒是那些历届的毕业生,显得十分认真,他们大多在农村或者工厂待了几年和十几年了,都已经尝到了生活的艰难,所以他们从心里知道这是一次改变自身命运的极好机会。1977年的第一次高考下来,我们整个海盐县只录取了四十多名考生,其中应届生只有几名。

我记得当时在高考前就填写志愿了,我们班上有几个同学填写了剑桥大学和牛津大学,成为当时的笑话。不过那时候大家对大学确实不太了解,大部分同学都填写了北大和清华,或者复旦、南开这样的名牌大学,也不管自己能否考上,先填了再说,我们都不知道填志愿对自己能否被录取是很重要的,以为这只是玩玩而已。

高考那一天,学校的大门口挂上了横幅,上面写着:一颗红心,两种准备。教室里的黑板上也写着这八个字,两种准备就是录取和落榜。一颗红心就是说在祖国的任何岗位上都能做出成绩。我们那时候确实都是一颗红心，一种准备，就是被录取，可是后来才发现我们其实做了后一种的准备，我们都落榜了。

高考分数下来的那一天，我和两个同学在街上玩，我们的老师叫住我们，声音有些激动，他说高考分数下来了。于是我们也不由得激动起来，然后我们的老师说：你们都落榜了。

就这样，我没有考上大学，我们那个年级的同学中，只有三个人被录取了。所以同学们在街上相遇的时候，都是落榜生，大家嘻嘻哈哈地都显得无所谓，落榜的同学一多，反而谁都不难受了。

后来我就没再报考大学，我的父母希望我继续报考，我不愿意再考大学，为此他们很遗憾，他们对我的估计超过我的信心，他们认为我能够考上大学，我自己觉得没什么希望，所以就参加了工作。先在卫生学校学习了一年，然后分配到了镇上的卫生院，当上了一名牙医。我们的卫生院就在大街上，空闲的时候，我就站到窗口，看着外面的大街，有时候会呆呆地看上一两个小时。后来有一天，我在看着大街的时候，心里突然涌上了一股悲凉，我想到自己将会一辈子看着这条大街，我突然感到没有了前途。就是这一刻，我开始考虑起自己的一生应该怎么办，我决定要改变自己的命运，于是我开始写小说了。

一九九六年四月八日

我的第一份工作

我的第一份工作是拔牙，我是在一九七八年三月获得这份工作的。那个时候个人是没有权利选择工作的，只有国家分配。我中学毕业时刚好遇上一九七七年"文革"后的第一次高考，可是我不思进取没有考上大学，那一届的大学名额基本上被陈村这样的人给掠夺了，这些人上山下乡吃足了苦头，知道考大学是改变自己命运的良机，万万不能错过。而我是少年不识愁滋味，一头栽进卫生院。国家把我分配到了海盐县武原镇卫生院，让我当起了牙医。

牙医是什么工作？在过去是和修鞋的修钟表的打铁的卖肉的理发的卖爆米花的一字儿排开，撑起一把洋伞，将钳子什么的和先前拔下的牙齿在柜子上摆开，以此招徕顾客。我当牙医的时候算是有点医生的味道了，大医院里叫口腔科，我们卫生院小，所以还是叫牙科。我们的顾客主要是来自乡下的农民，农民都不叫我们"医院",而是叫"牙齿店"。其实他们的叫法很准确,我们的卫生院确实像是一家店,我进去时是学徒,拔牙治牙做牙镶牙是一条龙学习,比我年长的牙医我都叫他们师傅,根本没有正规医院里那些教授老师主任之类的称呼。

我的师傅姓沈,沈师傅是上海退休的老牙医,来我们卫生院发挥余热。现在我写下沈师傅三个字时,又在怀疑是不是孙师傅,在我们海盐话的发音里"沈"和"孙"没有区别,还是叫沈师傅吧。那时候沈师傅六十多岁,个子不高,身体发胖,戴着金丝框的眼镜,头发不多可是梳理得十分整齐。

我第一次见到沈师傅的时候,他正在给人拔牙,可能是年纪大了,所以他的手腕在使劲时,脸上出现了痛苦的表情,像是在拔自己的牙齿似的。那一天是我们卫生院的院长带我过去的,告诉他我是新来的,要跟着他学习拔牙。沈师傅冷淡地向我点点头,然后就让我站在他的身旁,看着他如何用棉球将碘酒涂到上腭或者下颌,接着注射普鲁卡因。注射完麻醉后,他就会坐到椅子上抽上一根烟,等烟抽完了,他问一声病人:"舌头大了没有?"当病人说大了,他就在一个盘子里选出一把钳子,开始拔牙了。

沈师傅让我看着他拔了两次后,就坐在椅子里不起来了,他说下面的病人你去处理。当时我胆战心惊,心想自己还没怎么明白过来就匆忙上阵了,好在我记住了前面涂碘酒和注射普鲁卡因这两个动作,我笨拙地让病人张大嘴巴,然后笨拙地完成了那两个动作。在等待麻醉的时候，我实在是手足无措，这中间的空闲在当时让我非常难受。这时候沈师傅递给我一支烟，和颜悦色地和我聊天了，他问我父母是做什么工作的，家里有几个兄弟姐妹。抽完了烟，聊天也就结束了。谢天谢地我还记住了那句话，我就学着沈师傅的腔调问病人舌头大了没有，当病人说大了，我的头皮是一阵阵地发麻，心想这叫什么事，可是我又必须去拔那颗倒霉的牙齿，而且还必须装着胸有成竹的样子，不能让病人起疑心。

我第一次拔牙的经历让我难忘：记得当时我让病人张大了嘴巴，也瞄准了那颗要拔下的牙齿，可是我回头看到盘子里一排大小和形状都不同的钳子时，不知道应该用哪一把，于是就灰溜溜地撤下来，小声问沈师傅应该用哪把钳子。沈师傅欠起屁股往病人张大的嘴巴里看，他问我是哪颗牙齿，那时候我叫不上那些牙齿的名字，就用手指给沈师傅看，沈师傅看完后指了指盘子里的一把钳子，又一屁股坐到椅子里去了。当时我有一种强烈的孤军奋战的感觉，我拿起钳子，伸进病人的嘴巴，瞄准后钳住了那颗牙齿。我很庆幸自己遇上的第一颗牙齿是那种不堪一击的牙齿，我握紧钳子只是摇晃了两下，那颗牙齿就下来了。

真正的困难是在后来遇上的，也就是牙根断在里面。刚开始牙根断了以后，坐在椅子里的沈师傅只能放下他悠闲的二郎腿，由他来处理那些枯枝败叶。挖牙根可是比拔牙麻烦多了，每一次沈师傅都是满头大汗。后来我自己会处理断根后，沈师傅的好日子也就正式开始了。当时我们的科室里有两把牙科椅子，我通常都是一次叫进来两个病人，让他们在椅子上坐下，然后像是工业托拉斯似的，同时给他们涂碘酒和注射麻醉，接下去的空闲里我就会抽上一根烟，这也是沈师傅教的。等烟抽完了，又托拉斯似的给他们挨个拔牙，接着再同时叫进来两个病人。

那些日子我和沈师傅配合得天衣无缝，我负责叫进来病人和处理他们的病情，而沈师傅则是坐在椅子里负责写病历开处方，只有遇上麻烦时，沈师傅才会亲自出马。随着我手艺的不断提高，沈师傅出马的机会也是越来越少。

我们两个人成了很好的朋友，我记得那时候和沈师傅在一起聊天非常愉快，他给我说了很多旧社会拔牙的事。沈师傅一个人住在海盐时常觉得孤单，所以他时常要回上海去，他每次从上海回来时，都会送给我一盒凤凰牌香烟。那时候凤凰牌香烟可是奢侈品，我记得当时的人偶尔有一支这样的香烟，都要拿到电影院去抽，在看电影时只要有人抽起凤凰牌香烟，整个电影院都香成一片，所有的观众都会扭过头去看那个抽烟的人。沈师傅送给我的就是这种香烟，他每次都是悄悄地塞给我，不让卫生院的同事看到。

沈师傅让我为他做过两件事，可是我都没有做好。第一件事是让我洗印照片，那时候我的业余爱好还不是写作，而是洗印照片。经常在某个同学家里，拿红色的玻璃纸包住灯泡后，开始洗印。我最喜欢做的就是拿着镊子，夹住照片在药水里拂动，然后看着照片上自己的脸和同学的脸在药水里渐渐浮现。沈师傅知道我总是干这些事，有一次他从上海回来后，交给我一张底片，让我在洗印照片时给他放大几张。那张底片是印在一块玻璃上的，我第一次见到这样的玻璃底片，是沈师傅的正面像。沈师傅当时一再叮嘱我要小心，别弄坏了底片，他说这是他自己最喜欢的一张底片，准备以后用来放大做遗像的。我当时听他说到遗像，心里吃了一惊，当时我很不习惯听到这样的话。后来我在同学家放大时，那位同学不小心将这张底片掉到地上弄碎了，我一个晚上都在破口大骂那位同学。到了第二天我硬着头皮去告诉沈师傅，说底片碎了，然后将已经放大的几张照片交给他。现在想起来当时沈师傅肯定很后悔，后悔将自己钟爱的底片交给我这种靠不住的人。不过当时他表现得很豁达，他说没关系，只要有照片就行，可以拿着照片去翻拍，这样就又有底片了。

　　沈师傅让我做的第二件事，是他离开海盐前对我说的，他说他快七十了，一个人住在海盐很累，他不想再工作了，要回家了。然后他说上海家里的窗户上没有栅栏，不安全，问我能不能为他弄一些钢条，我说没问题。沈师傅离开后没有几天，我就让一位同学在他们工厂拿了几十根手指一样粗的钢条出来，当时我们卫生院的一位同事刚好要去上海，我就将钢条交给她，请她带到上海交给沈师傅。沈师傅走后差不多一年，有一天他又回来了，可能是在上海待着太清闲，他又想念工作了，所以又回到了我们卫生院，我们两个人还是在一个门诊科室。他回来时像往常一样，悄悄塞给我一盒凤凰烟。我们还是像过去一样，一个负责拔牙，一个负责写病历开处方，空闲的时候我们一边抽烟一边聊天。有一天我突然想起了钢条，我就问他能不能用上，他说他没有收到钢条，然后才知道我们那位同事将钢条忘在她的床下了，忘了差不多有一年。这是沈师傅最后一次来我们卫生院工作，时间也很短，没多久他又回上海了，以后再也没有回来。我和沈师傅一别就是二十年，我没有再见到他。

  这就是我的第一份工作，从十八岁开始，到二十三岁结束。我的第二份工作是写作，直到现在还在乐此不疲。我奇怪地感到自己青春的记忆就是牙医生涯的记忆，当我二十三岁开始写作以后，我的记忆已经不是青春的记忆了。这是我在写这篇文章时的发现，更换一份工作会更换掉一种记忆，我现在努力回想自己二十三岁以后的经历，试图寻找到一些青春的气息，可是我没有成功，我觉得二十三岁的自己和今天的自己没有什么两样，而牙医时的我和现在的我决然不同。十八年来，我一直为写作给自己带来的无尽乐趣而沾沾自喜，今天我才知道这样的乐趣牺牲了我的青春年华，连有关的记忆都没有了。我的安慰是，我还有很多牙医的记忆，这是我的青春，我的青春是由成千上万张开的嘴巴构成的，我不知道是喜是忧。

二〇〇一年四月十二日

别人的城市

我生长在中国的南方,我的过去是在一座不到两万人的小城里,我的回忆就像瓦楞草一样长在那些低矮的屋顶上,还有石板铺成的街道、伸出来的屋檐、一条穿过小城的河流,当然还有像树枝一样从街道两侧伸出去的小弄堂,当我走在弄堂里的时候,那些低矮的房屋就会显得高大了很多,因为弄堂太狭窄了。

后来,我来到了北方,在中国最大的城市北京定居。我最初来到北京时,北京到处都在盖高楼,到处都在修路,北京就像是一个巨大的工地,建筑工人的喊叫声和机器的轰鸣声是昼夜不绝。

我年幼时读到过这样的句子:"秋天我漫步在北京的街头……"这句子让我激动,因为我不知道在秋天的时候,漫步在北京街头会是什么样的感觉。当我最初来到北京时,恰好也是秋天,我漫步在北京的街头,看到宽阔的街道,高层的楼房,川流不息的人群车辆，我心想：这就是漫步在北京的街头。

应该说我喜欢北京，就是作为工地的北京也让我喜欢，嘈杂使北京显得生机勃勃。这是因为北京的嘈杂并不影响我内心的安静，当夜晚来临，或者是在白昼，我独自一人走在大街上，想着我自己的事，身边无数的人在走过去和走过来，可是他们与我素不相识。我安静地想着自己的事，虽然我走在人群中，却没有人会来打扰我。我觉得自己是走在别人的城市里。

如果是在我过去的南方小城里，我只要走出家门，我不能为自己散步了，我不停地会遇上熟悉的人，我只能打断自己正在想着的事，与他们说几句没有意义的话。

北京对我来说，是一座属于别人的城市，因为在这里没有我的童年，没有我对过去的回忆，没有错综复杂的亲友关系，没有我最为熟悉的乡音，当我在这座城市里一开口说话，就有人会对我说："听口音，你不是北京人。"

我不是北京人，但我居住在北京，我与这座城市若即若离，我想看到它的时候，就打开窗户，或者走上街头；我不想看到它的时候，我就闭门不出。我不要求北京应该怎么样，这座城市也不要求我。我对于北京，只是一个逗留很久还没有离去的游客；北京对于我，就像前面说的，是一座别人的城市。我觉得作为一个作家，或者说作为我自己，住在别人的城市里是很幸福的。

一九九五年六月二十一日

篮球场上踢足球

我想，很多中国球迷都有在篮球场上踢足球的人生段落。

我将自己的段落出示两个。第一个段落是一九八八年至一九九〇年期间。当时我在鲁迅文学院学习。鲁迅文学院很小，好像只有八亩地，教室和宿舍都在一幢五层的楼房里，只有一个篮球场可供我们活动。于是打篮球的和踢足球的全在这块场地上，最多时有四十来人拥挤在一起，那情景像是打群架一样乱七八糟。

刚开始，打篮球的和踢足球的互不相让，都玩全场攻防。篮球两根支架中间的空隙就是足球的球门。有时候足球从左向右进攻时，篮球刚好从右向左进攻，简直乱成一团，仿佛演变出了橄榄球比赛；有时候足球和篮球进攻方向一致，笑话出来了，足球扔进了篮筐，篮球滑进了球门。

因为足球比篮球粗暴，打篮球的遇到踢足球的，好比是秀才遇到了兵。后来他们主动让步，只打半场篮球。足球仍然是全场攻防。再后来，打篮球的无奈退出了球场，因为常常在投篮的时候，后脑上挨了一记踢过来的足球，疼得晕头转向；而篮球掉在踢足球的头上，只让踢球的人感到自己的脑袋上突然出现了弹性。就这样，篮球退出了篮球场，足球独霸了篮球场。

我们这些踢足球的乌合之众里，只有洪峰具有球星气质，无论球技和体力都令我们十分钦佩。他当时在我们中间的地位，好比是普拉蒂尼在当时法国队中的地位。

当时谁也不愿意干守门的活，篮球支架中间的空隙太窄，守门员往中间一站，就差不多将球门撑满了，那是一份挨打的工作。所以每当进攻一方带球冲过来，守门的立刻弃门而逃。

我记得有一次莫言客串守门员，我抬脚踢球时以为他会逃跑，可他竟然像黄继光似的大无畏地死守球门，我将球踢在他的肚子上，他捂着肚子在地上蹲了很长时间。到了晚上，他对我说，他当时是百感交集。那时候我和莫言住在一间宿舍里，整整两年的时光。

第二个段落是一九九〇年意大利世界杯期间。那时马原还在沈阳工作，他邀请我们几个去沈阳，给辽宁文学院的学生讲课。我们深夜看了世界杯的比赛，第二天起床后就有了自己是球星的幻觉，拉上几个马原在沈阳的朋友，在篮球场上和辽宁文学院的学生踢起了比赛。辽宁文学院也很小，也是只有一个篮球场。

马原的球技远不如洪峰，我们其他人的球技又远不如马原。

可想而知，一上来就被辽宁文学院的学生攻入几球。

我们原本安排史铁生在场边做教练兼拉拉队长，眼看着失球太多，只好使出绝招，让铁生当起了守门员。铁生坐在轮椅里守住篮球支架中间的空隙以后，辽宁的学生再也不敢射门了，他们怕伤着铁生。

有了铁生在后面一夫当关万夫莫开，我们干脆放弃后场，猛攻辽宁学生的球门。可是我们技不如人，想带球过人，人是过了，球却丢了。最后改变战术，让身高一百八十五公分的马原站在对方球门前，我们给他喂球，让他头球攻门。问题是我们的传球质量超级烂，马原的头常常碰不到球。

虽然铁生在后面坐镇球门没再失球，可是我们在前面进不了球，仍然输掉了客场比赛。

儿子的出生

我做了三十三年儿子以后,开始做上父亲了。现在我儿子漏漏已有七个多月了,我父亲有六十岁,我母亲五十八岁,我是又做儿子,又当父亲,属于承上启下,继往开来中的人。几个月来,一些朋友问我:当了父亲以后感觉怎么样?我说:很好。

确实很好,而且我只能这样回答,除了"很好"这个词,我不知道该怎样说。家里增加了一个人,一个很小很小的人,很小的脚丫和很小的手,我把他抱在怀里,长时间地看着他,然后告诉自己:这是我儿子,他的生命与我的生命紧密相连,他和我拥有同一个姓,他将叫我爸爸……

我就这样往下想,去想一切他和我相关的,直到再也想不出什么时,我又会重新开始去想刚才已经想过的。就这些所带来的幸福已让我常常陶醉,别的就不用去说了。

我儿子是以突然袭击的方式出现的,我和妻子毫无准备。

一九九二年十一月，我为了办理合同制作家去了浙江，二十天后当我回到北京，陈虹来车站接我时来晚了，我在站台上站了有十来分钟，她看到我以后边喊边跑，跑到我身旁她就累得喘不过气来，抓住我的衣服好几分钟说不出话，其实她也就是跑了四五十米。以后的几天，陈虹时常觉得很累，我以为她是病了，就上医院去检查，一检查才知道是怀孕了。

那时候我一个人站在外面吸烟，陈虹走过来告诉我：是怀孕了。陈虹那时什么表情都没有，她问我要不要这个孩子。我想了想后说："要。"

后来我一直认为自己当初说这话时是毫不犹豫的，陈虹却一口咬定我当时犹豫不决了一会儿，其实我是想了想。有孩子了，这突然来到的事实总得让我想一想，这意味着我得往自己肩膀上压点什么，我生活中突然增加了什么。这很重要，我不可能什么都不想，就说要。

我儿子最先给我们带来的乐趣，是从医院出来回家的路上，我和陈虹走在寒风里，在冬天荒凉的景色里，我们内心充满欢乐。我们无数次在那条街道上走过，这一次完全不一样，这一次是三条生命走在一起，这是奇妙的体验，我们一点都感觉不到冬天的寒风。

接下来就是五个月的时候，有一天陈虹突然告诉我孩子在里面动了。我已经忘了那时在干什么，但我记得自己是又惊又喜，当我的手摸到我儿子最初的胎动时，我感到是被他踢了一脚，其实只是轻轻地碰了一下，我却感到这孩子很有劲，并且为此而得意扬扬。从这一刻起，我作为父亲的感受得到了进一步的证明，我真正意识到儿子作为一个生命存在了。

我的儿子在踢我。这是幸福的想法，他是在告诉我他的生命在行动，在扩展，在强大起来。现在我儿子七个多月了，他挥动着小手和比小手大一点的小脚，只要我一凑近他，他就使劲抓我的脸，我的脸常常被他抓破，即便如此，我还是常常将脸凑过去，因为我儿子是在了解世界，他要触摸实物，有时是玩具，有时是自己的衣服，有时就应该是他父亲的脸。

然后就是出生了。孩子没有生在北京，而是生在我的老家浙江海盐。我的父母都是医生，他们希望我和陈虹回浙江去生孩子。我儿子是一九九三年八月二十七日出生的，是剖宫产，出生的日子是我父亲选定的，他问我和陈虹："二十七日怎么样？"

我们说："行。"

陈虹上午八点半左右进了手术室，我在下面我父亲的值班室里等着，我将一张旧报纸看了又看，一点都不担心，因为作为医生我的父母都在手术室里，他们恭候着孙儿的来临。我只是感到有些无所事事，就反复想想自己马上就要成为父亲了，我觉得这是一个有趣的事实，当然我更关心的是自己的儿子是什么模样。到了九点半，我听到父亲在喊我，我一下子激动了，跑到外面看到父亲，他大声对我说："生啦，是男孩，孩子很好，陈虹也很好。"

充满勇气的作者总是向前面障碍物前进，常常是不知不觉就跨过去了，跨过去以后才意识到，还会惊讶这么轻松就过去了。

为了表达我心目中的真实，我感到原有的写作方式已经不能支持我，所以我就去寻找更为丰富的，更具有变化的叙述。

我父亲说完又回到手术室里去了，我一个人在手术室外面走来走去，孩子出生之前我倒是很平静，一旦知道孩子已经来到世上，并且一切都好后，我反倒坐立不安了。过了一会儿，我母亲将孩子抱了出来，我母亲一边走过来一边说："太漂亮了，这孩子太漂亮了。"

我看到了我的儿子，刚从他母亲子宫里出来的儿子，穿着他祖母几天前为他准备的浅蓝色条纹的小衣服，睡在襁褓里，露出两只小手和小脸。我儿子的皮肤看上去嫩白嫩白的，上面像是有一层白色的粉末，头发是湿的，粘在一起，显得乌黑发亮，他闭着眼睛在睡觉。一个护士让我抱抱他，我想抱他，可是我不敢，他是那么地小，我怕把他抱坏了。

那天上午阳光灿烂，从手术室到妇产科要经过一条胡同，当护士抱着他下楼时，我害怕阳光了，害怕阳光会刺伤我儿子的眼睛。有趣的是当护士抱着我儿子出现在胡同里时，阳光刚好被云彩挡住了。就是这样，胡同里的光线依然很明亮，我站在三层楼上，看到我儿子被抱过胡同时，眼睛皱了起来，这是我看到自己儿子出现的第一个动作。虽然很多人说孩子出生的第一月里是没有听觉和视觉的，但我坚信我儿子在经过胡同时已经有了对光的感觉。

儿子被护士抱走后，我又是一个人站在手术室外面，等着陈虹被送出来，我在那里走来走去，这时我的感觉与儿子出生前完全不一样，我实实在在地感到自己是父亲了，一想到自己是父亲了,想到儿子是那么地小,才刚刚出生,我就一个人嘿嘿地笑。

我儿子在婴儿室里躺了两天,我一天得去五六次,他和别的婴儿躺在一起,浑身通红,有几次别的婴儿哇哇哭的时候,他一个人睡得很安详,有时别的婴儿睡的时候,他一个人在哭。为此我十分得意,我告诉陈虹:这孩子与众不同。

我父亲告诉我,这孩子是屁股先出来的,出来时一只眼睛睁着、另一只眼睛闭着,刚一出来就拉屎撒尿了。然后医生将他倒过来,在他背上拍了几下,他哇地哭了起来,他的肺张开了。

陈虹后来对我说,她当初听到儿子第一声哭声时,感到整个世界变了。陈虹从手术室里出来时脸上挂着微笑,我俯下身去轻声告诉她我们的儿子有多好,她那时还在麻醉之中,还不觉得疼,听到我的话她还是微笑,我记得自己说了很多感谢的话,感谢她为我生了一个很好的儿子。

其实在知道陈虹怀的是男孩以前,我一直希望是女儿,而陈虹则更愿意是男孩。所以我认准了是女孩,而陈虹则肯定自己怀的是儿子。这样一来,我叫孩子为女儿,陈虹一声一声地叫儿子。我给孩子取了一个小名,叫漏漏。这一点上我们意见一致,因为我们并没有具体的要孩子的计划,他就突然来了。我说这是一条漏网之鱼,就叫他漏漏吧。

漏漏没有进行胎教,我和陈虹跑了几个书店,没看到胎教音乐,也没看到胎教方面的书籍。事情就是这样怪,想买什么时往往买不到,现在漏漏七个多月了,我一上街就会看到胎教方面的书籍和音乐盒带。另一方面我对胎教的质量也有些怀疑，倒不是怀疑它的科学性，现在的人只管赚钱，很少有人把它作为事业来从事。

所以我就自己来教，陈虹怀孕三四个月之间，我一口气给漏漏上了四节胎教课，第一节是数学课，我告诉他：$1+1=2$；第二节是语文课，我说：你是我儿子，我是你父亲；第三节是音乐课，我唱了一首歌的开始和结尾两句；第四节是政治课，是关于波黑局势的。四节课加起来不超过五分钟，其结果是让陈虹笑疼了肚子，至于对漏漏后来的智力发展有无影响我就不敢保证了。

陈虹怀漏漏期间，我们一直住在一间九平方米的平房里，三个大书柜加上写字台已经将房间占去了一半，屋内只能支一张单人床，两个人挤一张小床，睡久了都觉得腰酸背疼。有了漏漏以后，就是三个人挤在一起睡了，整整九个月，陈虹差不多都是向左侧身睡的，所以漏漏的位置是横着的，还不是臀位。臀位顺产就很危险，横位只能是剖宫产。

漏漏八月下旬出生，我们是八月二日才离开北京去浙江，这个时候动身是非常危险了，我在北京让一些具体事务给拖住，等到动身时真有点心惊肉跳，要不是陈虹自我感觉很好，她坚信自己会顺利到达浙江，我们就不会离开北京。

陈虹的信心来自于还未出世的漏漏，她坚信漏漏不会轻易出来，因为漏漏爱他的妈妈，漏漏不会让他妈妈承受生命的危险。

陈虹的信心也使我多少有些放心，临行前我让陈虹坐在床上，我坐在一把儿童的塑料椅子里，和漏漏进行了一次很认真的谈话，这是我第一次以父亲的身份和未出世的儿子说话。具体说些什么记不清了，全部的意思就是让漏漏挺住，一直要挺回到浙江家中，别在中途离开他的阵地。

这是对漏漏的要求，要求他做到这一点，自然我也使用了贿赂的手段，我告诉他，如果他挺住了，那么在他七岁以前，无论他多么调皮捣蛋，我也不会揍他。

漏漏是挺过来了，至于我会不会遵守诺言，在漏漏七岁以前不揍他，这就难说了。我的保证是七年，不是七天，七年时间实在有些长。儿子出生以后，给他想个名字成了难事。以前给朋友的孩子想名字，一分钟可以想出三四个来，给自己作品中的人物取个名字，也是写到该有名字的时候立刻想一个。轮到给自己儿子取个名字，就不容易了，怎么都想不好，整天拿着本《辞海》翻来看去，我父亲说干脆叫余辞海吧，全有了。

漏漏取名叫余海果，这名字是陈虹想的，陈虹刚告诉我的时候，我看一眼就给否定了。过了两天，当家里人都在午睡时，我将余海果这三个字写在一个白盒子上，看着看着觉得很舒服，嘴里叫了几声也很上口，慢慢地我越来越喜欢这个名字了，等到陈虹午睡醒来，我已经非这名字不可了。我对陈虹说："就叫余海果。"

儿子出生了，名字也有了，我做父亲的感受也是越来越突出，我告诉自己要去挣钱，要养家糊口，要去干这干那，因为我是父亲了，我有了一个儿子。其实做父亲最为突出的感受就是：我有一个儿子了。这个还不会说话，经常咧着没牙的嘴大笑的孩子，是我的儿子。

一九九四年二月

可乐和酒

对我儿子漏漏来说,"酒"这个词曾经和酒没有关系,它表达的是一种有气体的发甜的饮料。开始的时候,我忘记了具体的时间,可能漏漏一岁四五个月左右,那时候他刚会说话,他全部的语言加起来不会超过二十个词语,不过他已经明白我将杯子举到嘴边时喝的是什么,他能够区分出我是在喝水还是喝饮料,或者喝酒,当我在喝酒的时候,他就会走过来向我叫道:"我要喝酒。"

他的态度坚决而且诚恳,我知道自己没法拒绝他,只好欺骗他,给他的奶瓶里倒上可乐,递给他:"你喝酒吧。"

显然他一下子就喜欢上了这种饮料,并且将这种饮料叫作"酒"。我记得他第一次喝可乐时的情景,他先是慢慢地喝,接着越来越快,喝完后他将奶瓶放在那张小桌子上,身体在小桌子后面坐了下来,他有些发呆地看着我,显然可乐所含的气体在捣乱了,使他的胃里出现了十分古怪的感受。接着他打了一个嗝,一股气体从他嘴里涌出,他被自己的嗝弄得目瞪口呆,他不知道发生了什么,睁圆了眼睛惊奇地看着我,然后他脑袋一抖,又打了一个嗝,他更加惊奇了,开始伸手去摸自己的胸口,这一次他的胸口也跟着一抖,他打出了第三个嗝。他开始慌张起来,他可能觉得自己的嘴像是枪口一样,嗝从里面出来时,就像是子弹从那地方射出去。他站起来,仿佛要逃离这个地方,仿佛嗝就是从这地方钻出来的,可是等他走到一旁后,又是脑袋一抖,打出了第四个嗝。他发现嗝在紧追着他,他开始害怕了,嘴巴出现了哭泣前的扭动。

这时候我哈哈笑了起来,他的样子实在是太可爱了,让我无法忍住自己的笑声。看到我放声大笑,他立刻如释重负,他知道自己没有危险,也跟着我放声大笑,而且尽力使自己的笑声比我响亮。

就这样,可乐成为了他喜爱的"酒",他每天都要发出这样的喊叫:"我要喝酒。"同时他每天都要体会打嗝的乐趣,就和他喜欢喝"酒"一样,他也立刻喜欢上了打嗝。

我的儿子错将可乐作为酒,一直持续到两岁多。他在海盐生活了三个月以后,在我接他回北京的那一天,我的侄儿阳阳将他带到一间屋子里,过了一会儿,他突然哭喊着跑了出来,双手使劲扯着自己的衣领,像是自己的脖子被人捏住似的紧张,他扑到了我的身上,我闻到了他嘴里出来的酒味,然后看到我的侄儿阳阳一脸坏笑地从那间屋子里走出来。

我的侄儿比漏漏大七岁，他知道漏漏每天都要喝的"酒"其实是可乐，所以他蒙骗了漏漏，当他将白酒倒在瓶盖里，告诉漏漏这是酒的时候，其实是在骗他这就是可乐。我的漏漏喝了下去，这是他第一次将酒作为酒喝，而且还是白酒，酒精使他痛苦不堪。

同一天下午，我和漏漏离开了海盐，来到上海。在上海机场候机的时候，我买了一杯可乐给漏漏，问他："要不要喝酒？"上午饱受了真正的酒的折磨后，我的漏漏连连摇头，他不要喝酒。这时候对漏漏来说，酒的含义不再是有气体的发甜的饮料，而是又辣又烫的东西。

我问了他几次要不要喝酒，他都摇头后，我就问他："要不要喝可乐？"他听到了一个新的词语，和"酒"没有关系，就向我点了点头，当他拿杯子喝上可乐以后，我看到他一脸的喜悦，他发现自己正在喝的可乐，就是以前喝的"酒"。我告诉他："这就是可乐。"他跟着重复："可乐、可乐……"

我的漏漏总算知道他喜爱的饮料叫什么名字了。此前很长的时间，他一直迷失在词语里，这是我的责任，我从一开始就误导了他，混淆了两个不同的词语，然后是我的侄儿跟随我也蒙骗了他，有趣的是我侄儿对漏漏的蒙骗，恰好是对我的拨乱反正，使漏漏在茫茫的词语中找到了方向。可乐和酒，漏漏现在分得清清楚楚。

一九九六年五月十四日

恐惧与成长

我儿子漏漏八个月的时候,还不会走路,刚刚学会在地毯上爬,于是我经常坐在椅子里,看着他在地毯上生机勃勃地爬来爬去,他最有兴趣的地方是墙角和桌子下面。他爬到墙角时就会对那里积累起来的灰尘充满了兴趣,而到了桌子下面他就会睁大眼睛,举目四望,显然他意识到四周的空间一下子变小了。

我经常将儿子的所有玩具堆在地毯上,让他在那里自己应付自己,我则坐在一旁写作。有一次,他爬到墙角,在那里独自玩了一会儿后,突然哭叫起来,我回头一看,他正慌张地向我爬过来,脸上充满了恐惧和眼泪,爬到我面前后,他嘴里呜呜叫着,十分害怕地伸手去指那个墙角。我把他抱起来,我不知道那个墙角出现了什么,让儿子如此恐惧,当我走到墙角,看到地毯上有一截儿子拉出来的屎,我才知道他为什么这么害怕了。

在我的记忆里,这是儿子第一次因为恐惧而哭叫,把他吓一跳的是他自己的屎。在此之前，儿子的每一次哭叫不是因为饥饿，就是哪儿不舒服了，他的哭叫只会是为了生理的原因，而这一次他终于为了心理的原因而哭泣了，他在心里感受到了恐惧，与此同时他第一次注意到了自己的排泄物，第一次接受了这个叫作"屎"的词。当我哈哈笑着告诉他发生了什么，他慢慢舒展过来的表情也在回答我：他开始似懂非懂了，他不再害怕了。

这是发自肺腑的恐惧，与来自教育的恐惧不同，来自教育的恐惧有时就是成年人的恫吓，常常是为了制止孩子的某些无理取闹，于是虚构出一些不存在的恐惧，比如我经常为了让他安静下来，告诉他："怪物来了。"他的脸上立刻就会出现肃然起敬的神情，环顾左右以后将身体缩进了我的怀里。

有一次他独自走进了厨房，看到一只从冰箱里取出来正在化冻的鸡以后，脸色古怪地回到了我的面前，轻声告诉我："有怪物。"然后小心翼翼地拉着我去看那化冻的"怪物"。我才发现他所恐惧的怪物，已经在他心里留下了固定的体积和形状，已经成为了源泉，让我的儿子源源不断地自我证实这样的恐惧，同时对他内心的成长又毫无益处。

但是那些自发的恐惧不一样，这样的恐惧他总是能够自己克服，每一次的克服都会使内心得到成长。他对世界的了解，那些真正属于自己的了解，就是在不断地恐惧和不断地克服中完成，一直到他长大成人，甚至到他白发苍苍，都会有这样的恐惧陪伴他。就像我对树梢在月光里闪烁时的恐惧，这种恐惧在我童年里就已经开始了,当我走在夜晚里,当我抬头看到树梢在月光里发出寒冷的光芒时,我就会不寒而栗,就会微微发抖。直到现在,我仍然为自己保存着这样的恐惧。

从那一次自己把自己吓了一跳以后,我注意到儿子的恐惧与日俱增。有一次我抱着他去京西宾馆看望《收获》杂志的朋友,走进电梯时他没有看到门是怎样关上的,当我们准备出去时,他的双手正在摸着电梯的门,这时电梯的门突然打开了,把他吓得转身紧紧抱住了我,小小的身体瑟瑟发抖。当我们走出电梯后,他睁大眼睛,满脸疑惑地看着电梯的门又出现了,并且是迅速地合上。他再一次转身紧紧抱住了我。对他来说,电梯的门没有打开和合上的过程,而是突然消失和突然回来,就像是神话一般,不像是现实。后来,当他会说话了,我再抱着他走进电梯时,他就显得从容不迫了,电梯的门打开时,他会说:"门开啦。"走出电梯,门合上时,他会说:"门关上啦。"

儿子两岁的时候,我把他带到了浙江海盐,他在爷爷和奶奶身边生活了三个月,到了年底,我去海盐把他接回北京。我们是在上海坐上飞机回来的,这是他第四次坐飞机,前面三次都是在中午的时候上的飞机,飞机起飞时他就睡着了,一直到飞机降落他才醒来。这一次情况不一样了,我们是下午四点钟的时候上的飞机,他在海盐到上海的汽车里已经睡足了,所以一进入候机楼,他就显得生机勃勃,两只手东挥西指的,让我抱着东奔西走,他随时都会改变手指的方向,我也得随时改变行走的方向。

这样胡乱走了一会儿后,他看到了楼外停机坪上的飞机,于是他的手指从此以后就变得坚定不移了,他指着楼外的飞机,嘴里反复叫着"飞机"这个词语,要我立刻把他抱到飞机面前,为了增加自己的力量,他开始哭和叫。我告诉他,一次又一次地告诉他,现在还没有到上飞机的时间,他不仅没有安静下来,在哭叫里又加上了手舞足蹈。我只好把他放到地上,让他走到挡住我们的那块玻璃前,告诉他玻璃挡住了我们,我们没有办法过去。他伸手一摸,摸到了那块玻璃,当他确信我说的话是正确的时,就愤怒地抬脚猛踢那块玻璃。

他在候机楼里就让我疲惫不堪了,总算等到了上飞机的时间,看到我抱着他慢慢地走近飞机,他开始安静下来,开始惊喜地看着四周的变化。我们走入了机舱,我把他放在靠窗的座位上,他两岁以后开始有自己的座位了。他坐下后又爬起来,跪在椅子上,看着窗外的另外一架飞机,激动不已,一定要我和他一起看着那一架飞机,我的加入增加了他的欢乐。

然后飞机滑行了,他扭过头来惊喜地说:"飞机飞啦。"随后双手试图抓住飞机的窗沿,眼睛看着外面,嘴里兴奋地不停喊叫着:"飞机飞啦,飞机飞啦……"

当飞机脱离跑道,真正飞起来时,我的儿子叶公好龙了,飞机突然拉高起飞的那一刻,恐惧也在他心里起飞了,他转身扑向了我,嘴里尖声叫起来:"爸爸,不要飞机,我们走。"

飞机都飞上了天空,我的儿子却决定要下飞机了,真让我哭笑不得。我儿子又哭又叫，反复说着"不要飞机，我们走"这样的话，我告诉他这时候不要飞机已经晚了，这时候谁都不能不要飞机了，我儿子于是使劲地喊叫："救命啊，救命啊……"

我都不知道他是从哪里学来的这个词组，我第一次听到他这样喊叫就是在飞机上。他又哭又闹了十来分钟，飞机的飞行开始平稳了，他也开始安静下来，他告诉我："爸爸，裤子湿啦。"

我一摸他的裤子，才知道他刚才尿都吓出来了。他暂时忘记了飞机的事，提出了新的要求："爸爸，换裤子。"

他的衣服都放在已经托运的箱子里，我告诉他不用换了，过一会儿裤子就会自己干的，可是他一定要换裤子，并且同样以哭闹来加强他词语的力量。正当我手足无措的时候，飞机遇上气流摇摆起来，他马上就想起来自己还没有下飞机，于是又叫了起来："不要飞机，爸爸，我们走。"看到我没有站起来走的意思，他就喊叫："救命啊，救命啊……"

从上海到北京的一个半小时的飞行里，我的儿子不是要求下飞机，就是要求换裤子，而我怎么也不能令他满意，我的软硬兼施和废话连篇只能让他安静片刻。当我竭尽全力刚刚将他的注意力引开，飞机又遇上气流了，要不就是他又发现自己的裤子是湿的。我儿子哭闹的高潮是飞机在北京机场下降的时候，我看到他的眼睛里充满了恐惧，飞机的急速下降使他的恐惧急速上升，他的嗓子都嘶哑了，他仍然喊叫着："救命啊，救命啊……"

当飞机接触到了地面，开始滑行时，我提起窗盖，我告诉他:"现在不是飞机了,现在是汽车了。"

他听到我的话以后,胆战心惊地转过头去,试探地看了两眼,当他看到窗外的景色在平行地滑过去时,他从记忆里唤醒了来自汽车的感受,他破涕为笑了,恐惧从他眼中消失,欢乐开始在他眼中闪亮,他惊喜地对我说:"现在是汽车啦。"

一九九六年五月十四日

下
把写作作为方法

我最初的阅读与写作

我没有新东西可说了,该说的都说过,都写过了,如果有所不同的话,也只是举的例子不同,观点已是大同小异。《阅读与写作》这个题目是一个多月前随便想的,现在看来不够确切,应该是《我最初的阅读与写作》,所以今天我就讲讲自己的阅读与写作。

我的阅读应该从头说起,不能从中间说起。我是在"文革"中长大的,一九六七年上的小学,一九七七年高中毕业,这段时间刚好是"文革"十年。那是一个没有书籍的年代,"文革"之前出版的文学作品被禁止销毁了,只留下一个鲁迅。一九七三年的夏天,那时已是"文革"后期,距离林彪事件差不多过去两年了。"文革"中关门的县图书馆重新开张,我小学毕业升初中的那个暑假,我哥哥也将从初中升到高中,我父亲给我们办了一张县图书馆的借书证。现在回忆起来,县图书馆里只有两个宽不超过一米、高只有两米的书架，里面的文学作品不超过三十本，全是一些你们现在听起来非常陌生的小说，如《牛田洋》《虹南作战史》等，都是革命与反革命斗争题材的书，十分无趣。当然也有我喜欢的书，一本是《闪闪的红星》，还有一本是《矿山风云》，这两本书是讲孩子的故事，我读它们的时候还是一个孩子，所以喜欢。当时图书馆的管理员是一位很认真的女士，每次我们把借的书还回去的时候，她都会仔细检查一下书，看看是否有损坏。有一次我们还书的时候，她发现封面上有一点很不明显的墨水痕迹，她说是我们弄上去的，事实上我们并没有弄上去。我们便和她争论起来，我哥哥脾气很暴躁，隔着窗口就给了她一拳，然后呢，她把图书馆的门一关，去派出所报案了，我们也去了派出所。她在派出所里流着眼泪哭诉，当时派出所的所长是我父亲的朋友，他劝她，别和小孩计较，她不依不饶，拿起派出所里的电话给县里宣传部打电话，接电话的是我同学的母亲，还是邻居，听说是我们两个，没说两句就把电话放下了。她坐在派出所里哭，所长向我们挥手，让我们赶紧滚蛋。这事就这么不了了之，可是我们的借书证被没收了，我们没书可读了。对我来说，这种不能读书的感觉很难受，就好像吸食了"毒品"以后没有"毒品"一样。我到处去寻找"毒品"，想去看这样或者那样的书。

我父母都是医生，家里面有一个小书架，上面放着的全是医学方面的书籍，除此以外就是《毛泽东选集》。我对于医学方面的书和《毛泽东选集》都不感兴趣，只能去别的同学家里找书，他们家里的书也都是《毛泽东选集》。我实在没别的办法了，只能在医学书籍和《毛泽东选集》之间选择，我选择了《毛泽东选集》。那时候每天广播里都在播放毛泽东说的话，我已经熟悉套路了，可有一天我发现了新大陆，《毛泽东选集》里面的注解很好看，它涉及一些历史人物和事件。我非常认真地读起了《毛泽东选集》里的注解。前面我说到的图书馆里借到的革命书籍中没有人物，没有故事，情感都是英雄人物式的情感，说话方式跟现在朝鲜电视里播音员的腔调一样。当我突然发现《毛泽东选集》里的注解时，虽然里面仍然没有情感，但是它有故事、有事件、有人物，有各种各样历史人物的介绍，这让我极其入迷。当时是夏天，我们南方夏天的晚饭都是在户外吃的，我趁着吃完饭之后天还没有黑，就拿着《毛泽东选集》读，我们家的邻居看到后很感慨，夸奖我一个孩子小小年纪如此刻苦学习毛泽东思想。实际上，我是在读注解。等我把《毛泽东选集》里的注解读完了，又没有东西读了，怎么办？我就去看大字报。

那个时候的大字报还是很好看的，"文革"进入了后期，大字报除了大篇幅的革命式句子外，开始有一些色情内容的描写，比如说谁和谁通奸，我就在一排排大字报里面找"通奸"这个词，然后去看这些内容，当然内容很少，也没有性描写，但是有通奸故事。当时每天放学回家路上，我都先去看看大字报有没有新的通奸故事出来，因为没有实质性的描写，看多了也没兴趣了。到了上高中的时候，能够找到一些"文革"时期的禁书，这些应该被销毁的书籍被悄悄保存下来，在"文革"后期私下流传。这些书籍有一个共同特点，就是前面少了十多页，后面也少了十多页。一本书要经过很多人的手才会传到我手上，往往要在一天内看完，在我后面还有不少人排队要看。那时候的我读过几本不知道书名、不知道开头也不知道结尾的小说。不知道小说的开头还可以忍受，但是不知道小说的结尾太难受了，我到处去打听小说后面的结尾。我问别人，他们也像我一样不知道，最多比我多看一页。我记得当时看过的一本外国小说，里面有不少性描写，我看的时候心惊肉跳，一边看一边观察旁边是否有人。改革开放以后，很多"文革"前出版过的书重新出版，还有一些"文革"前没有出版的书也开始出版。我当时买了莫泊桑的《一生》，看了四分之一时，发现这部小说就是当年让我心惊肉跳的那本书。

在我的记忆里，我大概看过十多本没头没尾的书，不知道故事怎么结束让我很痛苦，当时也没有一个人可以告诉我结尾是什么，我就像国际歌里面唱的那样"从来没有神仙皇帝，一切只靠我们自己"，开始自己给那些小说编结尾。我晚上睡觉前躺在床上就开始编结尾，一个一个编完之后，觉得不好就重新编，基本上我就是以这样的方式度过了一天又一天。现在回忆起来，当我还没有成年的时候，就已经开始训练自己的想象力了，这对我以后成为一个作家有很大的帮助。所以生活不会辜负我们，只有我们会辜负生活，不管什么样的生活都会给我们带来财富。毛泽东说"好事会变成坏事，坏事会变成好事"，对我来说就是坏事变成了好事。这是我最初的阅读故事。

下面说说我最初的写作故事。我最初的写作应该是在"文革"时期，当时我们为了练字写了大字报，那时候写大字报可以向学校要纸和毛笔以及墨汁。我们写的大字报有一个套路，开头抄《人民日报》，中间抄《浙江日报》，结尾抄上海的《解放日报》，一张大字报就完成了。内容空洞无物，我们都为抄写大字报深感骄傲，老师们也对我们很欣赏，因为我们的大字报从不批评攻击某个人，都是一些空洞的口号。为什么要写大字报？那时正好出了一个黄帅事件，这个事件你们这一代不知道。事件的起因是当时黄帅上课做小动作，老师对她说："我真想拿教鞭敲你的头。"十二岁的黄帅不服气，反驳老师，说教鞭让你用来教学生的，不是用来打学生脑袋的。那个后来倒霉的老师更生气了，发动班上的同学批判黄帅，黄帅就给《北京日报》写了一封信，信发表后被江青看到了，江青就把黄帅树立为反潮流英雄。然后全国掀起了学习黄帅的运动，反对师道尊严。那个时候的老师本来就没有现在的老师牛逼，黄帅事件一出他们全都灰溜溜了，个个夹着尾巴做人。我们学生当然扬眉吐气，"文革"时期大家本就无心上课，发生黄帅事件后我们更加不好好上课。我进入中学以后，有过三个语文老师，关系都跟我很好，因为我作文写得好。其中一个语文老师人不错，他有时候会给我一根烟抽，我也会给他一根烟抽。他是自己花钱买的烟，我是从家里偷了父亲的烟。当时我父亲抽烟不多，一天只抽三四根，买烟是一条一条地买，为了防止我和哥哥偷偷抽他的烟，我父亲每抽完一根烟会仔细数数烟盒里还有多少根，但他从来不数一条里面还剩几盒，所以我从来不在烟盒里偷，每次我都在拆开的一条里偷一盒。我哥哥在他拆开的盒里偷过一根烟被他发现了，我整盒整盒地偷他一直没有发现。当时，口袋里有香烟的我在同学中很有号召力，我身边总是围着几个人，问我有没有香烟，然后我们跑到学校围墙外面去抽烟。我和这个语文老师的关系很好，已经到了互相给烟抽的关系。黄帅事件后这个老师找到我，原因是当时作为工宣队长的学校领导很生气，批判别的老师的大字报都有了，为什么这个老师没有。所以这个老师要求我写一张批判他的大字报，我就给他写了一张。我的大字报写得不错，大部分内容都是报纸上抄来的革命句子，只是在中间点一下他的名字，说这个老师也有类似的缺点或者错误之类的，都是空洞的错误，没有实际的错误。但是我把事情做过了，把大字报贴错了地方，贴到了这个老师家门口。这个老师又找到我说，不要贴到他家门口，工宣队长没看见，他家邻居倒看见了，让他很难堪。于是我把内容重抄了一遍，贴到工宣队长的办公室门外。这是我记忆里写大字报最有意思的一次，我写的内容先在这个老师的家门口发表了一次，又在工宣队长的办公室门外转载了一次。

当我正式开始写小说时，当时中国文学界追捧一个英国诗人

T.S.艾略特。我读了他的传记,他在中学毕业以前已经读过一千多部经典文学作品,他走出中学校门不需要再读文学作品,只要写文学作品就行了。我当时很羡慕他,我在中学的时候只读了十多本没头没尾的书,还有《毛泽东选集》里的注解,以及在大字报里大海捞针般地去寻找通奸小故事。当然我读过很多鲁迅的作品,从小学到中学的课本里,但是当时不喜欢鲁迅,直到一九九六年重读鲁迅,才知道他有多么了不起。我的经历告诉你们一个道理:做一个作家只要认识一些字,会写一些字就足够了,有文化的人能成为作家,没文化的人也能成为作家。作家是什么?用吉卜赛人的话来说,就是把别人的故事告诉别人,再向别人要钱的那种人。

二〇一七年四月十二日　武汉

一个记忆回来了

潘卡吉·米什拉问我:"你早期的短篇小说充满了血腥和暴力,后来这个趋势减少了,为什么?"

这个问题十多年前就缠绕我了,我不知道已经回答了多少次。中国的批评家们认为这是我写作的转型,他们写下了数量可观的文章,从各个角度来论述,一个作品中充满了血腥和暴力的余华,是如何转型成一个温情和充满爱意的余华。我觉得批评家们神通广大,该写的都写了,不该写的好像也写了,就是我的个人生活也进入了他们的批评视野,有文章认为是婚姻和家庭促使我完成写作的转型,理由是我有一个漂亮的妻子和一个可爱的儿子,幸福的生活让我的写作离血腥和暴力越来越远……这个问题后来又出口到了国外,当我身处异国他乡时也会常常面对。

我觉得这是一个有趣的情景,十多年来人们经常向这个余华打听另外一个余华:那个血腥和暴力的余华为何失踪了?

现在，我的印度同行也这样问我，我想是认真回答这个问题的时候了，应该发布一个非盗版的回答。需要说明的是，回答这个问题的家伙是《兄弟》出版之前的余华，而不是之后的。法国评论家 Nils C. Ahl 说《兄弟》催生了一个新的余华。他的理由是，一本书有时候会重塑一个作家。一些中国的朋友也说过类似的话，我本人十分赞同。于是《兄弟》出版之后的余华也许要对两个失踪了的余华负责，不是只有一个了。如何解释第二个失踪的余华，是我以后的工作，不是现在的。

一九九一年、一九九二年和一九九五年，我分别出版了《在细雨中呼喊》《活着》和《许三观卖血记》，就是这三部长篇小说引发了关于我写作风格转型的讨论，我就从这里开始自己的回答。

首先我应该申明：所有关于我写作风格转型的评论都是言之有理，即便是与我的写作愿望大相径庭的评论也是正确的。为什么？我想这就是文学阅读和批评的美妙之处。事实上没有一部小说能够做到真正完成，小说的定稿和出版只是写作意义上的完成；从阅读和批评的角度来说，一部小说是永远不可能完成或者是永远有待于完成的。文学阅读和批评就是从不同的角度出发，如同是给予世界很多的道路一样，给予一部小说很多的阐释、很多的感受。因此，文学阅读和批评的价值并不是指出了作者写作时想到的，而是指出了更多作者写作时所没有想到的。一部开放的小说，可以让不同生活经历、不同文化背景的读者获得属于自己的理解。

基于上述前提，以下我的回答虽属正版，仍然不具有权威性，纯属个人见解。因为一部小说出版以后，作者也就失去其特权，作者所有针对这部小说的发言，都只是某一个读者的发言。

我的回答由两个部分组成。第一部分是为什么我在二十世纪八十年代的短篇小说里，有这么多的血腥和暴力；第二部分是为什么到了二十世纪九十年代的长篇小说里，这个趋势减少了。回答这样的问题并不容易，不是因为没有答案，而是因为答案太多。我相信作为一位小说家的潘卡吉·米什拉，他知道我有很多的回答可以选择，我可以滔滔不绝地说上几天，把自己说得口干舌燥，然后发现自己仍然没有说完，仍然有不少答案在向我暗送秋波，期待着被我说出来。

经验告诉我，过多的答案等于没有答案，真正的答案可能只有一个。所以我决定只是说出其中的一个，我想可能是最重要的一个。至于是不是那个真正的答案，我不得而知。

现在我又要说故事了，这是我的强项。很久以来，我始终有一个十分固执的想法，我觉得一个人成长的经历会决定其一生的方向。世界最基本的图像就是这时候来到一个人的内心深处，如同复印机似的，一幅又一幅地复印在一个人的成长里。在其长大成人以后，不管是成功，还是失败；不管是伟大，还是平庸；其所作所为都只是对这个最基本图像的局部修改，图像的整体是不会被更改的。当然，有些人修改得多一些，有些人修改得少一些。我相信毛泽东的修改，肯定比我的多。

我觉得是自己成长的经历，决定了我在二十世纪八十年代写下那么多的血腥和暴力。"文化大革命"开始时，我念小学一年级；"文化大革命"结束时，我高中毕业。我的成长目睹了一次次的游行、一次次的批斗大会、一次次的造反派之间的武斗，还有层出不穷的街头群架。在贴满了大字报的街道上见到几个鲜血淋淋的人迎面走来，是我成长里习以为常的事情。这是我小时候的大环境，小环境也同样是血淋淋的。我的父母都是医生，我和哥哥是在医院里长大的，我们在医院的走廊和病房里到处乱窜，习惯了来苏尔的气味，习惯了号叫和呻吟的声音，习惯了苍白的脸色和奄奄一息的表情，习惯了沾满血迹的纱布扔在病房里和走廊上。我们的父亲时常是刚刚给患者做完手术，手术服上和口罩上血迹斑斑，就在医院里到处走动，喊叫我们的名字，要我们立刻到食堂去吃饭。

当时医院的手术室是一间简陋的平房，有时候我和哥哥会趁着护士不在手术室门外的时候，迅速地长驱直入，去看看正在给病人进行手术的父亲，看到父亲戴着透明手套的手在病人肚子上划开的口子伸进去，扒拉着里面的肠子和器官。父亲发现我们兄弟两个站在一旁偷看手术过程时，就会吼叫一声：

"滚出去！"

我们立刻逃之夭夭。

然后在一九八六年至一九八九年，我突然写下了大面积的血腥和暴力。中国的文学批评家洪治纲教授在二〇〇五年出版的《余华评传》里，列举了我这期间创作的八部短篇小说，里面非自然死亡的人物竟然多达二十九个。

这都是我从二十六岁到二十九岁的三年里所干的事，我的写作在血腥和暴力里难以自拔。白天只要写作，就会有人物在杀人，就会有人物血淋淋地死去。到了晚上我睡着以后，常常梦见自己正在被别人追杀。梦里的我孤立无援，不是东躲西藏，就是一路逃跑，往往是我快要完蛋的时候，比如一把斧子向我砍下来的时候，我从梦中惊醒了，大汗淋漓，心脏狂跳，半晌才回过神来，随后发出由衷的庆幸：

"谢天谢地！原来只是一个梦。"

可是天亮以后，当我坐在书桌前继续写作时，立刻好了伤疤忘了疼，在我笔下涌现出来的仍然是血腥和暴力。好像凡事都有报应，晚上我睡着后，继续在梦中被人追杀。这三年的生活就是这么地疯狂和可怕，白天我在写作的世界里杀人，晚上我在梦的世界里被人追杀。如此周而复始，我的精神已经来到崩溃的边缘，自己却全然不觉，仍然沉浸在写作的亢奋里，一种生命正在被透支的亢奋。

直到有一天，我做了一个漫长的梦，以前的梦都是在自己快要完蛋的时候惊醒，这个梦竟然亲身经历了自己的完蛋。也许是那天我太累了，所以梦见自己完蛋的时候仍然没有被吓醒。就是这个漫长的梦，让一个真实的记忆回来了。

先来说一说这个真实的记忆。"文革"时期的小镇生活虽然不乏暴力，可是十分枯燥和压抑。在我的记忆里，一旦有犯人被枪毙，整个小镇就会像过节一样热闹。当时所有的审判都是通过公判大会来完成的。等待判刑的犯人站在中间，犯人胸前都挂着大牌子，牌子上写着他们所犯下的罪行，反革命杀人犯、强奸杀人犯和盗窃杀人犯等。在犯人的两旁一字排开陪斗的地主和右派，还有历史反革命和现行反革命。犯人低头弯腰站在那里，听着一个个慷慨激昂的声音对自己长篇大论的批判，批判稿的最后就是判决词。

我生活的小镇在杭州湾畔，每一次的公判大会都是在县中学的操场上进行。中学的操场挤满了小镇的居民，挂着大牌子的犯人站在操场的主席台前沿，后面坐着县革命委员会的成员，通常是由县革命委员会指定的人站在麦克风前，大声念着批判稿和最后的判决词。如果有犯人被五花大绑，身后又有两个持枪的军人威风凛凛，那么这个犯人一定会被判处死刑。

我从童年开始就站在中学的操场上了，经历了一次又一次的公判大会，听着高音喇叭里出来的激昂的声音，判决书其实是很长的批判稿，前面的部分都是毛泽东说过的话和鲁迅说过的话，其后的段落大多是从《人民日报》上抄下来的，冗长乏味，我每次都是两条腿站立得酸痛了，才会听到那个犯人是什么罪行。最后的判决词倒是简明扼要，只有八个字：

判处死刑，立即执行！

"文革"时期的中国，没有法院，判刑后也没有上诉，而且我们也没有听说过世界上还有一种职业叫律师。一个犯人被公判大会判处死刑以后，根本没有上诉的时间，直接押赴刑场执行枪决。

当"判处死刑，立即执行"的声音响过之后，台上五花大绑的犯人立刻被两个持枪的军人拖了下来，拖到一辆卡车上，卡车上站立着两排荷枪实弹的军人，其气势既庄严又吓人。卡车向着海边行驶，后面是上千的小镇居民蜂拥跟上，或骑车或奔跑，黑压压地涌向海边。我从童年到少年，不知道目睹了多少个判处死刑的犯人，他们听到对自己的判决那一刻，身体立刻瘫软下来，都是被两个军人拖上卡车的。

我曾经近在咫尺地看到一个死刑犯人被拖上卡车的情景，我看到犯人被捆绑在身后的双手，可怕的双手，由于绳子绑得太紧，而且绑的时间也太久，犯人两只手里面的血流早已中断，犯人的双手不再是我们想象中的苍白，而是发紫发黑了。后来的牙医生涯让我具有了一些医学知识，我才知道这样发紫发黑的手已经坏死。那个犯人在被枪毙之前，他的双手已经提前死亡。

枪毙犯人是在海边的两个地方，我们称之为北沙滩和南沙滩。我们这些小镇上的孩子跟不上卡车，所以我们常常事先押宝，上次枪毙犯人是在北沙滩，这次就有可能在南沙滩了。当公判大会刚刚开始，我们这些孩子就向着海边奔跑了，准备抢先占据有利位置，当我们跑到南沙滩，看到空无一人，就知道跑错地方了,再往北沙滩跑已经来不及了。

有几次我们几个孩子跑对了沙滩,近距离观看了枪毙犯人。这是我童年时最为震颤的情景,荷枪实弹的军人站成一个圆形,阻挡围观的人群挤过去,一个执行枪决的军人往犯人的腿弯处踢上一脚,犯人立刻跪在了地上,然后这个军人后退几步,站在鲜血溅出的距离之外,端起了步枪,对准犯人的后脑,"砰"地开出一枪。我感到,一颗小小子弹的威力超过一把大铁锤,一下子就将犯人砸倒在地。执行枪决的军人在开出一枪后,还要走上前去,检查一下犯人是否已经死亡,如果没有死亡,还要补上一枪。当军人将犯人的身体翻转过来时,我就会看到令我全身发抖的情景,子弹从后脑进去时只是一个小小的洞眼,从前面出来后,犯人的前额和脸上破碎不堪,前面的洞竟然像我们吃饭用的碗那么大。

接下来让我的讲述回到那个漫长和可怕的梦,也就是我亲身经历自己如何完蛋的梦。这个梦发生在一九八九年底的某个深夜,睡梦中的我被绳子五花大绑,胸前挂着大牌子,站在我们县中学操场的主席台前沿,我的身后站着两个持枪的军人,我的两旁站着陪斗的地主、右派和反革命分子,小镇名流黑笔杆子倒是没有出现在我的梦里。我梦中的台下挤满了乌云般的人群,他们的声音仿佛雨点般地响着。我听着高音喇叭里响着一个庄严的批判声,那个声音在控诉我的种种罪行,我好像犯下了很多不同种类的杀人罪,最后是判决的八个字:

判处死刑，立即执行。

话音刚落，一个持枪的军人从后面走到我的身旁，慢慢举起了他手中的步枪，对准了我的脑袋，我感觉枪口都顶到了我的太阳穴。接着我听到了"砰"的一声枪响，我知道这个军人开枪了。梦中的我被击倒在台上，奇怪的是我竟然站了起来，而且还听到台下嗡嗡的人声。我觉得自己的脑袋被子弹击空了，像是砸了一个洞的鸡蛋，里面的蛋清和蛋黄都流光了。梦中的我顶着一个空蛋壳似的脑袋，转过身去，对着开枪的军人大发雷霆，我冲着他喊叫：

"他妈的，还没到沙滩呢！"

然后我从梦中惊醒过来，自然是大汗淋漓和心脏狂跳。可是与以前从噩梦中惊醒的情景不一样，我不再庆幸自己只是做了一个梦，我开始被一个回来的记忆所纠缠。中学的操场，公判大会，死刑犯人提前死亡的双手，卡车上两排荷枪实弹的军人，沙滩上的枪决，一颗子弹比一个大铁锤还要威力无穷，死刑犯人后脑精致的小洞和前额破烂的大洞，沙滩上血迹斑斑……可怕的情景一幕幕在我眼前重复展现。

我扪心自问，为何自己总是在夜晚的梦中被人追杀？我开始意识到是白天写下太多的血腥和暴力。我相信这是因果报应。于是在那个深夜，也可能是凌晨了，我在充满冷汗的被窝里严肃地警告自己：

"以后不能再写血腥和暴力的故事了。"

在写作中,作家必须是真诚的,是认真严肃的,同时又是通情达理和满怀同情和怜悯之心;只有这样,作家的智慧和警觉才能够在漫长的长篇小说写作中,不受到任何伤害。

在有人以要求新闻记者眼中的真实,来要求作家眼中的真实时,人们的广泛拥护也就理所当然了。而我们也因此无法期待文学会出现奇迹。

就这样，我后来的写作像潘卡吉·米什拉所说的那样：血腥和暴力的趋势减少了。

现在，差不多二十年过去了。回首往事，我仍然心有余悸。我觉得二十年前的自己其实走到了精神崩溃的边缘，如果没有那个经历了自己完蛋的梦，没有那个回来的记忆，我会一直沉浸在血腥和暴力的写作里，直到精神失常。那么此刻的我，就不会坐在北京的家中，理性地写下这些文字；此刻的我，很有可能坐在某个条件简陋的精神病医院的床上，面对巨大的黑暗发呆。

有时候，人生和写作其实很简单，一个梦，让一个记忆回来了，然后一切都改变了。

回忆十七年前

　　章德宁打来电话,说今年九月是《北京文学》创刊五十周年的日子。章德宁在《北京文学》已经工作了二十多年,我成为《北京文学》的作者也有十七年了。我们在电话里谈到了周雁如,一位十年前去世的老编辑,在八十年代的前几年,她一直是《北京文学》的实际主编,十七年前的一个下午,我在电话里第一次听到她的声音,我相信这是一个改变我命运的电话。

　　当时我正在浙江海盐县的武原镇卫生院里拔牙,整个卫生院只有一部电话,是那种手摇的电话,通过总机转号,而我们全县也只有一个总机,在县邮电局里。我拿起电话时还以为是镇上的某一位朋友打来的,可是我听到了总机的声音,她告诉我说有一个北京长途。接下去我拿着电话等了差不多有一个小时,其间还有几个从我们镇上打进来的电话骚扰我,然后在快要下班的时候,我听到了周雁如的声音,她告诉我,我寄给《北京文学》的三篇小说都要发表，其中有一篇需要修改一下，她希望我立刻去北京。

这是我人生的转折点，这一年我二十三岁，做了五年的牙医，刚刚开始写作，我还不知道自己今后的职业是写作，还是继续拔牙。我实在不喜欢牙医的工作，每天八小时的工作，一辈子都要去看别人的口腔，这是世界上最没有风景的地方，牙医的人生道路让我感到一片灰暗。当时我常常站在医院的窗口，看着下面喧闹的街道，心里重复着一个可怕的念头——难道我要在这里站一辈子？当时我最大的愿望就是能够进入县文化馆，因为我看到在文化馆工作的人经常在街道上游荡，我喜欢这样的工作，游手好闲也可以算是工作，我想这样的好工作除了文化馆以外，恐怕只有天堂里才有了。于是我开始写作了，我一边拔牙一边写作，拔牙是没有办法，写作是为了以后不拔牙。当时我对自己充满了希望，可是不知道今后的现实是什么。

就是在这时候，电话铃响了。当我们县里邮电局的总机告诉我是北京的长途时，我的心脏就开始狂跳了，我预感到是《北京文学》的电话，因为我们家在北京没有亲戚，就是有亲戚也应该和我的父母联系。电话接通后，周雁如第一句话就是告诉我，她早晨一上班就挂了这个长途，一直到下午快下班时才接通。我一生都不会忘记她当时的声音，说话并不快，可是让我感到她说得很急，她的声音清晰准确，她告诉我路费和住宿费由《北京文学》承担，这是我最关心的事，当时我每月的工资只有三十多元。她又告诉我在改稿期间每天还有出差补助,最后她告诉我《北京文学》的地址——西长安街七号,告诉我出了北京站后应该坐 10 路公交车。她其实并不知道我是第一次出门远行,可是她那天说得十分耐心和仔细,就像是在嘱咐一样,将所有的细节告诉了我。我放下电话,第二天就坐上汽车去了上海,又从上海坐火车去了北京。

一九八八年,我在鲁迅文学院学习期间,曾经和一位朋友去看望周雁如,她那时已经离休了,住在羊坊店路的新华社宿舍里,这是我第一次也是最后一次去周雁如的家,她的家让我感到十分简单和朴素。那天周雁如很高兴,就像我第一次在《北京文学》编辑部见到她一样,事实上我每次见到她,她都显得很高兴,其实她一直在承受着来自生活的压力,她的丈夫和一个女儿长期患病,我相信这样的压力也针对着她的精神,可是她总是显得很高兴。那天从她家里出来后,她一直送我们到大街上,和我们分手的时候,她流出了眼泪,当我们走远了再回头看她,她还站在那里看着我们。这情景令我难忘,在此之前我们有过很多次告别,只有这一次让我看到了周雁如依依不舍的神情,是因为离休以后的她和工作时的她有所不同了,这样的不同也只是在分手告别的时候才显示出来。现在,当我写下这些时,想到周雁如去世都已经有十年了,而往事历历在目,我突然感到了人生的虚无。

我十分怀念那个时代,在八十年代的初期,几乎所有的编辑都在认真地阅读着自由来稿，一旦发现了一部好作品，编辑们就会互相传阅，整个编辑部都会兴奋起来。而且当时寄稿件不用花钱，只要在信封上剪去一个角，就让刊物去邮资总付了。我当时一边做着牙医，一边写着小说，我不认识任何杂志的编辑，我只知道杂志的地址，就将稿件寄给杂志，一旦退稿后，我就将信封翻过来，用胶水粘上后写下另一个杂志的地址，再扔进邮筒，当然不能忘了剪掉一个角。那个时期我的作品都是免费地在各城市间旅游着，它们不断地回到我的身旁，一些又厚又沉的信封。有时是一封薄薄的信，每当收到这样的信，我就会激动起来，经验告诉我某一部作品有希望了。

有一天，我收到了一封来自《北京文学》的薄薄的信，信的署名是王洁。王洁是我遇到的第一位重要的编辑，我所说的重要只是针对我个人而言。我认为自己很幸运，王洁在堆积如山的自由来稿中发现了我的作品，我的幸运使她读完了我的作品，而且幸运还在延续，她喜欢上了我的作品。正是她的支持和帮助使我敲开了《北京文学》之门。

一九八三年十一月，当我从海盐来到北京，第一次走进西长安街七号的《北京文学》编辑部，是中午休息的时候，王洁刚刚洗完了头，头发上还滴着水珠。然后是一位脸色红润的老太太走过来问我："你就是余华？"这位老太太就是周雁如。这情景在我的记忆里就像是日出一样，永远清晰可见。

我和王洁成为了很好的朋友，我来到北京改稿，不仅见到了一直给我写信的王洁,也认识了她的朋友。其中有一位叫大兵的朋友正在做生意,我改完稿离开北京时,就是王洁和大兵送我去北京站。第二年我来参加《北京文学》笔会时,他还来饭店看我,此后很多年没有再见,可是有一次我在上海的街道上行走时,突然听到有人在叫我的名字,我一看,大兵站在街道对面向我招手。又是很多年过去了,我再也没有得到大兵的消息。

其实我和王洁也已经有十来年没有见面了,当我在浙江的时候,我们保持着密切的通信,而当我定居北京以后,我们反而中断了联系。王洁后来离开了《北京文学》,她去了一家新的杂志,我忘了那家杂志的名字,只记得编辑部在王府井,一九八八年我在鲁迅文学院时,我去过几次王洁的编辑部,最后一次去的时候,编辑部已经搬走了。我不知道她现在是不是还住在蒲黄榆,我很多次去过她的家,我记得她很会做菜,有一次我在她家附近办事,完事了就去她家,事先没有给她打电话,刚好遇上她在家里请朋友吃饭,她一打开门就说我有吃福。不过我的吃福并没有得到延续,大概是在一九八九年,王洁给我打电话,让我星期天去她家吃饭,我刚好有事没有去,从此以后我们再没有联系过。我不知道她现在怎么样了,我想她的儿子应该长大成人了,我在海盐的时候曾经给她寄过一本书《怎样理解孩子的心灵》,那时候她的儿子还小,王洁回信告诉我,她因为忙没有读,她的儿子就整天催着她快去读。三年前我遇到一位音乐制作人,交谈中得知他和王洁曾在一个编辑部工作过,又在同一幢楼里住过,我就问他有没有王洁的电话,他说可以找到,找到后就告诉我,可能他没有找到,因为他一直没有告诉我。

十七年前我第一次来到北京,住了差不多有半个月,我三天就将稿子改完了,周雁如对我说不要急着回去,她让我在北京好好玩一玩。我就独自一人在冬天的寒风里到处游走,最后自己实在不想玩了,才让王洁替我去买火车票。我至今记得当初王洁坐在桌子前,拿着一支笔为我算账,我不断地说话打断她,她就说:"你真是讨厌。"结账后王洁又到会计那里替我领了钱,我发现不仅我在北京改稿的三天有补助,连游玩的那些天也都有补助。最后王洁还给我开了一张证明,证明我在《北京文学》的改稿确有其事。当我回到海盐后,我才知道那一张证明是多么重要,当时的卫生院院长见到我的第一句话就是:"有没有证明?"

从北京回到海盐后,我意识到小小的海盐轰动了,我是海盐历史上第一位去北京改稿的人。他们认为我是一个人才,不应该再在卫生院里拔牙了,于是一个月以后,我到文化馆去上班了。当时我们都是早晨七点钟上班,在卫生院的时候,我即使迟到一分钟都会招来训斥。我第一天去文化馆上班时,故意迟到了三个小时,十点钟才去,我想试探一下他们的反应,结果没有一个人对我的迟到有所反应,仿佛我应该在这个时间去上班。我当时的感觉真是十分美好,我觉得自己是在天堂里找到了一份工作。

二〇〇〇年七月五日

我的文学白日梦

我刚刚开始喜欢文学时,正在宁波第二医院口腔科进修,有位同屋的进修医生知道我喜欢文学,而且准备写作,他以过来人的身份告诉我,他从前也是文学爱好者,也做过文学白日梦,他劝我不要胡思乱想去喜欢什么文学了,他说:"我的昨天就是你的今天。"我当时回答他:"我的明天不是你的今天。"那是一九八〇年,我二十岁。

我一九九三年开始用电脑写作,已经是386时代了。前面用手写了十年,右手的食指和中指上都起了厚厚的茧,曾经骄傲过,后来认识了王蒙,看到他手指上的茧像黄豆一样隆起,十分钦佩,以后不敢再骄傲了。九三年到现在已经十二年了,打这些字时仔细摸了一下自己右手的食、中二指,茧没了。王蒙286时代就用电脑写作了,比我早几年,不过我敢确定他手指上的茧仍在,那是大半辈子的功力。我的才十年,那茧连老都称不上。

我从短篇小说开始，写到中篇，再写到长篇，是当时中国的文学环境决定的，当时中国可以说是没有文学出版，起码是出版不重要，当时的写作主要是为了在文学杂志上发表。现在我更愿意写长篇小说了，我觉得写短篇小说是一份工作，几天或者一两个星期完成，故事语言完全在自己的控制之中，不会出现什么意外。写长篇小说就完全不一样了，一年甚至几年都不能完成，作家在写作的时候，笔下人物的生活和情感出现变化时，他自己的情感和生活可能也在变化，所以事先的构想在写作的过程中会被突然抛弃，另外的新构想出现了，写长篇小说就和生活一样，充满了意外和不确定。我喜欢生活，不喜欢工作，所以我更喜欢写作长篇小说。

十多年前我刚刚发表《活着》时，有些朋友很吃惊，因为我出乎他们意料，一个他们眼中的先锋作家突然写下一部传统意义上的小说，他们很不理解。当时我用一句话回答他们："没有一个作家会为一个流派写作。"现在十多年过去了，我越来越清楚自己是一个什么样的作家。我只能用大致的方式说，我觉得作家在叙述上大致分为两类，第一类作家通过几年的写作，建立了属于自己的成熟的叙述系统，以后的写作就是一种风格的叙述不断延伸，哪怕是不同的题材，也都会纳入这个系统之中。第二类作家是建立了成熟的叙述系统之后，马上就会发现自己最拿手的叙述方式不能适应新题材的处理，这样他们就必须去寻找最适合表达这个新题材的叙述方式，这样的作家其叙述风格总是会出现变化。我是第二类的作家。二十年前我刚刚写下《十八岁出门远行》时,以为找到了自己一生的叙述方式。可是到了《活着》和《许三观卖血记》,我的叙述方式完全变了,当时我以为自己还会用这样的方式写下几部小说。没有想到写出来的是《兄弟》,尤其是下部,熟悉我以前作品的读者一下子找不到我从前的叙述气息。说实话,《兄弟》之后,我不知道下一部长篇小说是什么模样,我现在的写作原则是:当某一个题材让我充分激动起来,并且让我具有了持久写下去的欲望时,我首先要做的是尽快找到最适合这个题材的叙述方式,同时要努力忘掉自己过去写作中已经娴熟的叙述方式,因为它们会干扰我寻找最适合的叙述方式。我坚信不同的题材应该有不同的表达方式,所以我的叙述风格总会出现变化。我深感幸运的是,总是有人理解我的不断变化。有读者说:"为什么我们不可以先放下以往的余华,为什么我们不可以从《兄弟》本身来阅读,试图了解到作者到底通过这样的一本书告诉我们什么?"

我能否相信自己

我曾经被这样的两句话所深深吸引,第一句话来自美国作家艾萨克·辛格[1]的哥哥,这位很早就开始写作,后来又被人们完全遗忘的作家这样教导他的弟弟:"看法总是要陈旧过时,而事实永远不会陈旧过时。"第二句话出自一位古希腊人之口:"命运的看法比我们更准确。"

在这里,他们都否定了"看法",而且都为此寻找到一个有力的借口,那位辛格家族的成员十分实际地强调了"事实";古希腊人则更相信不可知的事物,指出的是"命运"。他们有一点是相同的,那就是"事实"和"命运"都要比"看法"宽广得多,就像秋天一样;而"看法"又是什么?在他们眼中很可能只

---

[1] 艾萨克·巴什维斯·辛格(Isaac Bashevis Singer,1904—1991),美国犹太作家,被称为20世纪"短篇小说大师"。于1978年获得诺贝尔文学奖。——编者注(本书脚注如无特殊说明,皆为编者注)

是一片树叶。人们总是喜欢不断地发表自己的看法，这几乎成了狂妄自大的根源，于是人们真以为一叶可以见秋了，而忘记了它其实只是一个形容词。

后来，我又读到了蒙田的书，这位令人赞叹不已的作家告诉我们："按自己的能力来判断事物的正误是愚蠢的。"他说："为什么不想一想，我们自己的看法常常充满矛盾？多少昨天还是信条的东西，今天却成了谎言？"蒙田暗示我们，"看法"在很大程度上是虚荣和好奇在作怪，"好奇心引导我们到处管闲事，虚荣心则禁止我们留下悬而未决的问题"。

四个世纪以后，很多知名人士站出来为蒙田的话作证。一九四三年，IBM公司的董事长托马斯·沃森胸有成竹地告诉人们："我想，五台计算机足以满足整个世界市场。"另一位无声电影时代造就的富翁哈里·华纳，在一九二七年坚信："哪一个家伙愿意听到演员发出声音？"而蒙田的同胞福煦元帅，这位法国高级军事学院院长、第一次世界大战协约国军总司令，对当时刚刚出现的飞机十分喜爱，他说："飞机是一种有趣的玩具，但毫无军事价值。"

我知道能让蒙田深感愉快的证词远远不止这些。这些证人的错误并不是信口开河，并不是不负责任地说一些自己不太了解的事物。他们所说的恰恰是他们最熟悉的，无论是托马斯·沃森，还是哈里·华纳，或者是福煦元帅，都毫无疑问地拥有着上述看法的权威。问题就出在这里，权威往往是自负的开始，就像得意使人忘形一样,他们开始对未来发表看法了。而对他们来说,未来仅仅只是时间向前延伸而已,除此之外他们对未来就一无所知了。就像一八九九年那位美国专利局的委员下令拆除他的办公室一样,理由是"天底下发明得出来的东西都已经发明完了"。

有趣的是,他们所不知道的未来却牢牢地记住了他们,使他们在各种不同语言的报刊的夹缝里,以笑料的方式获得永生。

很多人喜欢说这样一句话:不知道的事就不要说。这似乎是谨慎和谦虚的品质,而且还时常被认为是一些成功的标志。在发表看法时小心翼翼固然很好,问题是人们如何判断知道与不知道?事实上很少有人会对自己所不知道的事大加议论,人们习惯于在自己知道的事物上发表不知道的看法,并且乐此不疲。这是不是知识带来的自信?

我有一位朋友,年轻时在大学学习西方哲学,现在是一位成功的商人。他有一个十分有趣的看法,有一天他告诉了我:"我的大脑就像是一口池塘,别人的书就像是一块石子;石子扔进池塘激起的是水波,而不会激起石子。"最后他这样说,"因此别人的知识在我脑子里装得再多,也是别人的,不会是我的。"

他的原话是用来抵挡当时老师的批评,在大学时他是一个不喜欢读书的学生。现在重温他的看法时,除了有趣之外,也会使不少人信服,但是不能去经受太多的反驳。

这位朋友的话倒是指出了这样一个事实:那些轻易发表看法的人,很可能经常将别人的知识误解成是自己的,将过去的知识误解成未来的。然后，这个世界上就出现了层出不穷的笑话。

有一些聪明的看法，当它们被发表时，常常是绕过了看法。就像那位希腊人，他让命运的看法来代替生活的看法；还有艾萨克·辛格的哥哥，尽管这位失败的作家没有能够证明"只有事实不会陈旧过时"，但是他的弟弟，那位对哥哥很可能是随口说出的话坚信不已的艾萨克·辛格，却向我们提供了成功的范例。辛格的作品确实如此。

对他们而言，真正的"看法"又是什么呢？当别人选择道路的时候，他们选择的似乎是路口，那些交叉的或者是十字的路口。他们在否定"看法"的时候，其实也选择了"看法"。这一点谁都知道，因为要做到真正的没有看法是不可能的。既然一个双目失明的人同样可以行走，一个具备了理解能力的人如何能够放弃判断？

是不是说，真正的"看法"是无法确定的，或者说"看法"应该是内心深处迟疑不决的活动，如果真是这样，那么看法就是沉默。可是所有的人都在发出声音，包括希腊人、辛格的哥哥，当然也有蒙田。

与别人不同的是，蒙田他们不约而同地选择了怀疑主义的立场，他们似乎相信"任何一个命题的对面，都存在着另外一个命题"。

另外一些人也相信这个立场。在去年，也就是一九九六年，有一位琼斯小姐荣获了美国俄亥俄州一个私人基金会设立的"贞洁奖"，获奖理由十分简单，就是这位琼斯小姐的年龄和她处女膜的年龄一样，都是三十八岁。琼斯小姐走上领奖台时这样说："我领取的绝不是什么'处女奖'，我天生厌恶男人，敌视男人，所以我今年三十八岁了，还没有被破坏处女膜。应该说，这五万美元是我获得的敌视男人奖。"

这个由那些精力过剩的男人设立的奖，本来应该奖给这个性乱时代的贞洁处女，结果却落到了他们最大的敌人手中，琼斯小姐要消灭性的存在。这是致命的打击，因为对那些好事的男人来说，没有性肯定比性乱更糟糕。有意思的是，他们竟然天衣无缝地结合到了一起。

由此可见，我们生活中的看法已经是无奇不有。既然两个完全对立的看法都可以荣辱与共，其他的看法自然也应该得到它们的身份证。

米兰·昆德拉在他的《笑忘书》里，让一位哲学教授说出这样一句话："自詹姆斯·乔伊斯以来，我们已经知道我们生活的最伟大的冒险在于冒险的不存在……"

这句话很受欢迎，并且成为了一部法文小说的卷首题词。这句话所表达的看法和它的句式一样圆滑，它的优点是能够让反对它的人不知所措，同样也让赞成它的人不知所措。如果模仿那位哲学教授的话，就可以这么说：这句话所表达的最重要的看法在于看法的不存在。

几年以后，米兰·昆德拉在《被背叛的遗嘱》里旧话重提，他说:"……这不过是一些精巧的混账话。当年,七十年代,我在周围到处听到这些补缀着结构主义和精神分析残渣的大学圈里的扯淡。"

还有这样的一些看法,它们的存在并不是为了指出什么,也不是为说服什么,仅仅只是为了乐趣,有时候就像是游戏。在博尔赫斯的一个短篇故事《特隆、乌克巴尔、奥尔比斯·特蒂乌斯》里,叙述者和他的朋友从寻找一句名言的出处开始,最后进入了一个幻想的世界。那句引导他们的名言是这样的:"镜子与交媾都是污秽的,因为它们同样使人口数目增加。"

这句出自乌尔巴尔一位祭师之口的名言,显然带有宗教的暗示,在它的后面似乎还矗立着禁忌的柱子。然而当这句话时过境迁之后,作为语句的独立性也浮现了出来。现在,当我们放弃它所有的背景,单纯地看待它时,就会发现自己已经被这句话里奇妙的乐趣所深深吸引,从而忘记了它的看法是否合理。所以对很多看法,我们都不能以斤斤计较的方式去对待。

因为"命运的看法比我们更准确",而且"看法总是要陈旧过时"。这些年来,我始终信任这样的话,并且视自己为他们中的一员。我知道一个作家需要什么,就像但丁所说:"我喜欢怀疑不亚于肯定。"

我已经有十五年的写作历史,我知道这并不长久,我要说的是写作会改变一个人,尤其是擅长虚构叙述的人。作家长时期的写作,会使自己变得越来越软弱、胆小和犹豫不决;那些被认为应该克服的缺点，在我这里常常是应有尽有，而人们颂扬的刚毅、果断和英勇无畏，则只能在我虚构的笔下出现。思维的训练将我一步一步地推到了深深的怀疑之中，从而使我逐渐地失去理性的能力，使我的思想变得害羞和不敢说话；而另一方面的能力却是茁壮成长，我能够准确地知道一粒纽扣掉到地上时的声响和它滚动的姿态，而且对我来说，它比死去一位总统重要得多。

最后，我要说的是作为一个作家的看法。为此，我想继续谈一谈博尔赫斯，在他那篇迷人的故事《永生》里，有一个"流利自如地说几种语言；说法语时很快转换成英语，又转成叫人捉摸不透的萨洛尼卡的西班牙语和澳门的葡萄牙语"的人，这个干瘦憔悴的人在这个世上已经生活了很多个世纪。在很多个世纪之前，他在沙漠里历经艰辛，找到了一条使人超越死亡的秘密河流，和岸边的永生者的城市（其实是穴居人的废墟）。

博尔赫斯在小说里这样写道："我一连好几天没有找到水，毒辣的太阳、干渴和对干渴的恐惧使日子长得难以忍受。"这个句子为什么令人赞叹，就是因为在"干渴"的后面，博尔赫斯告诉我们还有更可怕的"对干渴的恐惧"。

我相信这就是一个作家的看法。

一九九七年十月十八日

我叙述中的障碍物

这次的演讲题目很明确，我想把自己创作中的经验告诉大家，可能对你们没有用，因为每个人都不一样，对我有用的经验可能对你们没有用，我选择这个题目就是要把自己写作过程中遇到过的一个个障碍物告诉你们。

第一个障碍物是如何坐下来写作，这个好像很简单，其实不容易。在我去过的一些地方（这些年少了，过去多一些），总会有一些学生或者年轻人问我怎样才能成为一个作家，我说只有一个字——写，除此以外没有别的方法。写就像是人生里的经历，没有经历就构不成你的人生，不去写的话不会拥有你的作品。我刚开始写小说的时候是很功利的，之前我干了五年牙医，我不喜欢那份工作，我想换一份舒服自由的工作，就是文化馆的工作，然后开始写小说。

我记得写第一篇小说的时候，是短篇小说，我都不知道分行怎么分，标点符号该怎么点，因为我小学一年级到高中毕业刚好是"文革"，我"文革"时写的作文不是从《人民日报》抄的，就是从《浙江日报》抄的，那时候不允许写自己的，我要是写自己的东西很可能会成为反革命分子，写自己的会犯错误，去抄报纸上的文章很安全。所以刚写小说的时候我根本不知道该怎么写，就拿起一本文学杂志，打开来随便找了一篇短篇小说研究，什么时候分行，什么地方用什么标点符号，我第一次学习的短篇小说分行很多，语言也比较简洁，我就这样学下来，刚开始很艰难，坐在书桌前的时候，脑子里什么都没有，逼着自己写下来，必须往下写，这对任何一个想成为作家的人是第一个障碍。我要写一万字，还要写得更长，而且要写得有内容。好在写作的过程对写作者会有酬谢，我记得第一篇小说写得乌七八糟，不知道写什么，但是自我感觉里面有几句话写得特别好，我竟然能写出这么牛的句子来，很得意，对自己有信心了，这就是写作对我的酬谢，这篇小说没有发表，手稿也不知道去哪里了。

然后写第二篇，里面好像有故事了。再写第三篇，不仅有故事，还有人物了，很幸运这第三篇发表了。我觉得自己是一个非常幸运的作家，八十年代初对于刚开始写作的无名之辈是最好的时代，这个时代后来的人再也不可能遇上。我当时处在这么一个状况，"文革"之后老一代作家复出后写出的作品，还有一九七八年到一九八二这三年开始出名的作家，或者是出点小名的作家，他们写下的全部作品加起来，都无法填满中国那么多文学杂志的版面，所以当时的编辑们都会认真读自由来稿，发现一篇好小说，发现一个有希望的作者，编辑会兴奋很长时间，我就是这样向一个一个文学杂志投稿。那时候是邮资总付，不需要自己付钱，只要把稿件塞到信封里面，剪掉一个角，表示是稿件，邮资就由对方杂志社付了。我寄给《人民文学》由《人民文学》付钱，寄给《收获》就由《收获》付钱，我就这样寄出去。我胃口很大，首先是寄《人民文学》和《收获》，退回来以后把他们的信封翻一个面，用胶水粘一下，剪掉一个角，寄给《北京文学》和《上海文学》，又退回来后，就寄到省一级的文学杂志，再退回来，再寄到地区级文学杂志，我当时手稿走过的城市比我后来去过的还要多。

当时我们家有一个院子，邮递员骑车过来把退稿从围墙外面扔进来，只要听到很响的声音就知道退稿来了，连我父亲都知道。有时候如果飞进来像雪花一样飘扬的薄薄的信，我父亲就说这次有希望。我一九八三年发表小说，两年以后，一九八五年再去几家文学杂志的编辑部时，发现已经没有这样的机会了，自由投稿拆都不拆就塞进麻袋让收废品的拉走，成名作家或者已经发表过作品的作家黑压压一大片，光这些作家的新作已让文学杂志的版面不够用了，这时候编辑们不需要寻找自由来稿，编发一下自己联系的作家的作品就够了。所以我很幸运，假如我晚两年写小说，现在我还在拔牙。这就是命运。

对我来说，坐下来写作很重要，这是第一个障碍物，越过去了就是一条新的道路，没越过去只能原地踏步。总是有人问我怎样才能成为作家，我说首先要让你的屁股和椅子建立起友谊来，你要坐下来，能够长时间坐在那里。我的这个友谊费了很大劲才建立起来，那时候我还年轻，窗外阳光明媚，鸟儿在飞翔，外面说笑声从窗外飘进来，引诱我出去，当时空气也好，不像现在。我很难长时间坐在那里，还是要坚持坐下去，这是我写作遇到的第一个障碍。

第二个障碍是在我作品不断发表以后，那时候小有名气了，发表作品没问题了，可是写作还在继续，写作中的问题还在继续出现，比较突出的问题就是如何写好对话。写好对话可以说是衡量作家是否成熟的一个标准，当然只是很多标准中的一个，但是很重要。比如我们读一些小说，有时会发现，某个作家描写一个老农民，老农民神态、老农民生活的环境都很准确，可是老农民一开口说话，不是老农民的腔调，是大学教授的腔调，这就是问题，什么人说什么话是写小说的基本要素。

当我还不能像现在这样驾驭对话的时候，采取的办法是让应该是对话的部分用叙述的方式去完成，有一些对话自己觉得很好，胸有成竹，再用引号标出来，大部分应该是对话来完成的都让叙述去完成。我那时发现苏童处理对话很有技巧，他的不少小说通篇是用叙述完成的，人物对话时没有引号，将对话和叙述混为一谈，既是叙述也是对话，读起来很舒服，这是他的风格，我学不会，我要找到自己的方法。

我是在写长篇小说时解决了这个问题,自然而然就解决了。可能是篇幅长的原因,写作时间也长,笔下的人物与我相处也久,开始感到人物有他们自己的声音,这是写作对我的又一次酬谢,我就在他们的声音指引下去写对话,然后发现自己跨过对话的门槛了,先是《在细雨中呼喊》,人物开始出现自己的声音,我有些惊奇,我尊重他们的声音,结果证明我做对了。接着是《活着》,一个没有什么文化的老农民讲述自己的故事,这个写作过程让我跨过了更高的门槛。然后是通篇对话的《许三观卖血记》了。

我年轻时读过詹姆斯·乔伊斯的《一个青年艺术家的画像》,通篇用对话完成的一部小说,当时就有一个愿望,将来要是有机会,我也要写一部通篇用对话完成的长篇小说,用对话来完成一个短篇小说不算困难,但是完成一部长篇小说就不容易了,如果能够做到,我觉得是一个很大的成就。我开始写小说的时候,对不同风格的小说都有兴趣,都想去尝试一下,有的当时就尝试了,有的作为一个愿望留在心里,将来有机会时再去尝试,这是我年轻时的抱负。

一九九五年我开始写《许三观卖血记》,写了一万多字后,突然发现这个小说开头是由对话组成的,机会来了,我可以用对话的方式来完成这部小说了,当然中间会有一些叙述的部分,我可以很简洁很短地去处理。写作《许三观卖血记》的时候,我意识到通篇对话的长篇小说的障碍在什么地方,这是当年我读《一个青年艺术家的画像》的时候感受不到的困难，詹姆斯·乔伊斯的困难。当一部长篇小说是以对话来完成时，这样的对话和其他以叙述为主的小说的对话是不一样的，区别在于这样的对话有双重功能，一个是人物在发言，另一个是叙述在推进。所以写对话的时候一定要有叙述中的节奏感和旋律感，如何让对话部分和叙述部分融为一体，简单地说如何让对话成为叙述，又让叙述成为对话。我在海盐县文化馆工作过六年，我对我们地方的越剧比较了解，我注意到越剧里面的唱词和台词差别不大，台词是往唱词那边靠的，唱词是往台词那边靠的，这样观众不会觉得别扭，当说和唱有很大差别时，很容易破坏戏剧的节奏感和旋律感；当说和唱很接近时，这个问题就解决了。我觉得这个方法很好，所以我在写对话时经常会写得长一点，经常会多加几个字，让人物说话时呈现出节奏和旋律来，这样就能保持阅读的流畅感，一方面是人物的对话，另一方面是叙述在推进。

写完《许三观卖血记》以后，对于写对话我不再担心了，想写就写，不想写可以不写，不再像过去那样小心翼翼用叙述的方式去完成大部分的对话，留下一两句话用引号标出来，不再是这样的方式，我想写就写，而且我知道对话怎么写，什么人说什么话，这个在写完《在细雨中呼喊》和《活着》之后就没问题了，写完《许三观卖血记》后更自信了。写作会不断遇到障碍，同时写作又是水到渠成，这话什么意思呢，就是说障碍在前面的时候你会觉得它很强大，当你不是躲开而是迎上去，一步跨过去之后，突然发现障碍并不强大，只是纸老虎，充满勇气的作者总是向前面障碍物前进，常常是不知不觉就跨过去了，跨过去以后才意识到，还会惊讶这么轻松就过去了。

接下去说说我叙述里的第三个障碍物，这个很重要，对于在座的以后从事写作的人也许会有帮助。我说的是心理描写，对我来说这是最大的障碍。当我写了一些短篇小说，又写了一些中篇小说，开始写长篇小说的时候，也就是我小说越写越长，所写的内容越来越丰富复杂的时候，我发现心理描写是横在前面的一道鸿沟，很难跨越过去。为什么？当一个人物的内心是平静的话，这样的内心是可以描写的，可是没有必要去描写的，没有价值。当一个人物的内心兵荒马乱的时候，是很值得去描写的，可是又不知道如何去描写，用再多的语言也无法把那种百感交集表达出来。当一个人物狂喜或者极度悲伤、极度惊恐之时，或者遇到什么重大事件的时候，他的心理是什么状态，必须要表现出来，这是不能回避的。当然很多作家在回避，所以为什么有些作家的作品让我们觉得叙述没有问题，语言也很美，可是总在绕来绕去，一到应该冲过去的地方就绕开，很多作家遇到障碍物就绕开，这样的作家大概占了90%以上，只有极少数的作家迎着障碍物上，还有的作家给自己制造障碍物，跨过了障碍以后往往会出现了不起的篇章。当时心理描写对我来说是很大的障碍，我不知道该怎么写，每次写到那个地方的时候就停下笔，不知道怎么办，那时候还年轻，如果不解决心理描写这个难题，人物也好，故事也好,都达不到我想要的那种叙述的强度。

这时候我读到了威廉·福克纳的一个短篇小说叫《沃许》,威廉·福克纳是继川端康成和卡夫卡之后,我的第三个老师。《沃许》写一个穷白人如何把一个富白人杀了,一个杀人者杀了人以后,他的内心应该是很激烈的,好在这是短篇小说,长篇小说你没法去研究,看了前面忘了后面,看了后面忘了前面,短篇小说还是可以去研究,去分析的。我惊讶地读到福克纳用了近一页纸来描写刚刚杀完人的杀人者的心理,我当时就明白了,威廉·福克纳的方式很简单,当心理描写应该出现的时候,他所做的是让人物的心脏停止跳动,让人物的眼睛睁开,全部是视觉,杀人者麻木地看着躺在地上的尸体,还有血在阳光下的泥土里流淌,他刚刚生完孩子的女儿对他感到厌恶,以及外面的马又是怎么样,他用非常麻木的方式通过杀人者的眼睛呈现出来,当时我感到威廉·福克纳把杀人者的内心状态表现得极其到位。但是我还不敢确定心理描写是不是应该就是这样,我再去读记忆里的一部心理描写的巨著,陀思妥耶夫斯基的《罪与罚》,重新读了一遍,有些部分读了几遍。拉斯科尔尼科夫把老太太杀死以后内心的惊恐,陀思妥耶夫斯基大概写了好几页,我忘了多少页,没有一句是心理描写,全是人物的各种动作来表达他的惊恐,刚刚躺下,立刻跳起来,感觉自己的袖管上可能有血迹,一看没有,再躺下,接着又跳起来,又感觉到什么地方出了问题。他杀人以后害怕被人发现的恐惧,一个一个的细节罗列出来,没有一句称得上是心理描写。还有司汤达的《红与黑》，当时我觉得这也是一部心理描写的巨著，于连和德·瑞纳夫人，还有他们之间的那种情感，重读以后发现没有那种所谓的心理描写。然后我知道了，心理描写是知识分子虚构出来的，来吓唬我们这些写小说的，害得我走了很长一段弯路。

这是我在八十年代写作时遇到的最大障碍，也是最后的障碍。这个障碍跨过去以后，写作对我来说就变得不是那么困难，我感觉到任何障碍都不可能再阻挡我了，剩下的就是一步一步往前走，就是如何去寻找叙述上更加准确、更加传神的表达方式，把想要表达的充分表现出来。

当然叙述中的障碍物还有很多，在我过去的写作中不断出现过，在我将来的写作中还会出现，以后要是有时间的话可以写一本书：我在什么地方遇到什么困难，又在什么地方遇到什么问题，我又是怎么解决的。那是比较具体的例子，今天就不再多说。

最后我再说一下，就是障碍物对一个小说家叙述的重要性，伟大的作家永远不会绕开障碍物，甚至给自己制造障碍物，我们过去有一句话"有条件要上，没有条件创造条件也要上。"伟大作家经常是有障碍要上，没有障碍创造障碍也要上，典型的例子就是司汤达的《红与黑》。于连·索黑尔决定向德·瑞纳夫人求爱的场景就是这样，一般作家写一个家庭教师向伯爵夫人求爱，肯定找一个角落，确定四周没有人，然后心跳加速，冒着冷汗向德·瑞纳夫人表示爱意。司汤达不是这样，他选择了让伯爵先生在场的情况下，让于连·索黑尔向德·瑞纳夫人表达爱意，这是一个多大的叙述障碍。司汤达让他们三个人坐在花园的一张圆桌旁，三个人在那里说话，于连·索黑尔用他的脚去勾引德·瑞纳夫人，德·瑞纳夫人刚开始非常紧张，于连·索黑尔更加紧张，于连·索黑尔的紧张是双重的，一是万一伯爵夫人拒绝并且揭穿他怎么办？二是万一伯爵先生发现了怎么办？而伯爵先生莫名其妙，因为这两个人说话答非所问。于连·索黑尔就是这样开始勾引伯爵夫人，写了很长的篇幅。司汤达把一场勾引写得跟一场战争一样激烈，这是一个伟大的作家，别的作家不会这样去处理，但是伟大的作家都是这样处理。所以我们读到过的伟大的文学篇章，都是作家跨过了很大的障碍以后出来的。托尔斯泰对安娜·卡列尼娜最后自杀时候的描写，可以说是文学史上激动人心的篇章，托尔斯泰即使简单地写下安娜·卡列尼娜的自杀情景也可以，因为叙述已经来到了结尾，前面的几百页已经无与伦比，最后弱一些也可以接受，但是托尔斯泰不会那么做，如果他那么做了，也不会写出前面几百页的精彩，所以他在结尾的时候把安娜·卡列尼娜人生最后时刻的点点滴滴都描写出来了，绝不回避任何一个细节，而且每一个句子每一个段落都是极其精确有力。

　　二十世纪也有不少这样的作家，比如前不久去世的马尔克斯，你在他的叙述里读不到任何回避的迹象。《百年孤独》显示了他对时间处理的卓越能力，你感觉有时候一生就是一天，一百年用二十多万字就解决掉，这是非常了不起的。马尔克斯去世时，有记者问我，他与巴尔扎克、托尔斯泰有什么区别，我告诉那位记者，托尔斯泰从容不迫的叙述看似宁静实质气势磅礴而且深入人心，这是别人不能跟他比的。我听了巴赫的《马太受难曲》以后，一直在寻找，文学作品中是不是也有这样的作品，那么地宁静，那么地无边无际，同时又那么地深入人心。后来我重读《安娜·卡列尼娜》，感觉这是文学里的《马太受难曲》，虽然题材不一样，音乐和小说也不一样，但是叙述的力量，那种用宁静又广阔无边的方式表现出来的力量是一样的，所以我说这是托尔斯泰的唯一。巴尔扎克有一些荒诞的小说，也有现实主义的小说，你看他对人物的刻画丝丝入扣，感觉他对笔下人物的刻画像雕刻一样，是一刀一刀刻出来的，极其精确，而且栩栩如生。我对那个记者说，从这个意义来说，所有伟大作家都是唯一的，马尔克斯对时间的处理是唯一的，我还没有读到哪部作品对时间的处理能够和《百年孤独》比肩，所以他们都有自己的唯一，才能成为一代又一代读者不断去阅读的经典作家。

当然唯一的作家很多，仅仅俄罗斯文学就可以列出不少名字，托尔斯泰、陀思妥耶夫斯基、果戈理、契诃夫，就是苏联时期还有帕斯捷尔纳克、布尔加科夫，肖洛霍夫，肖洛霍夫的《静静的顿河》我读了两遍，四卷本的书读了两遍，这是什么样的吸引力。当年这本书在美国出版时因为太厚，兰登书屋先出了第一和第二卷的合集，叫《顿河在静静流》，出版后很成功，又出版了第三和第四卷的合集，叫《顿河还在静静流》。虽然这部小说里有不少缺陷，把红军的布告和苏维埃政府的文件直接贴进小说里，还有一些革命宣言式的文字，但是我理解肖洛霍夫是迫不得已，要不怎么在苏联出版？尽管如此，仍然无法抵消这部作品的伟大，那些都是小毛病，可以忽略的小毛病。这部小说结束时故事还没有结束，我觉得他在没有结束的地方结尾了很了不起，我读完后难过了很多天，一直在想以后怎么样了？真是顿河还在静静流。俄罗斯这个民族是发明 AK-47 的民族，他们那把枪发明多长时间了？现在世界上用得最多的还是 AK-47，他们的文学比 AK-47 可要牛逼多了。

我的写作经历

我是一九八三年开始小说创作,当时我深受日本作家川端康成的影响,川端作品中细致入微的描叙使我着迷,那个时期我相信人物情感的变化比性格更重要,我写出了像《星星》这类作品。这类作品发表在一九八四年到一九八六年的文学杂志上,我一直认为这一阶段是我阅读和写作的自我训练期,这些作品我一直没有收录到自己的集子中去。

由于川端康成的影响,使我在一开始就注重叙述的细部,去发现和把握那些微妙的变化。这种叙述上的训练使我在后来的写作中尝尽了甜头,因为它是一部作品是否丰厚的关键。但是川端的影响也给我带来了麻烦,这十分内心化的写作,使我感到自己的灵魂越来越闭塞。这时候,也就是一九八六年,我读到了卡夫卡,卡夫卡在叙述形式上的随心所欲把我吓了一跳,我心想:原来小说还可以这样写。

卡夫卡是一位思想和情感都极为严谨的作家，而在叙述上又是彻底的自由主义者。在卡夫卡这里，我发现自由的叙述可以使思想和情感表达得更加充分。于是卡夫卡救了我，把我从川端康成的桎梏里解放了出来。与川端不一样，卡夫卡教会我的不是描述的方式，而是写作的方式。

这一阶段我写下了《十八岁出门远行》《现实一种》《世事如烟》等一系列作品。应该说《十八岁出门远行》是我第一部成功的作品，在当时，很多作家和评论家认为它代表了新的文学形式，也就是后来所说的先锋文学。

一个有趣的事实是，我在中国被一些看法认为是学习西方文学的先锋派作家，而当我的作品被介绍到西方时，他们的反映却是我与文学流派无关。所以，我想谈谈先锋文学。我一直认为中国的先锋文学其实只是一个借口，它的先锋性很值得怀疑，而且它是在世界范围内先锋文学运动完全结束后产生的。就我个人而言，我写下这一部分作品的理由是我对真实性概念的重新认识。文学的真实是什么？当时我认为文学的真实是不能用现实生活的尺度去衡量的，它的真实里还包括了想象、梦境和欲望。在一九八九年，我写过一篇题为《虚伪的作品》的文章，它的题目来自毕加索的一句话："艺术家应该让人们懂得虚伪中的真实。"为了表达我心目中的真实，我感到原有的写作方式已经不能支持我，所以我就去寻找更为丰富的，更具有变化的叙述。现在，人们普遍将先锋文学视为八十年代的一次文学形式的革命,我不认为是一场革命,它仅仅只是使文学在形式上变得丰富一些而已。

到了九十年代,我的写作出现了变化,从三部长篇小说开始,它们是《在细雨中呼喊》《活着》和《许三观卖血记》。有关这样的变化,批评家们已经议论得很多了,但是都和我的写作无关。应该说是叙述指引我写下了这样的作品,我写着写着,突然发现人物有他们自己的声音,这是令我惊喜的发现,而且是在写作过程中发现的。在此之前我不认为人物有自己的声音,我粗暴地认为人物都是作者意图的符号,当我发现人物自己的声音以后,我就不再是一个发号施令的叙述者,我成为了一个感同身受的记录者,这样的写作十分美好,因为我时常能够听到人物自身的发言,他们自己说出来的话比我要让他们说的更加确切和美妙。

我知道自己的作品正在变得平易近人,正在逐渐地被更多的读者所接受。不知道是时代在变化,还是人在变化,我现在更喜欢活生生的事实和活生生的情感,我认为文学的伟大之处就是在于它的同情和怜悯之心,并且将这样的情感彻底地表达出来。文学不是实验,应该是理解和探索,它在形式上的探索不是为了形式自身的创新或者其他的标榜之词,而是为了真正地深入人心,将人的内心表达出来,而不是为了表达内分泌。

就像我喜欢自己九十年代的作品那样,我仍然喜欢自己在八十年代所写下的作品,因为它们对于我是同样的重要。更为重

由于过去的经验和将来的事物同时存在现在之中,
所以现在往往是无法确定和变幻莫测的。

我感到世界有其自身的规律，世界并非总在常理推断之中。我这样做同时也是为了告诉别人：事实的价值并不只是局限于事实本身，任何一个事实一旦进入作品都可能象征一个世界。

要的是我还将不断地写下去，在我今后的作品中，我希望自己的写作会更有意义，我所说的"意义"是写出拥有灵魂和希望的作品。

一九九八年七月十一日

长篇小说的写作

相对于短篇小说，我觉得一个作家在写作长篇小说的时候，似乎离写作这种技术性的行为更远，更像是在经历着什么，而不是在写作着什么。换一种说法，就是短篇小说表达时所接近的是结构、语言和某种程度上的理想。短篇小说更为形式的理由是它可以严格控制在作家完整的意图里。长篇小说就不一样了，人的命运，背景的交换，时代的更替在作家这里会突出起来，对结构和语言的把握往往成为了另外一种标准，也就是人们衡量一个作家是否训练有素的标准。

这是有道理的。由于长篇小说写作时间上的拉长，从几个月到几年，或者几十年，这中间小说的叙述者将会有很多小说之外的经历，当小说中人物的命运往前推进时，作家自身的生活也在变化着，这样的变化会使作家不停地质问自己：正在进行中的叙述是否值得？

因此长篇小说的写作同时又是对作家信念的考验，当然也是对叙述过程的不断证明，证明正在进行中的叙述是否光彩照人，而接下去的叙述，也就是在远处等待着作家的那些意象，那些只言片语的对话，那些微妙的动作和目光，还有人物命运出现的突变，这一切是否能够在很长时间里，保持住对作家的冲击。

让作家始终不渝，就像对待爱一样对待正在写作中的长篇小说，这就要求作家在对自己的作品充满信心的同时，还一定要有体力上的保证，只有足够的体力，才可以使作家真正激动起来，使作家泪流满面，浑身发抖。

问题是在长篇小说的写作过程里，作家经常会遇上令人沮丧的事。比如说疾病，一次小小的感冒都会葬送一部辉煌的作品。因为在长篇小说的写作中，任何一个章节都是至关重要的，如果有一个章节在叙述中趋向平庸，带来的结果很可能是后面章节更多的平庸。平庸的细胞在长篇小说里一旦扩散，其速度就会像人口增长一样迅速。这时候作家往往会自暴自弃，对自己写作开始不满，而且是越来越不满，接下去开始愤怒了，开始恨自己，并且对自己破口大骂，挥手抽自己的嘴巴，最后是凄凉的怀疑，怀疑自己的才华，怀疑正在写作中的小说是否有价值。这时作家的信心完全失去了，他觉得自己被抛弃了，被语言、被结构、被人物甚至被景色，被一切所抛弃。他觉得自己正在进行的工作只是往垃圾上倒垃圾，因为他失去了一切为他而来的爱，同时也背叛了自己的爱。到头来他只好无可奈何地发出一声声苦笑，心想这一部长篇小说算是完蛋了,这一次只能这样了,只能凑合着写完了。然后他将全部的希望寄托到下一部长篇小说之中,可是谁能够保证他在下一部长篇小说的写作中不再感冒?可能他不会再感冒了,但是他的胃病出现了,或者就是难以克服的失眠……

作家在写作长篇小说的时候,需要去战斗的事实在是太多了,并且在每一次战斗中都必须是胜利者,任何一次微不足道的失败,都有可能使他的写作前功尽弃。作家要克服失眠,要战胜疾病,同时又要抵挡来自生活中的世俗的诱惑,这时候的作家应该清心寡欲,应该使自己宁静,只有这样,作家写作的激情才有希望始终饱满,才能够在写作中刺激着叙述的兴奋。

我注意到苏童在接受一次访问时,解释他为何喜欢短篇小说,其中之一的理由就是——他这样说:我始终觉得短篇小说使人在写的时候还没有出现困顿、疲乏阶段时它就完成了。

苏童所说的疲乏,正是长篇小说写作中最普遍的困难,是一种身心俱有的疲乏。作家一方面要和自己的身体战斗,另一方面又要和灵感战斗,因为灵感不是出租汽车,不是站在大街上等待就可以得到的东西,作家必须付出内心全部的焦虑、不安、痛苦和呼吸困难之后,也就是在写字桌前坐上几个小时,或者几天以后,才能够看到灵感之光穿过层层叙述的黑暗,照亮自己。

这时候作家有点像是来到了足球场上,只有努力地奔跑,长时间地无球奔跑之后,才有可能获得一次起脚射门。

对于作家来说,一部长篇小说的开始是重要的,但是不会疲乏。只有在获得巨大的冲动以后，作家才会坐到写字桌前，正式写作起他的长篇小说。这时候作家对自己将要写的作品即便不是深谋远虑，也已经在内心里激动不安。所以长篇小说开始的部分，往往是在灵感已经来到以后才会落笔，这时候对于作家的写作行为来说是不困难的，真正的困难是在"继续"上面，也就是每天坐到桌子前，将前一天写成的如何往下继续时的困难。

这是最难受的时候，作家首先要花去很多时间来调整自己的呼吸和自己的情绪，因为在一分钟之前作家还在打电话，或者正蹲在卫生间里干着排泄的事情。就是说作家一分钟以前还在三心二意地生活着，他干的事与正要写的作品毫无关系，一分钟以后他就必须使自己成为另外一个人，一个叙述者，一个不再散漫的人，他开始责任重大，因为写出来的每一个字和每一个标点符号，都是他重新生活的开始，这重新开始的生活与他的现实生活截然不同，是欲望的、想象的、记忆的生活，也是井然有序的生活，而且决不允许他犯错误，一个小小的错误都会使他的叙述走上邪路，在长篇小说的写作过程里，叙述不会给作家提供很多悔过自新或者重新做人的机会。叙述一旦走上了邪路，叙述不仅不会站出来挽救叙述者，相反还会和叙述者一起自暴自弃。这就像是请求别人原谅自己是容易的，可是要请求自己原谅自己就十分艰难了，因为这时候他往往不知道该怎么办。

因此，作家必须保持始终如一的诚实，必须在写作过程里集中他所有的美德，必须和他现实生活中的所有恶习分开。在现实中，作家可以谎话连篇，可以满不在乎，可以自私、无聊和沾沾自喜；可是在写作中，作家必须是真诚的，是认真严肃的，同时又是通情达理和满怀同情和怜悯之心；只有这样，作家的智慧和警觉才能够在漫长的长篇小说写作中，不受到任何伤害。

所以，当作家坐到写字桌前时，首先要做的，就是问一问自己，是否具备了高尚的品质？

然后，才是将前一天的叙述如何继续下去，这时候作家面临的就是如何工作了，这是艰难的工作，通过叙述来和现实设立起紧密的关系。与其说是设立，还不如说是维持和发展下去。因为在作品的开始部分，作家已经设立了与现实的关系，虽然这时候仅仅是最初的关系，然而已经是决定性的关系了。优秀的作家都知道这个道理，与现实签订什么样的合约，决定了一部作品完成之后是什么样的品格。因为在一开始，作家就必须将作品的语感、叙述方式和故事的位置确立下来。也就是说，作家在一开始就应该让自己明白，正在叙述中的作品是一个传说，还是真实的生活？是荒诞的，还是现实的？或者两者都有？

当卡夫卡在其《审判》的开始，让约瑟夫·K莫名其妙地在一天早晨被警察逮捕，接着警察又莫名其妙地让他继续自由地去工作时，卡夫卡在逮捕与自由这自相矛盾之中，签订了《审判》与现实的合约。这是一份幽默的合约，从一开始，卡夫卡就不准备讲述一个合乎逻辑的故事，他虽然一直在冷静地叙述着现实的逻辑，可是在故事发展的关键时刻，他又完全破坏了逻辑。这就是《审判》从一开始就建立的叙述，这样的叙述一直贯穿到作品的结尾。卡夫卡用人们熟悉的方式讲述所有的细节，然后又令人吃惊地用人们很不习惯的方式，创造了所有的情节。

另一位作家纳撒尼尔·霍桑，在《红字》的开始就把海丝特推到了一个忍辱负重的位置上，这往往是一部作品结束时的场景。让一个女人从监狱里走出来，可是迫使她进入监狱的耻辱并没有离她而去，而是作为了一个标记（红A字）挂在了她的胸前……霍桑就是这样开始了他的叙述，他从一开始就建立起内心与现实的冲突，内心的高尚和生活的耻辱重叠到了一起，同时又泾渭分明。

还有一位作家福克纳，在其《喧哗与骚动》的第一页这样写道：

透过栅栏，穿过攀绕的花枝的空当，我看见他们在打球。他们朝插着小旗的地方走过来，我顺着栅栏朝前走。勒斯特在那棵开花的树旁草地里找东西。他们把小旗拔出来，打球了。接着他们又把小旗插回去，来到高地上，这人打了一下，另外那人也打了一下……

显然，作品中的"我"不知道他们是在打高尔夫球，他只知道："这人打了一下，另外那人也打了一下。"他也不知道勒斯特身旁的是什么树，只知道是一棵开花的树。于是我们明白了这是一个十分简单的头脑,世界给它的图像只是"这人打了一下,那人也打了一下"。

在这里,福克纳开门见山地告诉了自己,他接下去要描叙的是一个空白的灵魂,在这灵魂上面没有任何杂质,只有几道深浅不一的皱纹,有时候会像湖水一样波动起来。于是在很多年以后,也就是福克纳离开人世之后,我有幸读到了这部伟大作品的中译本,认识了一个伟大的白痴——班吉明。

卡夫卡、霍桑、福克纳,在他们各自的长篇小说里,都是一开始就确立了叙述与现实的关系,而且都是简洁明了,没有丝毫含糊其词的地方。他们在心里都很清楚这样的事实:如果在作品的第一页没有表达出作家叙述的倾向,那么很可能在第一百页仍然不知道自己正在写些什么。

真正的问题是在合约签订以后,如何来完成,作家接下去的写作在很大程度上成为了对合约的理解。作家在写作之前,有关这部长篇小说的构想很可能只有几千字,而作品完成之后将会在十多万字以上。因此真正的工作就是一日接着一日地坐到桌前,将没有完成的作品向着没有完成的方向发展,只有在写作的最后时刻,作家才有可能看到完成的方向。这样的时刻往往只会出现一次,等到作家试图重新体会这样的感受时,他只能去下一部长篇小说寻找机会了。

因此,长篇小说的写作过程,是作家重新开始的一段经历,写作是否成功,也就是作家证明自己的经历是否值得。当几个陌生的名字出现在作品的叙述中时，作家对他们的了解可以说是和他们的名字一样陌生，只有通过叙述的不断前进和深入，作家才慢慢明白过来，这几个人是来干什么的。他们在作家的叙述里出生，又在作家的叙述里完整起来。他们每一次的言行举止，都会让作家反复询问自己：是这样吗？是他的语气吗？是他的行为吗？或者在这样的时候，他为什么要这样做和这样说？

一部长篇小说就是这样完成的，长途跋涉似的写作，不断的自信和不断的怀疑。最困难的还是前面多次说到过的"继续"，今天的写作是为了继续昨天的，明天的写作又是为了继续今天的，无数的中断和重新开始。就在这些中断和开始之间，隐藏着无数的危险，从作家的体质到叙述上的失误，任何一个弱点都会改变作品的方向。所以，作家在这种时候只有情绪饱满和小心翼翼地叙述。有时候作家难免会忘乎所以，因为作品中的人物突然说出了一句让他意料不到的话，或者情节的发展使他大吃一惊，这种时候往往是十分美好的，作家感到自己获得了灵感的宠爱，同时也暗示了作家对自己作品的了解已经深入到了命运的实质。这时候作家在写作时可以左右逢源了。

几乎所有的作家都面临这样的困难，就是将前面的叙述如何继续下去。当然也有例外，比如海明威，他说他总是在知道下面该怎么写的时候停笔，所以第二天他继续写作时就不会遇上麻烦了。另一位作家加西亚·马尔克斯站出来证明了海明威的话，他说他自从使用海明威的写作经验后，再也不怕坐到桌前继续前一天的写作了。海明威和马尔克斯说这样的话时，都显得轻松愉快，因为那个时候他们都没有在写作，他们正和记者坐在一起信口开河，而且他们谈论的都是已经完成了的长篇小说，他们已经克服了那几部长篇小说写作中的所有困难，于是他们也就好了伤疤忘了疼痛。

一九九六年四月五日

虚伪的作品

现在我似乎比以往任何时候都明白自己为何写作，我的所有努力都是为了更加接近真实。因此在一九八六年年底写完《十八岁出门远行》后的兴奋，不是没有道理。那时候我感到这篇小说十分真实，同时我也意识到其形式的虚伪。所谓的虚伪，是针对人们被日常生活围困的经验而言。这种经验使人们沦陷在缺乏想象的环境里，使人们对事物的判断总是实事求是地进行着。当有一天某个人说他在夜间看到书桌在屋内走动时，这种说法便使人感到不可思议和难以置信。也不知从何时起，这种经验只对实际的事物负责，它越来越疏远精神的本质。于是真实的含义被曲解也就在所难免。由于长久以来过于科学地理解真实，真实似乎只对早餐这类事物有意义，而对深夜月光下某个人叙述的死人复活故事，真实在翌日清晨对它的回避总是毫不犹豫。因此我们的文学只能在缺乏想象的茅屋里度日如年。在有人以要求新闻记者眼中的真实,来要求作家眼中的真实时,人们的广泛拥护也就理所当然了。而我们也因此无法期待文学会出现奇迹。

一九八九年元旦的第二天,安详的史铁生坐在床上向我揭示这样一个真理:在瓶盖拧紧的药瓶里,药片是否会自动跳出来?他向我指出了经验的可怕,因为我们无法相信不揭开瓶盖药片就会出来,我们的悲剧在于无法相信。如果我们确信无疑地认为瓶盖拧紧药片也会跳出来,那么也许就会出现奇迹。可因为我们无法相信,奇迹也就无法呈现。

在一九八六年写完《十八岁出门远行》之后,我隐约预感到一种全新的写作态度即将确立。艾萨克·辛格在初学写作之时,他的哥哥这样教导他:"事实是从来不会陈旧过时的,而看法却总是会陈旧过时。"当我们抛弃对事实做出结论的企图,那么已有的经验就不再牢不可破。我们开始发现自身的肤浅来自经验的局限。这时候我们对真实的理解也就更为接近真实了。当我们就事论事地描述某一事件时,我们往往只能获得事件的外貌,而其内在的广阔含义则昏睡不醒。这种就事论事的写作态度窒息了作家应有的才华,使我们的世界充满了房屋、街道这类实在的事物,我们无法明白有关世界的语言和结构。我们的想象力会在一只茶杯面前忍气吞声。

有关二十世纪文学评价的普遍标准,一直以来我都难以接受。把它归结为后工业时期"人的危机"的产物似乎过于简单。我个人认为二十世纪文学的成就主要在于,文学的想象力重新获得自由。十九世纪文学经过了辉煌的长途跋涉之后，却把文学的想象力送上了医院的病床。

当我发现以往那种就事论事的写作态度只能导致表面的真实以后，我就必须去寻找新的表达方式。寻找的结果使我不再忠诚所描绘事物的形态，我开始使用一种虚伪的形式。这种形式背离了现状世界提供给我的秩序和逻辑，然而却使我自由地接近了真实。

罗伯－格里耶[1]认为文学的不断改变主要在于真实性概念在不断改变。十九世纪文学造就出来的读者有其共同的特点，那就是世界对他们而言已经完成和固定下来。他们在各种已经得出的答案里安全地完成阅读行为，他们沉浸在不断被重复的事件的陈旧冒险里。他们拒绝新的冒险，因为他们怀疑新的冒险是否值得。对于他们来说，一条街道意味着交通、行走这类大众的概念。而街道上的泥迹，他们也会立刻赋予"不干净""没有清扫"之类固定想法。

当文学所表达的仅仅只是一些大众的经验时，其自身的革命便无法避免。任何新的经验一旦时过境迁就将衰老，而这衰老的经验却成为了真理，并且被严密地保护起来。在各种陈旧经验堆积如山的中国当代文学里，其自身的革命也就困难重重。

当我们放弃"没有清扫""不干净"这些想法，而去关注泥

---

[1] 阿兰·罗伯－格里耶（Alain Robbe-Grillet，1922—2008），法国著名"新小说派"代表作家。

迹可能显示的意义，那种意义显然是不确定和不可捉摸的，有关它的答案像天空的颜色一样随意变化，那么我们也许能够获得纯粹个人的新鲜经验。

普鲁斯特在《复得的时间》里这样写道："只有通过钟声才能意识到中午的康勃雷，通过供暖装置所发出的哼声才意识到清早的堂西埃尔。"康勃雷和堂西埃尔是两个地名。在这里，钟声和供暖装置的意义已不再是大众的概念，已经离开大众走向个人。

一次偶然的机会，使我在某个问题上进行了长驱直入的思索，那时候我明显地感到自己脱离常识过程时的快乐。我选用"偶然的机会"，是因为我无法确定促使我思想新鲜起来的各种因素。我承认自己所有的思考都从常识出发，一九八六年以前的所有思考都只是在无数常识之间游荡，我使用的是被大众肯定的思维方式，但是那一年的某一个思考突然脱离了常识的围困。

那个脱离一般常识的思考，就是此文一直重复出现的真实性概念。有关真实的思考进行了两年多以后还将继续下去，我知道自己已经丧失了结束这种思考的能力。因此，此刻我所要表达的只是这个思考的历程，而不是提供固定的答案。

任何新的发现都是从对旧事物的怀疑开始的。人类文明为我们提供了一整套秩序，我们置身其中是否感到安全？对安全的责问是怀疑的开始。人在文明秩序里的成长和生活是按照规定进行着。秩序对人的规定显然是为了维护人的正常与安全，然而秩序是否牢不可破？事实证明，庞大的秩序在意外面前总是束手无策。城市的十字路口说明了这一点。十字路口的红绿灯，以及将街道切割成机动车道、自行车道、人行道，而且来与去各在大路的两端，所有这些代表了文明的秩序，这秩序的建立是为了杜绝车祸，可是车祸经常在十字路口出现，于是秩序经常全面崩溃。交通阻塞以后几百辆车将组成一个混乱的场面。这场面告诉我们，秩序总是要遭受混乱的捉弄。因此我们置身文明秩序中的安全也就不再真实可信。

我在一九八六、一九八七年写《一九八六年》《河边的错误》《现实一种》时，总是无法回避现实世界给予我的混乱。那一段时间就像张颐武所说的"余华好像迷上了暴力"。确实如此，暴力因为其形式充满激情，它的力量源自人内心的渴望，所以它使我心醉神迷。让奴隶们互相残杀，奴隶主坐在一旁观看的情景已被现代文明驱逐到历史中去了，可是那种形式总让我感到是一出现代主义的悲剧。人类文明的递进，让我们明白了这种野蛮的行为是如何威胁着我们的生存。然而拳击运动取而代之，在这里我们可以看到文明对野蛮的悄悄让步。即便是南方的斗蟋蟀，也可以让我们意识到暴力是如何深入人心。在暴力和混乱面前，文明只是一个口号，秩序成为了装饰。

我曾和李陀讨论过叙述语言和思维方式的问题。李陀说："首先出现的是叙述语言，然后引出思维方式。"

我的个人写作经历证实了李陀的话。当我写完《十八岁出门远行》后,我从叙述语言里开始感受到自己从未有过的思维方式。这种思维方式一直往前行走,使我写出了《一九八六年》《现实一种》等作品,然而在一九八八年春天写作《世事如烟》时,我并没有清晰地意识到新的变化在悄悄进行。直到整个叙述语言方式确立后,才开始明确自己的思维运动出现了新的前景。而在此之前,也就是写完《现实一种》时,我以为从《十八岁出门远行》延伸出来的思维方式已经成熟和固定下来。我当时给朱伟写信说道:"我已经找到了今后的创作的基本方法。"

事实上,到《现实一种》为止,我有关真实的思考只是对常识的怀疑。也就是说,当我不再相信有关现实生活的常识时,这种怀疑便导致我对另一部分现实的重视,从而直接诱发了我有关混乱和暴力的极端化想法。

在我心情开始趋向平静的时候,我便尽量公正地去审视现实。然而,我开始意识到生活是不真实的,生活事实上是真假杂糅和鱼目混珠。这样的认识是基于生活对于任何一个人都无法客观。生活只有脱离我们的意志独立存在时,它的真实才切实可信。而人的意志一旦投入生活,诚然生活中某些事实可以让人明白一些什么,但上当受骗的可能也同时呈现了。几乎所有的人都曾发出过这样的感叹:生活欺骗了我。因此,对于任何个体来说,真实存在的只能是他的精神。当我认为生活是不真实的,只有人的精神才是真实时,难免会遇到这样的理解:我在逃离现实生活。汉语里的"逃离"暗示了某种惊慌失措。另一种理解是上述理解的深入,即我是属于强调自我对世界的感知,我承认这个说法的合理之处,但我此刻想强调的是:自我对世界的感知其终极目的便是消失自我。人只有进入广阔的精神领域才能真正体会世界的无边无际。我并不否认人可以在日常生活里消解自我,那时候人的自我将融化在大众里,融化在常识里。这种自我消解所得到的很可能是个性的丧失。

在人的精神世界里,一切常识提供的价值都开始摇摇欲坠,一切旧有的事物都将获得新的意义。在那里,时间固有的意义被取消。十年前的往事可以排列在五年前的往事之后,然后再引出六年前的往事。同样这三件往事,在另一种环境时间里再度回想时,它们又将重新组合,从而展示其新的含义。时间的顺序在一片宁静里随意变化。生与死的界线也开始模糊不清,对于在现实中死去的人,只要记住他们,他们便依然活着。另一些人尽管继续活在现实中,可是对他们的遗忘也就意味着他们已经死亡。而欲望和美感、爱与恨、真与善在精神里都像床和椅子一样实在,它们都具有限定的轮廓、坚实的形体和常识所理解的现实性。我们的目光可以望到它们,我们的手可以触摸它们。

对于一九八九年开始写作或者还在写作的人来说,小说已不是首创的形式,它作为一种传统为我们继承。我这里所指的传统,并不只针对狄得罗,或者十九世纪的巴尔扎克、狄更斯,也包括活到二十世纪的卡夫卡、乔伊斯,同样也没有排斥罗伯-格里耶、福克纳和川端康成。对于我们来说,无论是旧小说,还是新小说，都已经成为传统。因此我们无法回避这样的问题，即我们为何写作？我们所有的努力都是为了什么？我现在所能回答的只能是——我所有的努力都是为了使这种传统更为接近现代，也就是说使小说这个过去的形式更为接近现在。

这种接近现在的努力将具体体现在叙述方式、语言和结构、时间和人物的处理上，就是如何寻求最为真实的表现形式。

当我越来越接近三十岁的时候（这个年龄在老人的回顾里具有少年的形象，然而在我却预示着与日俱增的回想），在我规范的日常生活里，每日都有多次的事与物触发我回首过去，而我过去的经验为这样的回想提供了足够事例。我开始意识到那些即将来到的事物，其实是为了打开我的过去之门。因此现实时间里的从过去走向将来便丧失了其内在的说服力。似乎可以这样认为，时间将来只是时间过去的表象。如果我此刻反过来认为时间过去只是时间将来的表象时，确立的可能也同样存在。我完全有理由认为过去的经验是为将来的事物存在的，因为过去的经验只有通过将来事物的指引才会出现新的意义。

拥有上述前提以后，我开始面对现在了。事实上我们真实拥有的只有现在，过去和将来只是现在的两种表现形式。我的所有创作都是针对现在成立的，虽然我叙述的所有事件都作为过去的状态出现，可是叙述进程只能在现在的层面上进行。在这个意义上说，一切回忆与预测都是现在的内容，因此现在的实际意义远比常识的理解要来得复杂。由于过去的经验和将来的事物同时存在现在之中,所以现在往往是无法确定和变幻莫测的。

阴沉的天空具有难得的宁静,它有助于我舒展自己的回忆。当我开始回忆多年前某桩往事,并涉及与那桩往事有关的阳光时,我便知道自己叙述中需要的阳光应该是怎样的阳光了。正是这种在阴沉的天空里显示出来的过去的阳光,便是叙述中现在的阳光。

在叙述与叙述对象之间存在的第三者(阴沉的天空),可以有效地回避表层现实的局限,也就是说可以从单调的此刻进入广阔复杂的现在层面。这种现在的阳光,事实上是叙述者经验里所有阳光的汇集。因此叙述者可以不受束缚地寻找最为真实的阳光。

我喜欢这样一种叙述态度,通俗的说法便是将别人的事告诉别人。而努力躲避另一种叙述态度,即将自己的事告诉别人。即便是我个人的事,一旦进入叙述,我也将其转化为别人的事。我寻找的是无我的叙述方式,在这个意义上,我同意李劼强调的,作家与作品之间有一个叙述者的存在。在叙述过程中,个人经验转换的最简便有效的方法就是,尽可能回避直接的表述,让阴沉的天空来展示阳光。

我在前文确立的现在,某种意义上说是针对个人精神成立的,它越出了常识规定的范围。换句话说,它不具备常识应有的现存答案和确定的含义。因此面对现在的语言,只能是一种不确定的语言。

日常语言是消解了个性的大众化语言，一个句式可以唤起所有不同人的相同理解。那是一种确定了的语言，这种语言向我们提供了一个无数次被重复的世界，它强行规定了事物的轮廓和形态。因此当一个作家感到世界像一把椅子那样明白易懂时，他提倡语言应该大众化也就理直气壮了。这种语言的句式像一个紧接一个的路标，总是具有明确的指向。

所谓不确定的语言，并不是面对世界的无可奈何，也不是不知所措之后的含糊其词，事实上它是为了寻求最为真实可信的表达。因为世界并非一目了然，面对事物的纷繁复杂，语言感到无力时时做出终极判断。为了表达的真实，语言只能冲破常识，寻求一种能够同时呈现多种可能，同时呈现几个层面，并且在语法上能够并置、错位、颠倒，不受语法固有序列束缚的表达方式。

当内心涌上一股情感，如果能够正确理解这股情感，也许就会发现那些痛苦、害怕、喜悦等确定字眼，并非是内心情感的真实表达，它们只是一种简单的归纳。要是使用不确定的叙述语言来表达这样的情感状态，显然要比大众化的确定语言来得客观真实。

我这样说并非全部排斥语言的路标作用，因为事物并非任何时候都是纷繁复杂，它也有简单明了的时候。同时我也不想掩饰自己在使用语言时常常力不从心。痛苦、害怕等确定语词，我们谁也无法永久逃避。我强调语言的不确定，只是为了尽可能真实地表达。

我所指的不确定的叙述语言，和确定的大众语言之间最根本的区别在于：前者强调对世界的感知，而后者则是判断。

我在前文已经说过，大众语言向我们提供了一个无数次被重复的世界。因此我寻找新语言的企图，是为了向朋友和读者展示一个不曾被重复的世界。

世界对于我，在各个阶段都只能作为有限的整体出现。所以在我某个阶段对世界的理解，只是对某个有限的整体的理解，而不是世界的全部。这种理解事实上就是结构。

从《十八岁出门远行》到《现实一种》时期的作品，其结构大体是对事实框架的模仿，情节段之间的关系基本上是递进、连接的关系，它们之间具有某种现实的必然性。但是那时期作品体现我有关世界结构的一个重要标志，便是对常理的破坏。简单的说法是，常理认为不可能的，在我作品里是坚实的事实；而常理认为可能的，在我那里无法出现。导致这种破坏的原因首先是对常理的怀疑。很多事实已经表明，常理并非像它自我标榜的那样，总是真理在握。我感到世界有其自身的规律，世界并非总在常理推断之中。我这样做同时也是为了告诉别人：事实的价值并不只是局限于事实本身，任何一个事实一旦进入作品都可能象征一个世界。

当我写作《世事如烟》时，其结构已经放弃了对事实框架的模仿。表面上看为了表现更多的事实，使世界能够尽可能呈现纷繁的状态，我采用了并置、错位的结构方式。但实质上，我有关世界结构的思考已经确立，并开始脱离现状世界提供的现实依据。我发现了世界里一个无法眼见的整体的存在，在这个整体里，世界自身的规律也开始清晰起来。

那个时期，当我每次行走在大街上，看着车辆和行人运动时，我都会突然感到这运动透视着不由自主。我感到眼前的一切都像是事先已经安排好，在某种隐藏的力量指使下展开其运动。所有的一切（行人、车辆、街道、房屋、树木），都仿佛是舞台上的道具，世界自身的规律左右着它们，如同事先已经确定了的剧情。这个思考让我意识到，现状世界出现的一切偶然因素，都有着必然的前提。因此，当我在作品中展现事实时，必然因素已不再统治我，偶然的因素则异常地活跃起来。

与此同时，我开始重新思考世界里的一切关系：人与人、人与现实、房屋与街道、树木与河流等等。这些关系如一张错综复杂的网。

那时候我与朋友交谈时，常常会不禁自问：交谈是否呈现了我与这位朋友的真正关系？无可非议这种关系是表面的，暂时的。那么永久的关系是什么？于是我发现了世界赋予人与自然的命运。人的命运，房屋、街道、树木、河流的命运。世界自身的规律便体现在这命运之中，世界里那不可捉摸的一部分开始显露其光辉。我有关世界的结构开始重新确立，而《世事如烟》的结构也就这样产生。在《世事如烟》里，人与人、人与物、物与物、情节与情节、细节与细节的连接都显得若即若离，时隐时现。我感到这样能够体现命运的力量，即世界自身的规律。

现在我有必要说明的是：有关世界的结构并非只有唯一。因此在《世事如烟》之后，我的继续寻找将继续有意义。当我寻找得更为深入，或者说角度一旦改变，我开始发现时间作为世界的另一种结构出现了。

世界是所发生的一切，这所发生的一切的框架便是时间。因此时间代表了一个过去的完整世界。当然这里的时间已经不再是现实意义上的时间，它没有固定的顺序关系。它应该是纷繁复杂的过去世界的随意性很强的规律。

当我们把这个过去世界的一些事实，通过时间的重新排列，如果能够同时排列出几种新的顺序关系（这是不成问题的），那么就将出现几种不同的新意义。这样的排列显然是由记忆来完成的，因此我将这种排列称为记忆的逻辑。所以说，时间的意义在于它随时都可以重新结构世界，也就是说世界在时间的每一次重新结构之后，都将出现新的姿态。

事实上，传统叙述里的插叙、倒叙，已经开始了对小说时间的探索。遗憾的是这种探索始终是现实时间意义上的探索。由于这样的探索无法了解到时间的真正意义，就是说无法了解时间其实是有关世界的结构，所以它的停滞不前将是命中注定的。

在我开始以时间作为结构，来写作《此文献给少女杨柳》时，我感受到闯入一个全新世界的极大快乐。我在尝试地使用时间分裂、时间重叠、时间错位等方法以后，收获到的喜悦出乎预料。

两年以来，一些读过我作品的读者经常这样问我：你为什么不写写我们？我的回答是：我已经写了你们。

他们所关心的是，我没有写从事他们那类职业的人物，而并不是作为人我是否已经写到他们了。所以我还得耐心地向他们解释：职业只是人物身上的外衣，并不重要。

事实上我不仅对职业缺乏兴趣，就是对那种竭力塑造人物性格的做法也感到不可思议和难以理解。我实在看不出那些所谓性格鲜明的人物身上有多少艺术价值。那些具有所谓性格的人物几乎都可以用一些抽象的常用语词来概括，即开朗、狡猾、厚道、忧郁，等等。显而易见，性格关心的是人的外表而并非内心，而且经常粗暴地干涉作家试图进一步深入人的复杂层面的努力。因此我更关心的是人物的欲望，欲望比性格更能代表一个人的存在价值。

另一方面，我并不认为人物在作品中享有的地位，比河流、阳光、树叶、街道和房屋来得重要。我认为人物和河流、阳光等一样，在作品中都只是道具而已。河流以流动的方式来展示其欲望，房屋则在静默中显露欲望的存在。人物与河流、阳光、街道、房屋等各种道具在作品中组合一体又相互作用，从而展现出完整的欲望。这种欲望便是象征的存在。

因此小说传达给我们的，不只是栩栩如生或者激动人心之类的价值。它应该是象征的存在。而象征并不是从某个人物或者某条河流那里显示。一部真正的小说应该无处不洋溢着象征，即我们寓居世界方式的象征，我们理解世界并且与世界打交道的方式的象征。

一九八九年六月

我们与他们

在首尔国际文学论坛事务局拟定的几个题目里，我选择了"我们与他们"。论坛事务局将此界定为不同阶级、不同种族、不同集团、不同制度……之间的关系。我选择这个题目是因为这两者的关系可以是对立的，可以是互补的，也可以是转换的。

我是在中国的"文化大革命"中成长起来的，我们与他们在那个时代是简单清晰的对立关系，我们是无产阶级，他们是资产阶级，或者我们是社会主义，他们是资本主义。前者是指国内对立关系，后者是指国际对立关系。

我先来谈谈国际的，我在成长的岁月里对资本主义有着刻骨仇恨，其实我根本不知道资本主义长什么模样，我的仇恨完全是当时的教育培养出来的。美国是资本主义世界的老大，所以对美国的仇恨也是最为强烈的。当时的一句口号"打倒美帝国主义"可以在每天的报纸上看到，而且遍布中国城镇乡村的水泥墙、砖墙和土墙。当然我们知道要打倒的是美国的统治阶级，美国人民是我们的朋友，我们的宣传天天说美国人民生活在水深火热之中，我对水深火热的理解就是美国人民一个个都是皮包骨头破衣烂衫的样子，这样的理解可能是基于自身的生活经验，我当时身边的人一个个都是瘦子，衣服上打着补丁。总之中国与美国，我们与他们有着不共戴天的仇恨。所以在我刚刚进入十二岁的某一天，突然在报纸的头版看到毛泽东和尼克松友好握手的大幅照片时万分惊讶，我们与他们就这样握手了？此前我认为毛泽东见到尼克松时会一把掐死他。

　　当时中国国内的对立关系，就是报纸上广播里天天讲的无产阶级和资产阶级，其实那时候没有资产阶级了，资产阶级只是一个虚构，所谓的资产阶级也就是一九四九年以前的地主和资本家，这些前地主前资本家被剥夺财产之后一次又一次地被批斗，他们战战兢兢，他们的子女夹着尾巴做人，他们是真正生活在水深火热之中。我最初看到这些让我感到资产阶级的生活是多么悲惨，我庆幸自己属于无产阶级，属于我们，不是属于他们。毛泽东去世之后，中国迎来了邓小平时代，邓小平的改革开放"让一部分人先富起来"了，政治第一的社会摇身一变成为金钱至上的社会，价值观似乎颠倒了过来，有钱意味着成功，意味着拥有社会地位，意味着受人尊敬，即使没有获得尊敬，也会获得羡慕。改革开放近四十年来，少数的我们成为他们，大多数的我们梦想成为他们，还有不少的我们在仇恨他们的情绪里希望成为他们。

我们与他们，就是中国的一句老话：三十年河东，三十年河西。其实世间万物皆如此，我在写作这篇发言稿的时候，北京正在雾霾里，我看到窗外的一幢幢楼房像是一群高矮胖瘦不一的游击队员站在那里。这让我想起了冬天里的风雨。过去的冬天，风雨是可憎的，是寒冷中的寒冷。现在的冬天，风雨是可爱的，可以拨开雾霾见北京，可以呼吸清新一些的空气。

我们与他们，对立或转换，还有互补，可以说是无处不在，文学的写作也不会例外。

这么多年来，一直有人问我："写作的时候是如何考虑广大读者的？"这个问题只是假设，实际上难以成立。如果一个作家写作时只是面对一个或者几个读者，作家又十分熟悉这几个读者，也许还能在写作时考虑读者；但是当写作面对的是几万几十万几百万的读者时，作家写作时是无法去考虑读者的，这些读者千差万别，作家无法知道他们要什么，而且不断变化，可能昨天欣赏你的写作，今天不欣赏了；或者今天不欣赏你，明天回过头来又欣赏了。中国有句成语叫众口难调，再好的厨师做出来的菜也无法满足所有食客的舌尖，即使感到满足的食客，吃腻了又不满足了。

作家可以为一个读者写作，只能是一个，就是作家自己，这就是我们与他们的关系。如果把写作设定成我们，把阅读设定成他们，那么写作的过程就是一个对立、转换和互补的过程。所有的作家同时也是读者，或者说首先是读者，大量阅读获得的感受会成为叙述标准进入写作之中，所以作家写作时拥有作者和读者的双重身份，作者的身份是让叙述往前推进，其间感到这个段落有问题、这句话没写好、这个词汇不准确时，这是读者的身份发言了。可以这么说，写作时作者的身份负责叙述前进，读者的身份负责叙述前进时的分寸。这就是写作中的我们与他们，有时候一帆风顺，我们及时做出了修改，他们及时表示了满意；有时候僵持不下，我们认为没有问题，他们认为问题很大，或者我们修改了一次又一次，他们还是不满意，我们不耐烦了。这时候怎么办？最好的办法就是休息几天再回来看看。就像政治家们因为国家的核心利益僵持不下时常用的办法：搁置争议，让下一代来处理，相信下一代比我们更有智慧。休息几天确实很有效果，我们与他们往往很快就能达成一致，不是我们承认确实没写好，就是他们承认胡搅蛮缠了，然后我们继续推进叙述，他们继续把握叙述的分寸。有时候会有斗争，这样的时候好像不多，但是我们与他们一旦有了斗争，就很可能是你死我活的斗争，有点像"文革"时期的中国和美国的斗争，不是东风压倒西风，就是西风压倒东风。当然不管斗争如何激烈，到头来还是像毛泽东和尼克松友好握手那样，我们与他们的最终结果还是握手言欢。

很多年前，我和一位厨师长聊天，他问我："怎样才能成为一个好作家？"

我说："要想成为一个好作家，先要成为一个好读者。"

他又问："怎样才能成为一个好读者？"

我说:"第一,要去读伟大的作品,不要去读平庸的作品。长期读伟大作品的人,趣味和修养就会很高,写作的时候自然会用很高的标准要求自己;长期读平庸作品的人,趣味和修养也会平庸,写作时会不知不觉沉浸在平庸里。第二,所有的作品都存在缺点,包括那些伟大的作品,读的时候不要去关心作品中的缺点,应该关心优点,因为别人的缺点和你无关,别人的优点会帮助你提高自己。"

他点点头,对我说:"做厨师也一样,品尝过美味佳肴的能做出好菜。我经常派手下的厨师去其他餐馆吃饭来提高他们的厨艺,我发现总说其他餐馆的菜不好的厨师没有进步,总说其他餐馆的菜做得好的厨师进步很大。"

二〇一七年五月二十三日　首尔

永远不要被自己更愿意相信的东西所影响

最好的阅读是怀着空白之心去阅读，赤条条来去无牵挂的那种阅读，什么都不要带上，这样的阅读会让自己变得越来越宽广，如果以先入为主的方式去阅读，就是挑食似的阅读，会让自己变得狭窄起来。

为什么不少当时争议很大的文学作品后来能成为经典，一代代流传下去？这是因为离开了它所处时代的是是非非，到了后来的读者和批评家那里，重要的是作品表达了什么，至于作者是个什么样的人不重要了。

这就是为什么我们在阅读古典文学作品，或者过去时代文学作品的时候——比如鲁迅的作品时——我们可以怀着一颗空白之心去阅读，而阅读当代作品的时候很难怀有这样的空白之心。你有你的经验，你会觉得这部作品写得不符合你的生活经验，中国很大，经济发展不平衡，每个地方的风俗和文化也有差异，每个人的成长环境不一样以后,年龄不一样以后,经验也会不一样,这会导致带着过多的自己的经验去阅读一部作品,对这部作品的判断可能会走向另外一个方向。反过来带着空白之心去阅读,就会获得很多。阅读最终为了什么?最终是为了丰富自己,变化自己,而不是为了让自己原地踏步,始终如此,没有变化。

无论是读者、做研究的,还是做评论的,首先要做的是去读一部作品,而不是去研究一部作品。我上中学的时候,读的都是中心思想、段落大意之类的,用这种方式的话肯定是把一部作品毁掉了。阅读首先是感受到了什么,无论这种感受是喜欢还是不喜欢,欣赏还是不欣赏。读完以后有感受了,这种感受带来的是欣赏还是愤怒,都是重要的。然后再去研究为什么让我欣赏,为什么让我愤怒,为什么让我讨厌?研究应该是第二步的,应该是在阅读之后的。

说到写作时的画面感,我在写小说的时候肯定是有的,虽然我不会画画,我对绘画也没有像对音乐那么地喜爱。

还有一个原因,相对小说叙述而言,音乐叙述更近一点,两者都是流动的叙述,或者说是向前推进的叙述。而绘画也好雕塑也好,绘画是给你一个平面,雕塑是让你转一圈,所以我还是更喜欢音乐。但是小说也好,音乐也好,都是有画面感的。

我一九九二年底和张艺谋合作做《活着》电影的时候——这片子是一九九三年拍的——他那时候读了我的一个中篇小说《一九八六年》,他说我的小说里面全是电影画面,当时我并没有所有的作品都存在缺点,包括那些伟大的作品,读的时候不要去关心作品中的缺点,应该关心优点,因为别人的缺点和你无关,别人的优点会帮助你提高自己。

真理是什么，真理不是自己的想法，也不是你们老师的想法，真理不是名人名言，也不是某种思想，它就是单纯的存在，它在某一个地方，你们要去寻找它，它才会出现。

觉得我作品里面有那么多的画面，但是一个导演这么说，我就相信了。

至于九十年代写作的变化，《活着》和《许三观卖血记》为什么在今天如此受欢迎？昨天张清华还高谈阔论分析了一堆理由，听完我就忘了，没记住，昨天状态不好。其实我也不知道，我的感觉是这样，我当时写《活着》，有些人把《在细雨中呼喊》视为我写作风格的转变之作。是，它是已经转变了，因为它是长篇小说了。但是真正的转变还是从《活着》开始的，什么原因？就是换成了一个农民来讲述自己的故事，只能用一种最朴素的语言。

有位出版社的编辑告诉我，她的孩子，十三岁的时候读了《许三观卖血记》，喜欢；读了《活着》还是喜欢；读到《在细雨中呼喊》就读不懂了。她问我什么原因，我想《活着》和《许三观卖血记》受欢迎，尤其是《活着》，可能有这么个原因，故事是福贵自己来讲述的，只能用最为简单的汉语。我当时用成语都是小心翼翼，一部小说写下来没有一个成语浑身难受，总得用它几个，就用了家喻户晓的，所有人都会用的成语。可能就让大家都看得懂了，人人都看得懂了，从孩子到大人。

我昨天告诉张清华，这两本书为什么在今天这么受欢迎，尤其是《活着》，我觉得唯一的理由就是运气好，确实是运气好。我把话题扯开去，《兄弟》出版那年我去义乌，发现那里有很多"李光头"。当地的人告诉我，义乌的经济奇迹起来以后，上海、北京的经济学家、社会学家们去调查义乌奇迹，义乌人告诉他们三个字"胆子大"，就是胆子大，创造了义乌的奇迹。所以《活着》为什么现在受欢迎，也是三个字"运气好"，没有别的可以解释。

《第七天》在一个地方比《活着》受欢迎，就是翻译成维吾尔文以后，在维族地区很受欢迎，已经印了六次，《活着》只印了三次。在中文世界里，我其他的书不可能超过《活着》，以后也不可能，我这辈子再怎么写，把自己往死里写，也写不出像《活着》这么受读者欢迎的书了，老实坦白，我已经没有信心了。《活着》拥有了一代又一代的读者，当当网有大数据，前些日子他们告诉我，在当当网上购买《活着》的人里面有六成多是九五后。

我为什么写《第七天》，这是有延续性的。《活着》和《许三观卖血记》之后，长达十年之后出版的长篇小说是《兄弟》。《兄弟》出版的时候，我在后记里写得很清楚了，中国人四十年就经历了西方人四百年的动荡万变，这四十年对我来说是很重要的写作，而且我以后再也不会写这么大的作品了，用法语的说法叫"大河小说"或者"全景式的"，他们的评论里几乎都有大河小说和全景式的，法语世界的读者对这部小说极其喜爱。

我三十一岁写完《在细雨中呼喊》，三十二岁写完《活着》，三十五岁写完《许三观卖血记》，四十六岁写完《兄弟》。

我们这一代作家的经历比较特殊，我们同时代外国作家的朋友圈不会像我们这么杂乱。我二十岁出头刚开始写作,在浙江参加笔会时,认识了浙江的作家,当时跟我关系最好的两个作家,早就不写作了,都去经商了。我在成长和写作过程中,不断认识一些人,这些人一会儿干这个一会儿干那个,他们又会带来不同的朋友圈,有些人从政,有些人从商,有几个进了监狱,还在监狱给我打电话,我们在二十多岁时因为文学和艺术走到一起,后来分开了,各走各的路,这样的经历让我到了四五十岁时写作的欲望变化了,说白了就是想留下一个文学文本之外还想留下一个社会文本。

《兄弟》写完以后,我觉得不够,想再写一个,想用更加直接的方式写一个,于是写了一部非虚构的书,在中国台湾出版。写完这本非虚构的书之后,我还是觉得不够,中国这三十年来发生的奇奇怪怪的事情太多了,我有个愿望是把它集中写出来。用什么方式呢?如果用《兄弟》的方式,篇幅比《兄弟》还要长。然后呢,有一天突然灵感光临了,一个人死了以后接到火葬场的电话,说他火化迟到了。我知道可以写这本书了,写一个死者的世界,死者们聚到一起的时候,也把自己在生的世界里的遭遇带到了一起,这样就可以用不长的篇幅把很多的故事集中写出来。

我虚构了一个候烧大厅,死者进去后要拿一个号,坐在那里等待自己的号被叫到,然后起身去火化。穷人挤在塑料椅子里,富人坐在宽敞的沙发区域,这个是我在银行办事的经验,进银行办事都要取一个号,拿普通号坐在塑料椅子里,拿VIP号的进入另一个区域，坐在沙发里，那里有茶有咖啡有饮料。我还虚构了一个进口炉子一个国产炉子，进口炉子是烧 VIP 死者的，国产炉子是烧普通死者的。昨天晚上收到别人给我发来的一个东西，关于八宝山的，八宝山有两个公墓，一个是革命公墓，一个是人民公墓，革命公墓里葬的都是干部，人民公墓里葬的都是群众。那里还真有进口炉子，还是从日本进口的，烧起来没有烟，全是高级干部在里面烧的。我写进口炉子时是瞎编的，我不知道有进口的，我没考察过，没想到真有。八宝山里面也是有等级制的，夫妻不是同一个级别的不能葬在一起，而是葬在不同的墓区。

"死无葬身之地"在我写"第一天"的时候就出现了，当时我知道这部小说可以写完了。我现在比较担心的——事实也正是如此——就是"死无葬身之地"翻译成其他语言之后不是这样了，已经不是我们中文里的"死无葬身之地"了。

把社会事件集中起来写，需要一个角度，这个角度在《第七天》里就是"死无葬身之地"，从一个死者的世界来对应一个活着的世界。假如没有死无葬身之地的话，这个小说很难写完，一方面是不知道写到最后是怎么回事，有了"死无葬身之地"之后也就有了小说的结尾；另一方面是很多故事可以集中到一起来写，死者们来到死无葬身之地的时候，也把各自生前的遭遇带到了一起。

这本书写了不少现实里发生过的奇奇怪怪的事情，但是写作的时候，运用它们的时候，不是那么容易的。我举个例子，杨飞是去殡仪馆以后才意识到自己没有墓地，那他烧了之后怎么办，没地方放，所以他出来了。路上遇上了鼠妹，然后去了死无葬身之地。还有几个人也在游荡，也去了死无葬身之地。所有的人都没有去过医院的太平间，只有李月珍和二十七个死去的婴儿，他们是从太平间去的死无葬身之地。我还写了李月珍和那些婴儿的失踪之谜，当地政府说他们已经火化了，紧急把别人的骨灰分出来一部分变成他们的骨灰，诸如此类的荒诞事。所以我不能让他们在太平间里自己坐起来自己走去，这样写很不负责任。那时候我想到那么多年来经常发生的一个事件——地陷，很符合这里的描写。所以我就让太平间陷下去，把他们震出来，有震动以后，李月珍带着这些婴儿在某种召唤下顺理成章地去了死无葬身之地。写这样一部小说的时候，事情不是简单的罗列，什么地方怎么处理是非常重要的。写完《第七天》以后，我觉得够了，接下来我不想再写这些了，我应该换换口味了。

《第七天》肯定有遗憾的地方，包括《兄弟》《许三观卖血记》《活着》和《在细雨中呼喊》都有遗憾的地方，每一部作品我都有遗憾的地方。至于写错了和用错了什么，就有人认为是硬伤，这个我认为不是那么回事。当年我写《活着》的时候，《活着》才十一万字，里面有个次要人物的名字写错了，前面叫这个后面叫那个了，后来是我的一个译者发现的，他怎么读都觉得这两个人是一个人，就写信问我，我读了一下原文，发现确实是一个人，然后改过来了。

《许三观卖血记》要感谢《收获》的肖元敏,她真是一个好编辑,她在编辑的过程中给我打电话,那时候已经有电话了,她说从叙述上看,《许三观卖血记》写的应该是南方的小镇。我说是南方的小镇。她说你为什么不写"小巷",写了"胡同"。我在北京住了很多年了,平时出门都是说什么胡同,我在写作的时候都不知不觉写成了胡同,肖元敏替我把"胡同"改回"小巷"。如果肖元敏不改回来,肯定又有人说是硬伤了。但是这种问题,并不能用来否定一部作品。因为作家是人,是人都会犯个错误什么的。

《兄弟》有五十多万字,有时候写着写着就会犯错,张清华就找到了一个毛病,小说里面李光头说林红是他的梦中情人。张清华很温和地问我,"文革"的时候会说这样的话吗?我说当然不会说,忘了嘛,写着写着就忘记了。张清华问我为什么再版的时候不把它改一下呢?我说没有必要,假如五十年之后这本书还有人读的话,根本没人知道"文革"时候的人不会说这样的话的,今天在座的同学肯定也不知道那时候不会说这样的话,如果五十年之后没有人读了,我改了也白改。

写作有时候就是去完成一个过去的愿望。我年轻的时候读了川端康成的中篇小说《温泉旅馆》,这是我读到的第一部没有主角的小说,里面的人物可以说都是配角。看上去《温泉旅馆》是一部传统小说,它的叙述很规矩,其实不是。传统小说有个套路,简单地说就是有主角和配角,但《温泉旅馆》不是,里面人物很多，每个人物的笔墨却都不多，有的人物好像只有一页纸就消失了，比如里面写到一个人，是专门糊窗户纸的，他糊窗户纸时跟那些侍女打情骂俏，有个女孩还爱上他了，他扬长而去的时候对那个女孩说，如果你想我了，就把窗户纸全捅破。

《温泉旅馆》对我很有吸引力，我想以后有机会时也应该写一部没有主角的小说，大概五六年以后，我写作《世事如烟》的时候，已经写了几页纸了，小说的主角还没有在我脑子里出现，我突然想到当初读完《温泉旅馆》时留给自己的愿望，知道机会来了，于是我写下了一部没有主角的小说。略有遗憾的是《世事如烟》是一部中篇小说，其实我的野心更大，我想写一部没有主角的长篇小说，这个机会后来出现过，可是我没有把握住，就是去年出版的《第七天》，等我意识到这部长篇小说可以写成没有主角的小说时已经来不及了，因为我选择了第一人称，已经写到"第三天"了，"我"和父亲的故事已经是主线了，再变换人称或者角度的话，叙述的感觉就会失去。现在看来，杨飞和他的父亲的故事还是写得多了点，我应该写得少一些，增加其他人物的笔墨，这样的话这部作品对我来说会更有意思。当然，对读者来说，他们可能更喜欢阅读像福贵和许三观这样的故事，自始至终的人物命运的故事，读者能够很快进入。但是对作家不一样，他有自己的写作理想，他想在某部作品中完成某个理想，而这样的理想往往是他二十多岁甚至十多岁时阅读经典作家作品时出现的。

我心想以后吧，以后肯定还会有机会。很多读者熟悉我的长篇小说，但是对我过去的中短篇小说不太了解，他们读完《第七天》后以为我是第一次写生死交界的小说，或者说是有关亡灵的小说，我的日文译者饭塚容告诉我，他在翻译《第七天》的时候总是想到我过去的《世事如烟》。确实如此，《第七天》可以说是《世事如烟》的某种延续。

如何面对批评？这是作家不能回避的一个问题。我从《兄弟》到《第七天》，被人铺天盖地地批评了两轮，批评对我已经连雨点都不是了，没有什么作用了。但是有时候我对批评会有反思，为什么有那么多人来批评？尤其从《兄弟》开始，只要我出版一本新书，就会有猛烈的批评光临。刚开始可以把它理解为有某种动机，后来我觉得不应该这样，虽然批评我的文章中百分之九十都是胡扯，但是反过来想一想，赞扬我的文章里胡扯的比例不比这个低。同样都是胡扯，为什么赞扬你就觉得不错，批评你就不能接受？

优秀的文学评论给作家的感受是什么样的？应该是这样的：如果我站在这个山头，那么他就会在对面的那个山头；如果我在这个河边，那他就应该在对面的河边。作家读到以后，和他的想法完全不一样，但是又引发了某种一致性。这种一致性我可以用两部电影的画面来向你们解释，一部电影是安哲罗普洛斯的《永恒的一天》，里面有个人要离开了，他在收拾屋子准备离开的时候，正在放他的音乐。当这个音乐响起来，他家对面窗户里的某个人也放起同样的音乐。这个人每次放这个音乐，对面也响起这个音乐，对面那个人是谁他不知道，他们俩都放一样的音乐。还有一个是我儿子告诉我的，日本的一个动画片，有一个男孩，可能是经历过像你们一样曾经备受摧残的中学生活，考试考试考试，这个话题可能不适合在大学说，你们现在已经很成熟了，说一说也没关系。男孩不想活了，走上了自己教室所在的楼顶，准备往下跳的时候，发现对面楼顶也有一个学生想往下跳，两个学生互相看了一会儿，最后决定不跳了。我觉得好的作家看到好的评论，好的评论家看到好的作品的感受就是这样。

那天的讨论会上，张清华以赞扬的口吻，说了一句我在北师大的入校仪式上说过的话："我永远不会放弃对真理的追求"。虽然很矫情，但是他很感动。

我说这句话是有前因后果的，当时我和儿子一起——他高中毕业准备去美国上大学——在家里看了张艺谋的《金陵十三钗》，看完之后我们一起讨论，最后的结尾让妓女替女学生赴死让我们反感，难道妓女的生命就比女学生低贱？当时我儿子说了一番话让我很吃惊，孩子的成长让父母无法预料。他说的是罗素接受英国 BBC 的采访，记者最后请他对一千年以后的人说几句话，有关他的一生以及一生的感悟。罗素说了两点，一是关于智慧，二是关于道德。关于一，罗素说不管你是在研究什么事物，还是在思考任何观点，只问你自己，事实是什么，以及这些事实所证实的真理是什么。永远不要让自己被自己所更愿意相信的，或者认为人们相信了会对社会更加有益的东西所影响。只是单单地去审视，什么才是事实。

　　当时我儿子基本上把罗素的话复述出来了，我的理解就是永远不要放弃对真理的追求。当然我儿子的复述比我说得好多了，我这个说得很直白，我的是福贵说的，他的是罗素说的。接着我儿子说张艺谋已经把自己的想法当成真理了，然后说我也到了这个时候，要小心了。确实，当一个人成功以后，很容易把自己的想法当成真理。那么真理是什么呢？我今天不是对在座的老师说，是对你们学生说，真理是什么，真理不是自己的想法，也不是你们老师的想法，真理不是名人名言，也不是某种思想，它就是单纯的存在，它在某一个地方，你们要去寻找它，它才会出现，你们不去寻找，它就不会出现。或者说有点像灯塔那样，像飞机航道下面的地面雷达控制站，它并不是让你们产生一种什么思想之类的，它能做的就是把你们引向一个正确的方向，当你们去往这个正确的方向时，可以避免触礁或者空中险情。真理就是这样一种单纯的存在，你们要去寻找它，它才会有，然后它会引领你们。

二〇一七年四月十九日　武汉

荒诞是什么

我写下过荒诞的小说，但是我不认为自己是一个荒诞派作家，因为我也写下了不荒诞的小说。荒诞的叙述在我们的文学里源远流长，已经是最为重要的叙述品质之一了。从二十世纪西方文学的传统来看，荒诞的叙述也是因人因地因文化而异，比如贝克特和尤奈斯库的作品，他们的荒诞十分抽象，这和当时的西方各路思潮风起云涌有关，他们的荒诞是贵族式的思考，是饱暖思荒诞。

卡夫卡的荒诞是饥饿式的，是穷人的荒诞，而且和他生活的布拉格紧密相关，卡夫卡时代的布拉格充满了社会的荒诞性，就是今天的布拉格仍然如此。

有个朋友去参加布拉格的文学节，回来后向我讲述他亲身经历的一件事。文学节主席的手提包被偷了，那个小偷是大模大样走进办公室，坐在他的椅子上，当着文学节工作人员的面，逐个拉开抽屉寻找什么，然后拿着手提包走了。傍晚的时候，文学节主席回来后找不到手提包，问工作人员，工作人员说是一个长得什么样的人拿走的，以为是他派来取包的，他才知道被偷走了。手提包里是关于文学节的全部材料，这位主席很焦急，虽然钱包在身上，可是这些材料对他很重要。没想到过了一会儿小偷回来了，生气地指责文学节主席，为什么手提包里面没有钱。文学节主席看到小偷双手空空，问他手提包呢？小偷说扔掉了。文学节主席和几个外国作家诗人（包括我的朋友）把小偷扭送到警察局，几个警察正坐在楼上打牌，文学节主席用捷克语与警察说了一通话，然后告诉那几位外国作家诗人，说是警察要打完牌才下来处理。他们耐心等着，等了很久，一个警察很不情愿地走下楼，先是给小偷做了笔录，做完笔录就把小偷放走了。然后给文学节主席做笔录，再给几位外国作家诗人做笔录，他们是证人。这时候问题出来了，几位外国作家诗人不会说捷克语，需要找专门的翻译过来，文学节主席说他可以当翻译，将这几位证人的话从英语翻译成捷克语，警察说不行，因为文学节主席和这几位外国作家诗人认识，要找一个不认识的翻译过来。文学节主席打了几个电话，终于找到一个翻译，等翻译赶到，把所有证人的笔录做完后天快亮了，文学节主席带着这几位外国作家诗人离开警察局时，苦笑地说那个小偷正在做美梦呢。我的朋友讲完后说："所以那个地方会出卡夫卡。"

还有马尔克斯的荒诞，那是拉美政治动荡和生活离奇的见证,今天那里仍然如此,前天晚上我的巴西译者修安琪向我讲述了现在巴西的种种现实。她说自己去一个朋友家,距离自己家只有一百米,如果天黑后,她要叫一辆出租车把自己送回去,否则就会遇到抢劫。她说平时口袋里都要放上救命钱,遇到抢劫时递给劫匪。她的丈夫有一天晚饭后在家门口的小路上散步,天还没黑,所以没带上救命钱,结果几个劫匪用枪顶着他的脑门,让他交钱出来,他说没带钱,一个劫匪就用枪狠狠地砸向他的左耳,把他的左耳砸聋了。还有一个真实的故事,当年巴西著名的球星卡洛斯,夏天休赛期回到巴西,开着他的跑车兜风,手机响了,是巴西一个有上亿人收听的足球广播的主持人打来的,主持人要问卡洛斯几个问题,卡洛斯说让他先把车停好再回答,等他停好车准备回答问题时,一把枪顶住他的脑门了,他急忙对主持人说先让他把钱付了再回答问题。差不多有几千万人听到了这个直播,可是没有人觉得奇怪。

美国的黑色幽默也是荒诞,是海勒他们那个时代的见证。我要说的是,荒诞的叙述在不同的作家,不同的时代,不同的民族那里表达出来时,是完全不同的。用卡夫卡式的荒诞去要求贝克特是不合理的,同样,用贝克特式的荒诞去要求马尔克斯也是不合理的。这里浮现出来了一个重要的阅读问题,就是用先入为主的方式去阅读文学作品是错误的,伟大的阅读应该是后发制人,那就是怀着一颗空白之心去阅读,在阅读的过程里内心迅速地丰富饱满起来。因为文学从来都是未完成的,荒诞的叙述品质也是未完成的，过去的作家已经写下了形形色色的荒诞作品，今后的作家还会写下与前者不同的林林总总的荒诞作品。文学的叙述就像是人的骨髓一样，需要不断造出新鲜的血液，才能让生命不断前行，假如文学的各类叙述品质已经完成了固定了，那么文学的白血病时代也就来临了。

飞翔和变形

还有什么词汇比想象更加迷人？我很难找到。这个词汇表达了无拘无束、天马行空和绚丽多彩等等。

先从天空开始，人类对于天空的想象由来已久，而且生生不息。我想也许是天空无边无际的广阔和深远，让我们忍不住想入非非；湛蓝的晴天，灰暗的阴天，霞光照耀的天空，满天星辰的天空，云彩飘浮的天空，雨雪纷飞的天空……天空的变幻莫测也让我们的想入非非开始变幻莫测。

差不多每一个民族都虚构了一个天上的世界，这个天上的世界与自己所处的人间生活遥相呼应，或者说是人们在自身的生活经验里，想象出来的一个天上世界。西方的神们和东方的神仙们虽然上天入地呼风唤雨，好像无所不能，因为他们诞生于人间的想象，所以他们充分表达了人间的欲望和情感，比如喜好美食，讲究穿戴，等等，他们不愁吃不愁穿，个个都像大款，同时名利双收，个个都是名人。人间有公道，天上就有正义；人间有爱情，天上就有情爱；人间有尔虞我诈，天上不乏争权夺利；人间有偷情通奸，天上不乏好色之徒……

我要说的就是神话传说，这些故事中的神仙经常要从天上下来，来到人间干些什么，或主持公道，或谈情说爱，等等，然后故事开始引人入胜了。我今天要说的是这些神仙是怎么从天上下来的，又怎么回到天上去。这可能是阅读神话传说时经常让人疏忽的环节，其实这是非常重要的环节，可以衡量故事讲述者是否具有了叙述的美德，或者说故事的讲述者是否真正理解了想象的含义。

什么是想象的含义？很多年前我开始为《读书》杂志写作文学随笔时，曾经涉及这个问题，当时只是浮光掠影，今天可以充分地讨论。当我们考察想象在文学作品中的作用时，必须面对另外一种能力，就是洞察的能力。我的意思是说，只有当想象力和洞察力完美结合时，文学中的想象才真正出现，否则就是瞎想、空想和胡思乱想。

现在我们讨论第一个话题——飞翔，也就是文学作品中的人物如何飞翔。有一次加西亚·马尔克斯在和朋友谈到《百年孤独》写作时遇到的一个难题，就是俏姑娘蕾梅黛丝如何飞到天上去。对于很多作家来说，这可能并不是一个难题，这些作家只要让人物双臂一伸就可以飞翔了，因为一个人飞到天上去本来就是虚幻的，或者说是瞎编的。既然是虚幻和瞎编的，只要随便地写一下这个人飞起来就行了。可是加西亚·马尔克斯是伟大的作家,对于伟大的作家来说,蕾梅黛丝飞到天上去既不是虚幻也不是瞎编,而是文学中的想象,是值得信任的叙述,因此每一个想象都需要寻找到一个现实的依据。马尔克斯需要让他的想象与现实签订一份协议,马尔克斯一连几天都不知道如何让蕾梅黛丝飞到天上去,他找不到协议。由于蕾梅黛丝上不了天空,马尔克斯几天写不出一个字,然后在某一天的下午,他离开自己的打字机,来到后院,当时家里的女佣正在后院里晾床单,风很大,床单斜着向上飘起,女佣一边晾着床单一边喊叫着:床单快飞到天上去了。马尔克斯立刻获得了灵感,他找到了蕾梅黛丝飞翔时的现实依据,他回到书房,回到打字机前,蕾梅黛丝坐着床单飞上了天。马尔克斯对他的朋友说,蕾梅黛丝飞呀飞呀,连上帝都拦不住她了。

我想,马尔克斯可能知道《一千零一夜》里神奇的阿拉伯飞毯,那张由思想来驾驶的神奇飞毯,应该是一个家喻户晓的故事。当然这不重要,重要的是无论是山鲁佐德的讲述,还是马尔克斯的叙述,当人物在天上飞翔的时候,他们都寻找到了现实的依据。可以说《一千零一夜》里的阿拉伯飞毯与《百年孤独》的床单是异曲同工,而且各有归属。神奇的飞毯更像是神话中的表达,而蕾梅黛丝坐在床单上飞翔,则是充满了生活的气息。

在希腊的神话和传说里,为了让神们的飞翔合情合理,作者借用了鸟的形象,让神的背上生长出一对翅膀。神一旦拥有了翅膀,也就拥有了飞翔的理由,作者也可以省略掉那些飞翔时的描写,因为读者在鸟的飞翔那里已经提前获得了神飞翔时的姿势。那个天上的独裁者宙斯,有一个热衷于为父亲拉皮条的儿子赫耳墨斯,赫耳墨斯的背上有着一对勤奋的翅膀,他上天下地,为自己的父亲寻找漂亮姑娘。

在我有限的阅读里,有关神仙们如何从天上下来,又如何回到天上去的描写,我觉得中国晋代干宝所著的《搜神记》里的描写堪称第一。干宝笔下的神仙是在下雨的时候,从天上下来;刮风的时候,又从地上回到了天上。利用下雨和刮风这样两个自然界的景象来表达神仙的上天下地,既有了现实生活的依据,也有了神仙出入时有别于世上常人的潇洒和气势。就像希腊神话和传说中,当宙斯对人间充满愤怒时,"他正想用闪电鞭挞整个大地",将闪电比喻成鞭子,十分符合宙斯的身份,如果是用普通的鞭子,就不是宙斯了,充其量是一个生气的马车夫。《搜神记》里的这个例子,可以说是想象力和洞察力的完美结合。

第二个话题是文学如何叙述变形,也就是人可以变成动物、变成树木、变成房屋,等等。我们在中国的笔记小说和章回小说里可以随时读到这样的描写,当神仙对凡人说完话,经常是"化作一阵清风"离去,这样的描写可以让凡人立刻醒悟过来,原来刚才说话的是神仙,而且从此言听计从。这个例子显示了在中国的文学传统里,总是习惯将风和神仙的行动结合起来。上面《搜神记》里的例子是让神仙借着风上天,这个例子干脆让神仙变形成了风。我想自然界里风的自由自在的特性,直接产生了文学叙述里神仙行动的随心所欲和不可捉摸。另一方面,比如树叶、纸张等,被风吹到了天空上,也是我们生活中熟悉的景象。就像《红楼梦》里薛宝钗所云:"好风频借力,送我上青云。"正是这些为我们所熟悉的自然景象,让神仙无论是借风上天,还是变成风消失,都获得了文学意义上的合法性。

在《西游记》里,孙悟空和二郎神大战时不断变换自己的形象,而且都有一个动作——摇身一变,身体摇晃一下,就变成了动物。这个动作十分重要,既表达了变的过程,也表达了变的合理。如果变形时没有身体摇晃的动作,直接就变过去了,这样的变形就会显得唐突和缺乏可信。可以这么说,这个摇身一变,是想象力展开的时候,同时出现的洞察力为我们提供了现实的依据。

我们读到孙悟空变成麻雀钉在树梢,二郎神立刻变成饿鹰,抖开翅膀,飞过去扑打;孙悟空一看大事不妙,变成一只大鹚冲天而去,二郎神马上变成海鹤追上云霄;孙悟空俯冲下来,淬入水中变成一条小鱼,二郎神接踵而至变成鱼鹰飘荡在水波上;孙悟空只好变成一条水蛇游近岸钻入草中,二郎神追过去变成了一只朱绣顶的灰鹤,伸着长嘴来吃水蛇;孙悟空急忙变成一只花鸨,露出一副痴呆样子,立在长着蓼草的小洲上。这时候草根和贵族的区别出来了，身为贵族阶层的二郎神看见草根阶层的孙悟空变得如此低贱，因为花鸨是鸟中最贱最淫之物，不愿再跟着变换形象，于是现出自己的原身，取出弹弓，拽满了，一个弹子将孙悟空打了一个滚。

这一笔看似随意，却十分重要，显示出了叙述者在其想象力飞翔的时候，仍然对现实生活明察秋毫。对于出身草根的孙悟空来说，变成什么不重要，重要的是达到自己的目的；贵族出身的二郎神就不一样，在变成飞禽走兽的时候，必须变成符合自己贵族身份的动物。不像孙悟空那样，可以变成花鸨，甚至可以变成一堆牛粪。

在这个章节的叙述里，无论孙悟空和二郎神各自变成了什么，吴承恩都是故意让他们露出破绽，从而让对方一眼识破。孙悟空被二郎神一个弹子打得滚下了山崖，伏在地上变成了一座土地庙，张开的嘴巴像是庙门，牙齿变成门扇，舌头变成菩萨，眼睛变成窗棂，可是尾巴不好处理，只好匆匆变成一根旗杆，竖在后面。没有庙宇后面竖立旗杆的，这又是一个破绽。

孙悟空和二郎神变成动物后出现的破绽，一方面可以让故事顺利发展，正是变形后不断出现的破绽，才能让二者之间的激战不断持续；另一方面也揭示了文学叙述里的一个准则，或者说是文学想象的一个准则，那就是洞察力的重要性。通过文学想象叙述出来的变形，总是让变形的和原本的之间存在着差异，这差异就是想象力留给洞察力的空间。这个由想象留出来的空间通常十分微小，而且瞬间即逝，只有敏锐的洞察力可以去捕捉。

阅读的经历告诉我们，无论是神话和传说的叙述，还是超现实和荒诞的叙述，文学的想象在叙述变形时留出来的差异，经常是故事的重要线索，在这个差异里诞生出下一个引人入胜的情节，而且这下一个情节仍然会留出差异的空间，继续去诞生新的隐藏着差异的情节，直到故事结尾的来临。

在希腊的神话和传说里，伊俄的故事是一个很好的例子。美丽的伊俄有一天在草地上为她父亲牧羊的时候，被好色之徒宙斯看上了，宙斯变形成一个男人，用甜美的言语挑逗引诱她，伊俄恐怖地逃跑，跑得像飞一样快，也跑不出宙斯的控制。这时宙斯之妻、诸神之母赫拉出现了，经常被丈夫背叛的赫拉，始终以顽强的疑心监视着宙斯。宙斯预先知道赫拉赶来了，为了从赫拉的嫉恨中救出伊俄，宙斯将美丽的少女变形成了一头雪白的小母牛，打算蒙混过关。赫拉一眼识破了丈夫的诡计，夸奖起小母牛的美丽，提出要求，希望宙斯将这头雪白美丽的小母牛作为礼物送给她。这时的原文是这样写的："欺骗遇到了欺骗。"宙斯尽管不愿失去光艳照人的伊俄，可是害怕赫拉的嫉恨会像火焰一样爆发，从而毁灭他的小情人，宙斯只好暂时将小母牛送给了他的妻子。

伊俄的悲剧开始了，赫拉把这个情敌交给了百眼怪物阿耳戈斯看管。阿耳戈斯睡眠的时候，只闭上两只眼睛，其他的眼睛都睁开着,在他的额前脑后像星星一样发着光。赫拉命令阿耳戈斯将伊俄带到天边,离开宙斯越远越好。伊俄跟着阿耳戈斯浪迹天涯,白天吃着苦草和树叶,饮着污水;晚上脖颈锁上沉重的锁链,躺在坚硬的地上。

"小母牛的心怀着人类的悲哀,在兽皮下跳跃着。"叙述的差异出现了,变形的小母牛和原本的小母牛之间的差异,就是在伊俄变形为小母牛后随时显示出人的特征。可怜的伊俄常常忘记自己不再是人类,她要举手祷告时,才想起来自己没有手。她想以甜美感人的话向百眼怪物祈求时,发出的却是牛犊的鸣叫。关于伊俄命运的叙述不断地出现这样的差异,如同阶梯一样级级向上,叙述时接连出现的差异将伊俄的命运推向了悲剧的高潮。

变形为小母牛的伊俄在百眼怪物阿耳戈斯的监管下游牧各地,多年后她来到了自己的故乡,来到她幼时常常嬉游的河岸。故事的讲述者这时候才让她第一次看到自己变形以后的模样,"当那有角的兽头在河水的明镜中注视着她,她在战栗的恐怖中逃避开自己的形象。"母牛的形象和人的感受之间的差异产生了悲剧,而且是在象征她昔日美好生活的河岸上产生的。

叙述的差异继续向前,伊俄充满渴望地走向了她的姐妹和父亲,可是她的亲人都不认识她,感人至深的情景来到了。父亲伊那科斯喜爱这头雪白的小母牛,抚摸拍打着她光艳照人的身躯,从树上摘下树叶给她吃。"但当这小母牛感恩地舔着他的手,用亲吻和人类的眼泪爱抚他的手时，这老人仍猜不出他所抚慰的是谁，也不知道谁在向他感恩。"

历经艰辛的伊俄仍然保持着人类的思想，没有因为变形而改变，她用小母牛的蹄弯弯曲曲地在沙上写字，告诉父亲她是谁。多么美妙的差异叙述，准确的母牛的动作描写，蹄弯弯曲曲，写下的却是人类的字体。正是变形后仍然保持着人类的情感和思想，使伊俄与原本的真正母牛之间出现了一系列的差异，这一系列的差异成为了叙述的纽带，最后的高潮也产生于差异中。当伊俄弯弯曲曲地用蹄在沙地上写字时，读者所感叹的已经不是作者的想象力，而是作者的洞察力了。在这个故事里，如果说想象力制造了叙述的差异，那么盘活这一系列叙述差异的应该是洞察力。

伊俄的父亲立刻明白了站在面前的是自己的孩子。"多悲惨呀！"老人惊呼起来，抱住他的呜咽着的女儿的两角和脖颈，"我走遍全世界寻找你，却发现你是这个样子！"

伊俄变形的故事让我们更多地获得这样的感受，在小母牛的躯体里，以及小母牛的动作和声音里，人类的特征如何在挣扎。在波兰作家布鲁诺·舒尔茨的变形故事里，曾经精确地表达了人变形为动物以后的某些动物特征。

和《希腊神话和传说》的作者斯威布一样，也和《西游记》的作者吴承恩一样，舒尔茨的变形故事的叙述纽带也是一系列差异的表达。布鲁诺·舒尔茨笔下的父亲经常逃走，又经常回来，而且是变形后回来。当父亲变形为螃蟹回到家中后，虽然他已经成了人的食物，可是仍然要参与到一家人的聚餐里，每当吃饭的时候，他就会来到餐室，一动不动地停留在桌子下面，"尽管他的参与完全是象征性的"。与伊俄变形为小母牛一样，这个父亲变形为螃蟹后，仍然保持着过去岁月里人的习惯。虽然他拥有了十足的螃蟹形象和螃蟹动作，可是差异叙述的存在让他作为人的特征时隐时现。当他被人踢了一脚后，就会"用加倍的速度像闪电似的、锯齿形地跑起来，好像要忘掉他不体面地摔了一跤这个回忆似的"。螃蟹的逃跑和人的自尊在叙述里同时出现，可以这么说，文学作品中的差异叙述和音乐里的和声是异曲同工。

现在我们应该欣赏一下布鲁诺·舒尔茨变形故事里精确的动物特征描写，这是一个胆大的作家，他轻描淡写之间，就让母亲把作为螃蟹的父亲给煮熟了，放在盆子里端上来时"显得又大又肿"，可是一家人谁也不忍心对煮熟的螃蟹父亲动上刀叉，母亲只好把盆子端到起居室，又在螃蟹上盖了一块紫天鹅绒。然后布鲁诺·舒尔茨显示了其想象力之后非凡的洞察力，几个星期以后他让煮熟的螃蟹父亲逃跑了。"我们发现盆子空了，一条腿横在盆子边上……"布鲁诺·舒尔茨将螃蟹煮熟后容易掉腿的动物特征描写得淋漓尽致，他感人至深地描写了父亲逃跑时腿不断脱落在路上，最后这样写："他靠着剩下的精力，拖着自己到某一个地方去，去开始一种没有家的流浪生活；从此以后，我们没有再见到他。"这篇小说题为《父亲的最后一次逃走》。

我之所以选择"飞翔和变形"作为题目，是因为二者都是大幅度地表达了文学的想象力，或者说都是将现实生活的不可能和不合情理，变成了文学作品中的可能与合情合理。当然大幅度表达文学想象力的不仅仅是飞翔和变形，还有人死了以后如何复活。

二〇〇七年五月二十八日　韩国

生与死，死而复生

几年前的一个早晨，我走在德国杜塞尔多夫的老城区时，突然看见了海涅故居。此前我并不知道海涅故居在此，在临街的联排楼房里，海涅故居是黑色的，而它左右的房屋都是红色的，海涅的故居比起它身旁已经古老的房屋显得更加古老，仿佛是一张陈旧的照片，中间站立的是过去时代里的祖父，两旁站立着过去时代里的父辈们。我的喜悦悄然升起，这和知道有海涅故居再去拜访所获得的喜悦不一样，因为我得到的是意外的喜悦。事实上我们一直生活在意外之中，只是太多的意外因为微小而被我们忽略。为什么有人总是赞美生活的丰富多彩？我想这是因为他们善于品尝生活中随时出现的意外。

今天我之所以提起这个几年前的美好早晨，是因为这个杜塞尔多夫的早晨让我再次回到了自己的童年，回到了我在医院里度过的童年。

当时的中国有一个比较普遍的现象，就是城镇的职工大多是居住在单位里，比如我的父母都是医生，于是医生护士们的宿舍楼和医院的病房挨在一起，我和我哥哥是在医院里长大的。我长期在医院的病区里游荡，习惯了来苏尔的气味，我小学时的很多同学都讨厌这种气味，我倒是觉得这种气味不错。

我父亲是一名外科医生，当时医院的手术室只是一间平房，我和哥哥经常在手术室外面玩耍，经常看到父亲给病人做完手术后，口罩上和手术服上满是血迹地走出来。离手术室不远有一个池塘，护士经常提着一桶病人身上割下来的血肉模糊的东西从手术室出来，走过去倒进池塘里。到了夏天，池塘里散发出了阵阵恶臭，苍蝇密密麻麻像是一张纯羊毛地毯盖在池塘上面。

那时候医院的宿舍楼里没有卫生设施，只有一个公用厕所在宿舍楼的对面，厕所和医院的太平间挨在一起，只有一墙之隔。我每次上厕所时都要经过太平间，朝里面看上一眼，里面干净整洁，只有一张水泥床。在我的记忆里，那地方的树木比别处的树木茂盛，可能是太平间的原因，也可能是厕所的原因。那时的夏天极其炎热，我经常在午睡醒来后，看到汗水在草席上留下自己完整的体形。我在夏天里上厕所时经过太平间，常常觉得里面很凉爽。我是在中国的"文革"里长大的，当时的教育让我成为了一个彻底的无神论者，我不相信鬼的存在，也不怕鬼。有一天中午我走进了太平间，在那张干净的水泥床上躺了下来。从此以后我经常在炎热的中午，进入太平间睡午觉，感受炎热夏天里的凉爽生活。

这是我的童年往事，成长的过程有时候也是遗忘的过程，我在后来的生活中完全忘记了这个童年的经历，在夏天炎热的中午，躺在太平间象征着死亡的水泥床上，感受着活生生的凉爽。直到有一天我偶尔读到了海涅的诗句，他说："死亡是凉爽的夜晚。"然后这个早已消失的童年记忆，瞬间回来了，而且像是刚刚被洗涤过一样清晰。海涅写下的，就是我童年时在太平间睡午觉时的感受。然后我明白了：这就是文学。

这可能是我最初感受到的来自死亡的气息，隐藏在炎热里的凉爽气息，如同冷漠的死隐藏在热烈的生之中。我总觉得自己现在的经常性失眠与童年的经历有关，我童年的睡眠是在医院太平间的对面，常常是在后半夜，我被失去亲人的哭声惊醒，我聆听了太多的哭声，各种各样的哭声，男声女声、男女混声；有苍老的，有年轻的，也有稚气的；有大声哭叫的，也有低声抽泣的；有歌谣般动听的，也有阴森森让人害怕的……哭声各不相同，可是表达的主题是一样的，那就是失去亲人的悲伤。每当夜半的哭声将我吵醒，我就知道又有一个人纹丝不动地躺在对面太平间的水泥床上了。一个人离开了世界，一个活生生的人此后只能成为一个亲友记忆中的人。这就是我的童年经历，我从小就在生的时间里感受死的踪迹，又在死的踪迹里感受生的时间。夜复一夜地感受，捕风捉影地感受，在现实和虚幻之间左右摇摆地感受。太平间和水泥床是实际的和可以触摸的，黑夜里的哭声则是虚无缥缈，与我童年的睡梦为伴，让我躺在生的边境上，聆听死的喃喃自语。在生的炎热里寻找死的凉爽，而死的凉爽又会散发出更多生的炎热。

我想，这就是生与死。在此前的《飞翔与变形》里，我举例不少，是为了说明文学作品中想象力和洞察力唇齿相依的重要性，同时也为了说明文学里所有伟大的想象都拥有其现实的基地。现在这篇《生与死，死而复生》，我试图谈谈想象力的长度和想象力的灵魂。

生与死，是此文的第一个话题。正如我前面所讲述的那样，杜塞尔多夫的海涅故居如何让我回到了自己的童年，一件已经被遗忘了的往事如何因为海涅的诗句变成刻骨铭心的记忆，这个记忆又如何不断延伸和不断更新。周而复始，永无止境。这个关于生与死的例子，其实要表述的可能是想象力里面最为朴素也是最为普遍的美德——联想。联想的美妙在于其绵延不绝，犹如道路一样，一条道路通向另一条道路，再通向更多的道路，有时候它一直往前，有时候它会回来。当然它会经常拐弯，可是从不中断。联想所表达出来的，其实就是想象力的长度，而且是没有尽头的长度。

这是童年对我们的控制，我一直认为童年的经历决定了一个人一生的方向。世界最初的图像就是在那时候来到我们的印象里，就像是现在的复印机一样，闪亮一道光线就把世界的基本图像复印在了我们的思想和情感里。当我们长大成人以后所做的一切，其实不过是对这个童年时就拥有的基本图像做一些局部的修改。当然有些人可能改得多一些，另一些人可能改动得少一些。很多年前我在和一个朋友的对话里说："我只要写作，就是回家。"我的每一次写作都让我回到南方，无论是《活着》和《许三观卖血记》，还是现在的《兄弟》，都是如此。在经历了最近二十年的天翻地覆以后，我童年的那个小镇已经没有了，我现在叙述里的小镇已经是一个抽象的南方小镇了，是一个心理的暗示，也是一个想象的归宿。

马塞尔·普鲁斯特是这方面的行家，他说："只有通过钟声才能意识到中午的康勃雷，通过供暖装置所发出的哼声才意识到清早的堂西埃尔。"没有联想，康勃雷和堂西埃尔如何得以存在？当他出门旅行，入住旅馆的房间时，因为墙壁和房顶涂上海洋的颜色，他就感觉到空气里有咸味；当某一个清晨出现，他在自己的卧室里醒来，看到阳光从百叶窗照射进来，就会感到百叶窗上插满了羽毛；当某一个夜晚降临，他睡在崭新的绸缎枕头上，光滑和清新的感觉油然升起时，他突然感到睡在了自己童年的脸庞上。

我曾经多次说过这样的话，如果文学里真的存在某些神秘的力量，那就是让我们在属于不同时代、不同民族、不同文化和不同环境的作品里读到属于自己的感受。文学就是这样地美妙，某一个段落、某一个意象、某一个比喻和某一段对话等，都会激活阅读者被记忆封锁的某一段往事，然后将它永久保存到记忆的

"文档"和"图片"里。同样的道理，阅读文学作品不仅可以激活某个时期的某个经历，也会激活更多时期的更多经历。而且，一个阅读还可以激活更多的阅读，唤醒过去阅读里的种种体验，这时候阅读就会诞生另外一个世界，出现另外一条人生道路。这就是文学带给我们的想象力的长度。

想象力的长度可以抹去所有的边界：阅读和阅读之间的边界，阅读和生活之间的边界，生活和生活之间的边界，生活和记忆之间的边界，记忆和记忆之间的边界……生与死的边界。

生与死，这是很多伟大文学作品乐此不疲的主题，也是文学的想象力自由驰骋之处。与前面讨论的文学作品中的飞翔和变形有所不同，生与死之间存在着一条秘密通道，就是灵魂。因此在文学作品中表达生与死、死而复生时，比表达飞翔和变形更加迅速。我的意思是说：有关死亡世界里的万事万物，我们早已耳濡目染，所以我们的阅读常常无须经过叙述铺垫，就可直接抵达那里。

一个人和其灵魂的关系，有时候就是生与死的关系。这几乎是所有不同文化的共识，有所不同的也只是表述的不同。而且万事万物皆有灵魂，艺术更是如此。当我们被某一段音乐、某一个舞蹈、某一幅画作、某一段叙述深深感动之时，我们就会忍不住发出这样的感叹：这是有灵魂的作品。

中国有五十六个民族，有关灵魂的表述各不相同，有时候即便是同一个民族，因为历史、地理和文化等诸多方面的差异，表述的差异也是显而易见。然而万变不离其宗，当一个人的灵魂飞走了，那么也就意味着这个人死去了。

在汉族看来，每个人都有一个灵魂。如果这个人印堂变暗，脸色发黑，这是死亡的先兆；如果这个人遭遇婴儿的害怕躲闪，也是死亡的先兆，因为婴儿的眼睛干净，看得见这个人灵魂出窍。诸如此类的表述在汉族这里层出不穷，而且地域不同表述也是不同。很多地方的人死后入殓前，脚旁要点亮一盏油灯，这是长明灯，因为阴间的道路是黑暗的。如果是富裕人家，入殓时头戴一顶镶着珍珠的帽子，珍珠也是长明灯，为死者在阴间长途跋涉照明。

生活在云南西北部的独龙族认为每个人拥有两个灵魂，第一个灵魂是与生俱有的，其身材相貌和性格，还有是否聪明和愚蠢都和人一样；而且和人一样穿衣打扮，人换衣时，灵魂也换衣。只有在人睡眠之时有所不同，因为灵魂是不睡觉的，这时候它离开了人的身体，外出找乐子去了。独龙人对梦的解释很有意思，他们认为人在梦中所见所为，都是不睡觉的灵魂干出来的事情。当人死后，第二个灵魂出现了，这是一个贪食酒肉的灵魂，所以滞留人间，不断地要世人供吃供喝（祭品）。

在云南的阿昌族那里，每个人有三个灵魂。人死后三个灵魂分工不同，一个灵魂被送到坟上，于清明节祭扫；一个灵魂供在家里；一个灵魂送到鬼王那里。这第三个灵魂将沿着祖先迁来的道路送回去，到达鬼王那里报到后，就会回到祖先的身旁。

用先入为主的方式去阅读文学作品是错误的,
伟大的阅读应该是后发制人,那就是怀着一颗空白之心去阅读,
在阅读的过程里内心迅速地丰富饱满起来。

联想的美妙在于其绵延不绝,犹如道路一样,一条道路通向另一条道路,再通向更多的道路,有时候它一直往前,有时候它会回来。当然它会经常拐弯,可是从不中断。

灵魂演绎出来了无数的阐释与叙述，也提供了不少就业机会，巫师巫婆们，作家诗人们，等等，皆因此来养家糊口。如同中国古老的招魂术，在古代的波斯、希腊和罗马曾经流行死灵术。巫师们身穿从死人身上扒下来的衣服，沉思着死亡的意义，来和死亡世界沟通。与中国的巫婆跳大神按劳所得一样，这些死灵师召唤亡魂也是为了挣钱。死灵师受雇于那些寻找宝藏的人，他们相信死后的人可以无所不知无所不见。召魂仪式通常是在人死后十二个月进行，按照古代波斯人、希腊人和罗马人的见解，人死后最初的十二个月里，其灵魂对人间恋恋不舍，在墓地附近徘徊不去，所以从这些刚死之人那里打听不出什么名堂。当然，太老的尸体也同样没用。死灵师认为，过于腐烂的尸体是不能清楚回答问题的。

有关灵魂的描述多彩多姿，其实也是想象力的多彩多姿。不管在何时何地，想象都有一个出发地点，然后是一个抵达之处。这就是我在前一篇《飞翔与变形》里所强调的现实依据，同时也可以这么认为：想象就是从现实里爆发出来的渴望。死灵师不愿意从太烂的尸体那里去召唤答案，这个想象显然来自于人老之后记忆的逐渐丧失。中国人认为阴间是黑暗的，是因为黑夜的存在；独龙人巧妙地从梦出发，解释了那个与生俱有并且如影随形的灵魂；阿昌族有关三个灵魂的理论，可以说是表达了所有人的愿望。坟墓是必须要去的地方，家又不愿舍弃，祖先的怀抱又是那么地温暖。怎么办？阿昌族慷慨地给予我们每人三个灵魂，让我们不必为如何取舍而发愁。

古希腊人说阿波罗的灵魂进入了一只天鹅,然后就有了后面这个传说,诗人的灵魂进入了天鹅体内。这真是一个迷人的景象,当带着诗人灵魂的天鹅在水面上展翅而飞时,诗人也就被想象的灵感驱使着奋笔疾书,伟大的诗篇在白纸上如瀑布般倾泻下来。如果诗人绞尽脑汁也写不出一个字来,那么保存他灵魂的天鹅很可能病倒了。

这个传说确实说出了文学和艺术里经常出现的奇迹,创作者在想象力发动起来,并且高速前进后起飞时,其灵魂可能去了另外一个地方。有点像独龙人睡着后,他们的灵魂外出找乐子那样。根据我自己的写作经历,我时常遇到这样美妙的情景,当我的写作进入某种疯狂状态时,我就会感到不是我在写些什么,而是我被指派在写些什么。我不知道自己当时的灵魂是不是进入了一只天鹅的体内,我能够确定的是,我的灵魂进入了想象的体内。

为什么我们经常在一些作品中感受到了想象的力量,而在另外一些作品中却没有这样的感受。我想,并不是后者没有想象,是因为后者的想象里没有灵魂。有灵魂的想象会让我们感受到独特和惊奇的气息,甚至是怪异和骇人听闻的气息,反过来没有灵魂的想象总是平庸和索然无味。如果我们长期沉迷在想象平庸的作品的阅读之中,那么当有灵魂的想象扑面而来时,我们可能会害怕会躲闪,甚至会愤怒。我曾经说过,一个伟大的作者应该怀着空白之心去写作，一个伟大的读者应该怀着空白之心去阅读。只有怀着一颗空白之心，才可能获得想象的灵魂。就像中国汉族的习俗里所描述的那样，婴儿为什么能够看见灵魂从一个行将死去的人的体内飞走，因为婴儿的眼睛最干净。只有干净的眼睛才能够看见灵魂，无论是写作还是阅读，都是如此。被过多的平庸作品弄脏了的阅读和写作，确实会看不见伟大作品的灵魂。

人们经常说，第一个将女人比喻成鲜花的是天才，第二个是庸才，第三个是蠢材，我不知道第四个以后会面对多少难听的词汇。比喻的生命是如此短促，第一个昙花一现后，从第二个开始就成为了想象的陈词滥调，成为了死灵师不屑一顾的太烂的尸体，那些已经不能够清楚回答问题的尸体。然而不管是第几个，只要将美丽的女性比喻成鲜花的，我们就不能说这样的比喻里没有想象，毕竟这个比喻将女性和鲜花连接起来了，可是为什么我们感受不到想象的存在？因为这样的比喻已经是腐烂的尸体，灵魂早已飞走。如果给这具腐烂的尸体注入新的灵魂，那么情况就会完全不同。马拉美证明了在第三个以后，将女人比喻成鲜花的仍然可能是天才。看看他是怎么干的，他为了勾引某位美丽的贵夫人，献上了这样的诗句："每朵花都梦想着雅丝丽夫人。"

马拉美告诉我们，什么才是有灵魂的想象力。别的人也这样告诉我们，比如那个专写性爱小说的劳伦斯。我曾经好奇，他为何在性爱描写上长时间地乐此不疲？我不是要否认性爱的美好，这种事写多了和干多了其实差不离，总应该会有疲乏的时候。直到有一天，我读到了劳伦斯的一段话，大意是这样的，他认为女人之所以美丽，是因为她们身上散发着浓郁的性；女人逐渐老去的过程，不是脸上皱纹越来越多，而是她们身上的性正在逐渐消失。劳伦斯的这段话让我理解了他的写作，为什么他一生都在性爱描写上面津津乐道，因为他的想象力找到了性的灵魂。

这两个都是生的例子，现在应该说一说死了。让我们回到古希腊，回到天鹅这里。传说天鹅临终时唱出的歌声是最为优美动听的，于是就有了西方美学传统里的"最后的作品"，在中国叫"绝唱"。

"最后的作品"或者"绝唱"，可以说是所有文学艺术作品中，最能够表达出死亡的灵魂，也是想象力在巅峰时刻向我们出示了人生的意义。在这样的时刻，我们仿佛看到死亡的灵魂在巍峨的群山之间，犹如日落一样向我们挥手道别。我们经常读到这样的篇章，某种情感日积月累无法释放，在内心深处无限膨胀后沉重不堪，最后只能以死亡的方式爆发。恨，可以这样；爱，也能如此。我们读到过一个美丽的少女，如何完成她仇恨的绝唱《死亡之吻》。为报杀父之仇，她在嘴唇上涂抹了毒药，勾引仇人接吻，与仇人同归于尽。在《红字》里，我们读到了爱的绝唱。海丝特未婚生下了一个女儿，她拒绝说出孩子的父亲，胸前永久戴上象征通奸耻辱的红A字。孩子的父亲丁梅斯代尔，一个纯洁的年轻人，也是教区人人爱戴的牧师，因为海丝特的忍辱负重，让他在内心深处经历了七年的煎熬，最后在"新英格兰节日"这一天终于爆发了。他进行了自己生命里最后一次演讲,但他"最后的作品"不是布道,而是用音乐一般的声音,热情和激动地表达了对海丝特的爱,他当众宣布自己就是那个孩子的父亲。他释放了自己汹涌澎湃的爱之后,倒在了地上,安静地死去了。

二十多年前,我在中国南方的一个小镇图书馆里翻阅笔记小说,读到过一个惊心动魄的死亡故事。由于年代久远,我已经忘记这个故事的出处,只记得有一只鸟,生活在水边,喜欢看着自己在水中的倒影翩翩起舞,其舞姿之优美,令人想入非非。皇帝听说了这只鸟,让人将它捉来宫中,给予贵族的生活,每天提供山珍海味,期望它在宫中一展惊艳舞姿。然而习惯乡野水边生活的鸟,来到宫中半年从不起舞,而且形容日渐憔悴。皇帝十分生气,以为这只鸟根本就不会跳舞。这时有大臣献言,说这鸟只有在水边看到自己的身影时才会起舞。大臣建议搬一面铜镜过来,鸟一旦看见自己的身影就会立刻起舞。皇帝准许,铜镜搬到了宫殿之上。这只鸟在铜镜里看到自己后,果然翩翩起舞了。半年没有看到自己的身影和半年没有跳舞的鸟,似乎要把半年里面应该跳的所有舞蹈一口气跳完,它竟然跳了三天三夜,然后倒地气绝身亡。

在这个"最后的作品",或者说"绝唱"里,我相信没有读者会在意所谓的细节真实性:一只鸟持续跳舞三天三夜,而且不吃不睡。想象力的逻辑在这里其实是灵魂的逻辑,一只热爱跳舞胜过生命的鸟,被禁锢半年之后,重获自由之舞时,舞蹈就如熊熊燃烧的火焰,而且是焚烧自己的火焰,最后的结局必然是"气绝身亡"。为什么这个死亡如此可信和震撼,因为我们看到了想象力的灵魂在死亡叙述里如何翩翩起舞。

我不能确定在欧洲源远流长的"黄金律"是否出自毕达哥拉斯学派,我只是觉得用"黄金分割"的方法有时候可以衡量出想象力的灵魂。现在我们进入了本次讨论的最后一个话题——死而复生。

我们读到过很多死而复生的故事,这些故事有一个共同的规律,就是在复生时总要借助些什么。在《封神演义》里,那个拆肉还母、拆骨还父的哪吒,死后其魂魄借助莲花而复生;《搜神记》里的唐父喻借助王道平哭坟而复生;《白蛇传》的许仙借助吃灵芝草复生;杜丽娘借助婚约复生;颜畿借助托梦复生;还有借助盗墓者而复生。

然而令我印象深刻的例子还是来自法国的尤瑟纳尔,尽管这个例子在我此前的文章里已经提到过。尤瑟纳尔在一个关于中国的故事里,写下了画师王佛和他的弟子林的事迹。里面死而复生的片段属于林,林的脑袋在宫殿上被皇帝的侍卫砍下来以后,没过多久又回到了他的脖子上,林站在一条逐渐驶近的船上,在有节奏的荡桨声里,船来到了师傅王佛的身旁。林将王佛扶到了船上,还说出了一段优美的话语,他说:"大海真美,海风和煦,海鸟正在筑巢。师傅,我们动身吧,到大海彼岸的那个地方去。"

尤瑟纳尔在这个片段里令人赞叹的一笔，是在林的脑袋被砍下后重新回到原位时的一句描写，她这样写："他的脖子上却围着一条奇怪的红色围巾。"这一笔使原先的林和死而复生的林出现了差异，也就出现了比例。不仅让叙述合理，也让叙述更加有力。我要强调的是，这条红色围巾在叙述里之所以了不起，是因为它显示了生与死的比例关系，正是这样完美的比例出现，死而复生才会如此不同凡响。我们可以将红色围巾理解为血迹的象征，也可以理解为更多的不可知。这条可以意会很难言传的红色围巾，就是衡量想象力的"黄金律"。红色围巾使这个本来已经破碎的故事重新完成了构图，并且达到了自然事物的最佳状态。如果没有红色围巾这条黄金分割线，我们还能在这个死而复生的故事里，看到想象力的灵魂飘然而至吗？

一九八七年《收获》第五期

一九八七年秋天我收到第五期的《收获》,打开后看见自己的名字,还看见一些不熟悉的名字。《收获》每期都是名家聚集,这一期突然向读者展示一伙陌生的作者,他们作品的叙述风格也让读者感到陌生。

这个时节是文学杂志征订下一年度发行量的关键时刻,其他杂志都是推出名家新作来招揽发行量,《收获》却在这个节骨眼集中一伙来历不明的名字。

这一期的《收获》后来被称为先锋文学专号。其他文学杂志的编辑私底下说《收获》是在胡闹,这个胡闹的意思既指叙述形式也指政治风险。但《收获》继续"胡闹",一九八七年第六期再次推出"先锋文学专号",一九八八年第五期和第六期还是"先锋文学专号"。马原、苏童、格非、叶兆言、孙甘露、洪峰等人的作品占据了"先锋文学专号"的版面,我也在其中。

当时格非在华东师范大学任教，我们这些人带着手稿来到上海时，《收获》就将我们安排在华东师范大学的招待所里，我和苏童可能是在那里住过次数最多的两个。

白天的时候，我们坐公交车去《收获》编辑部。李小林和肖元敏是女士，而且上有老下有小，她们不方便和我们混在一起，程永新还是单身汉，他带着我们吃遍《收获》编辑部附近所有的小餐馆。当时王晓明有事来《收获》，几次碰巧遇上格非、苏童和我坐在那里高谈阔论，他对别人说：这三个人整天在《收获》，好像《收获》是他们的家。

晚上的时候，程永新和我们一起返回华东师范大学的招待所，在我们的房间里彻夜长谈。深夜饥饿来袭，我们起身出去找吃的。当时华东师范大学晚上十一点就大门紧锁，我们爬上摇晃的铁栅栏门翻越出去，吃饱后再翻越回来。刚开始翻越的动作很笨拙，后来越来越轻盈。

由于《收获》在中国文学界举足轻重，只要在《收获》发表小说，就会引起广泛关注，有点像美国的作者在《纽约客》发表小说那样，不同的是《纽约客》的小说作者都是文学的宠儿，《收获》的先锋文学作者是当时文学的弃儿。多年以后有人问我，为什么你超过四分之三的小说发表在《收获》上？我说这是因为其他文学杂志拒我于门外，《收获》收留了我。

其他文学杂志拒绝我的理由是我写下的不是小说，当然苏童和格非他们写下的也不是小说。

当时中国大陆的文学从"文革"的阴影里走出来不久，作家们的勇敢主要是在题材上表现出来，很少在叙述形式上表现出来。我们这些《收获》的先锋文学作者不满当时小说叙述形式的单一，开始追求叙述的多元，我们在写作的时候努力寻找叙述前进时应该出现的多种可能性。结果当时很多文学杂志首先认为我们没有听党的话，政治上不正确，其次认为我们不是在写小说，是在玩弄文学。

《收获》也没听党的话，而且认为我们是在写小说。当时《收获》感到叙述变化的时代已经来临，于是大张旗鼓推出四期先锋文学专号。《钟山》《花城》和《北京文学》等少数文学杂志也感受到了这个变化，可是他们没有像《收获》那样大张旗鼓，只是隔三岔五发表一些先锋小说。什么原因？很简单，他们没有巴金。

一九八〇年代的中国文学可以说是命运多舛，清除精神污染和反对资产阶级自由化的政治运动，让刚刚宽松起来的文学环境三度进入戒严似的紧张状态。先锋小说属于资产阶级自由化的产物，有些文学杂志因为发表先锋小说受到来自上面的严厉批评，他们委屈地说，为什么《收获》可以发表这样的小说，我们却不可以？他们得到的是一个滑稽的回答：《收获》是统战对象。

巴金德高望重，管理意识形态方面的官员们谁也不愿意去和巴金公开对抗，巴金担任《收获》主编，官方对《收获》的审查也就睁一眼闭一眼，《收获》就是这样成为了统战对象。巴金的长寿，可以让《收获》长期以来独树一帜，可以让我们这些《收获》作者拥有足够的时间自由成长。

李小林转危为安，《收获》和先锋文学也转危为安。先锋文学转危为安还有另外的因素，当时文学界盛行这样一个观念：先锋小说不是小说，是一小撮人在玩文学，这一小撮人只是昙花一现。这个观念多多少少误导了官方，官方对待先锋文学的态度从打压逐渐变成了让这些作家自生自灭。

这个盛行一时的"不是小说"的观念让我们当时觉得很可笑，什么是小说？我们认为小说的叙述形式不应该是固定的，应该是开放的，是未完成的，是永远有待完成的。

我们对于什么是小说的认识应该感谢我们的阅读。在经历了没有书籍的"文革"时代后，我们突然面对蜂拥而来的文学作品，中国的古典小说和现代小说、西方十九世纪小说和二十世纪小说同时来到，我们在眼花缭乱里开始自己的阅读经历。我们这些先锋小说作者身处各地，此前并不相识，却是不约而同选择了阅读西方小说，这是因为比起中国古典和现代小说来，西方小说数量上更多，叙述形式上更加丰富多彩。

我们同时阅读托尔斯泰和卡夫卡他们，也就同时在阅读形形色色的小说了。我们的阅读里没有文学史，我们没有兴趣去了解那些作家的年龄和写作背景，我们只是阅读作品，什么叙述形式的作品都读。当我们写作的时候，也就知道什么叙述形式的小说都可以去写。

当时主流的文学观念很难接受我们小说中明显的现代主义倾向，持有这样观念的作家和批评家认为，托尔斯泰和巴尔扎克这些十九世纪作家的批判现实主义才是我们的文学传统。卡夫卡、普鲁斯特、乔伊斯、福克纳、马尔克斯他们，还有象征主义、表现主义和荒诞派等都是外国的。我们感到奇怪，难道托尔斯泰和巴尔扎克他们不是外国的？

当时的文学观念很像华东师范大学深夜紧锁的铁栅栏门，我们这些《收获》的先锋文学作者饥肠辘辘的时候不会因为铁栅栏门关闭而放弃出去寻找食物，翻越铁栅栏门是不讲规矩的行为，就像我们的写作不讲当时的文学规矩一样。二十多年后的现在，华东师范大学不会在夜深时紧锁大门，可以二十四小时进出。卡夫卡、普鲁斯特、乔伊斯、福克纳、马尔克斯他们与托尔斯泰、巴尔扎克他们一样，现在也成为了我们的文学传统。

温暖和百感交集的旅程

我经常将川端康成和卡夫卡的名字放在一起,并不是他们应该在一起,而是出于我个人的习惯。我难以忘记一九八〇年冬天最初读到《伊豆的歌女》时的情景,当时我二十岁,我是在浙江宁波靠近甬江的一间昏暗的公寓里与川端康成相遇。五年之后,也是在冬天,也是在水边,在浙江海盐一间临河的屋子里,我读到了卡夫卡。谢天谢地,我没有同时读到他们。当时我年轻无知,如果文学风格上的对抗过于激烈,会使我的阅读不知所措和难以承受。在我看来,川端康成是文学里无限柔软的象征,卡夫卡是文学里极端锋利的象征;川端康成叙述中的凝视缩短了心灵抵达事物的距离,卡夫卡叙述中的切割扩大了这样的距离;川端康成是肉体的迷宫,卡夫卡是内心的地狱;川端康成如同盛开的罂粟花使人昏昏欲睡,卡夫卡就像是流进血管的海洛因令人亢奋和痴呆。我们的文学接受了这样两份决然不同的遗嘱,同时也暗示了文学的广阔有时候也存在于某些隐藏的一致性之中。川端康成曾经这样描述一位母亲凝视死去女儿时的感受："女儿的脸生平第一次化妆，真像是一位出嫁的新娘。"类似起死回生的例子在卡夫卡的作品中同样可以找到。《乡村医生》中的医生检查到患者身上溃烂的伤口时，他看到了一朵玫瑰红色的花朵。

这是我最初体验到的阅读，生在死之后出现，花朵生长在溃烂的伤口上。对抗中的事物没有经历缓和的过程，直接就是汇合，然后同时拥有了多重品质。这似乎是出于内心的理由，我意识到伟大作家的内心没有边界，或者说没有生死之隔，也没有美丑和善恶之分，一切事物都以平等的方式相处。他们对内心的忠诚使他们写作时同样没有了边界，因此生和死、花朵和伤口可以同时出现在他们的笔下，形成叙述的和声。

我曾经迷恋于川端康成的描述，那些用纤维连接起来的细部，我说的就是他描述细部的方式。他叙述的目光无微不至，几乎抵达了事物的每一条纹路，同时又像是没有抵达，我曾经认为这种若即若离的描述是属于感受的方式。川端康成喜欢用目光和内心的波动去抚摸事物，他很少用手去抚摸，因此当他不断地展示细部的时候，他也在不断地隐藏着什么。被隐藏的总是更加令人着迷，它会使阅读走向不可接近的状态，因为后面有着一个神奇的空间，而且是一个没有疆界的空间，可以无限扩大，也可以随时缩小。为什么我们在阅读之后会掩卷沉思？这是因为我们需要走进那个神奇的空间，并且继续行走。这样的品质也在卡夫卡和马尔克斯,以及其他更多的作家那里出现,这也是我喜爱《礼拜二午睡时刻》的一个原因。

加西亚·马尔克斯是无可争议的大师,而且生前就已获此殊荣。《百年孤独》塑造了一个天马行空的作家的偶像,一个将想象力尽情挥霍的偶像,其实马尔克斯在叙述里隐藏着小心翼翼的克制,正是这两者间激烈的对抗,造就了伟大的马尔克斯。《礼拜二午睡时刻》所展示的就是作家克制的才华,这是一个在任何时代都有可能出现的故事,因此也是任何时代的作家都有可能写下的故事。我的意思是它的主题其实源远流长,一个母亲对儿子的爱。虽然作为小偷的儿子被人枪杀的事实会令任何母亲不安,然而这个经过了长途旅行,带着已经枯萎的鲜花和唯一的女儿,来到这陌生之地看望亡儿之坟的母亲却是如此地镇静。马尔克斯的叙述简洁和不动声色,人物和场景仿佛是在摄影作品中出现,而且他只写下了母亲面对一切的镇静,镇静的后面却隐藏着无比的悲痛和宽广的爱。为什么神父都会在这个女人面前不安?为什么枯萎的鲜花会令我们战栗?马尔克斯留下的疑问十分清晰,疑问后面的答案也是同样地清晰,让我们觉得自己已经感受到了,同时又觉得自己的感受还远远不够。

卡夫卡的作品,我选择了《在流放地》。这是一个使人震惊的故事,一个被遗弃的军官和一架被遗弃的杀人机器,两者间的关系有点像是变了质的爱情,或者说他们的历史是他们共同拥有的,少了任何一个都会两个同时失去。应该说,那是充满了荣耀和幸福的历史。故事开始时他们的蜜月已经结束，正在经历着毁灭前凋零的岁月。旅行家——这是卡夫卡的叙述者——给予了军官回首往事的机会，另两个在场的人都是士兵，一个是"张着大嘴，头发蓬松"即将被处决的士兵，还有一个是负责解押的士兵。与《变形记》这样的作品不同，卡夫卡没有从一开始就置读者于不可思议的场景之中，而是给予了我们一个正常的开端，然后向着不可思议的方向发展。随着岁月的流逝，机器的每一个部分都有了通用的小名，军官向旅行家介绍："底下的部分叫作'床'，最高的部分叫'设计师'，在中间能够上下移动的部分叫作'耙子'。"还有特制的粗棉花，毛毡的小口衔，尤其是这个在处死犯人时塞进他们嘴中的口衔，这是为了阻止犯人喊叫的天才设计，也是卡夫卡叙述中令人不安的颤音。由于新来的司令官对这架杀人机器的冷漠，部件在陈旧和失灵之后没有得到更换，于是毛毡的口衔上沾满了一百多个过去处死犯人的口水，那些死者的气息已经一层层地渗透了进去，在口衔上阴魂不散。因此当那个"张着大嘴，头发蓬松"犯人的嘴刚刚咬住口衔，立刻闭上眼睛呕吐起来，把军官心爱的机器"弄得像猪圈一样"。卡夫卡有着长驱直入的力量，仿佛匕首插入身体，慢慢涌出的鲜血是为了证实插入行为的可靠，卡夫卡的叙述具有同样的景象，细致、坚实和触目惊心，而且每一段叙述在推进的同时，也证实了前面完成的段落，如同匕首插入后鲜血的回流。因此，当故事变得越来越不可思议的时候，故事本身的真实性不仅没有削弱，反而增强。然后,我们读到了军官疯狂同时也是合理的举动,他放走了犯人,自己来试验这架快要崩溃的机器,让机器处死自己。就像是一对殉情的恋人,他似乎想和机器一起崩溃。这个有着古怪理想的军官也要面对那个要命的口衔。卡夫卡这样写道:"可以看得出来军官对这口衔还是有些勉强,可是他只是躲闪了一小会儿,很快就屈服了,把口衔纳进了嘴里。"

我之所以选择《在流放地》,是因为卡夫卡这部作品留在叙述上的刻度最为清晰,我所指的是,一个作家叙述时产生力量的支点在什么地方?这位思维变幻莫测的作家,这位让读者惊恐不安和难以预测的作家究竟给了我们什么?他是如何用叙述之砖堆砌了荒诞的大厦?《在流放地》清晰地展示了卡夫卡叙述中伸展出去的枝叶,在对那架杀人机器细致入微的描写里,这位作家表达出了和巴尔扎克同样准确的现实感,这样的现实感也在故事的其他部分不断涌现,正是这些拥有了现实依据的描述,才构造了卡夫卡故事的地基。事实上他所有的作品都是如此,只是人们更容易被大厦的荒诞性所吸引,从而忽视了建筑材料的实用性。

布鲁诺·舒尔茨的《鸟》和若昂·吉马朗埃斯·罗萨[1]的《河的第三条岸》也是同样如此。《鸟》之外我还选择了舒尔茨另外两部短篇小说,《蟑螂》和《父亲的最后一次逃走》。我认为只

---

1 若昂·吉马朗埃斯·罗萨(Joao Guimaraes Rosa, 1908—1967),巴西作家,巴西文学院院士。代表作有长篇小说《广阔的腹地:条条小路》,短篇小说集《舞蹈团》,诗集《岩浆》等。

有这样，在《鸟》中出现的父亲的形象才有可能完整起来。我们可以将它们视为一部作品中的三个章节，况且它们的篇幅都是十分简短。舒尔茨赋予的这个"父亲"，差不多是我们文学中最为灵活的形象。他在拥有了人的形象之外，还拥有了鸟、蟑螂和螃蟹的形象，而且他在不断地死去之后，还能够不断地回来。这是一个空旷的父亲，他既没有人的边界，也没有动物的边界，仿佛幽灵似的飘荡着，只要他依附其上，任何东西都会散发出生命的欲望。因此，他是一个实实在在的生命，可以说是人的生命。舒尔茨的描述是那样地精确迷人，"父亲"无论是作为人出现，还是作为鸟、蟑螂或者螃蟹出现，他的动作和形态与他生命所属的种族，都有着完美的一致性。值得注意的是，舒尔茨与卡夫卡一样，当故事在不可思议的环境和突如其来的转折中跳跃时，叙述始终是扎实有力的，所有的事物被展示时都有着现实的触摸感和亲切感。尽管舒尔茨的故事比卡夫卡更加随意，然而叙述的原则是一致的。就像格里高里·萨姆沙和甲虫互相拥有对方的习惯，"父亲"和蟑螂或者螃蟹的结合也使各自的特点既鲜明又融洽。

若昂·吉马朗埃斯·罗萨在《河的第三条岸》也塑造了一个父亲的形象，而且也同样是一个脱离了父亲概念的形象，不过他没有去和动物结合，他只是在自己的形象里越走越远，最后走出了人的疆域，有趣的是这时候他仍然是一个活生生的人。这个永不上岸的父亲，使罗萨的故事成为了一个永不结束的故事。这位巴西作家在讲述这个故事时，没有丝毫离奇之处，似乎是一个和日常生活一样真实的故事，可是它完全不是一个日常生活的故事，它给予读者震撼是因为它将读者引向了深不可测的心灵的夜空，或者说将读者引向了河的第三条岸。罗萨、舒尔茨和卡夫卡的故事共同指出了荒诞作品存在的方式，他们都是在人们熟悉的事物里进行并且完成了叙述，而读者却是鬼使神差地来到了完全陌生的境地。这些形式荒诞的作家为什么要认真地和现实地刻画每一个细节？因为他们在具体事物的真实上有着难以言传的敏锐和无法摆脱的理解，同时他们的内心总是在无限地扩张，因此他们作品的形式也会无限扩张。

在卡夫卡和舒尔茨之后，辛格是我选择的第三位来自犹太民族的作家。与前两位作家类似，辛格笔下的人物总是难以摆脱流浪的命运，这其实是一个民族的命运。不同的是，卡夫卡和舒尔茨笔下的人物是在内心的深渊里流浪，辛格的人物则是行走在现实之路上。这也是为什么辛格的人物充满了尘土飞扬的气息，而卡夫卡和舒尔茨的人物一尘不染，因为后者生活在想象的深处。然而，他们都是迷途的羔羊。《傻瓜吉姆佩尔》是一部震撼灵魂的杰作，吉姆佩尔的一生在短短几千字的篇幅里得到了几乎是全部的展现，就像写下了浪尖就是写下整个大海一样，辛格的叙述虽然只是让吉姆佩尔人生的几个片段闪闪发亮，然而他全部的人生也因此被照亮了。这是一个比白纸还要洁白的灵魂，他的名字因为和傻瓜紧密相连，他的命运也就书写了一部受骗和被欺压的历史。辛格的叙述是如此地质朴有力，当吉姆佩尔善良和忠诚地面对所有欺压他和欺骗他的人时,辛格表达了人的软弱的力量,这样的力量发自内心,也来自深远的历史,因此它可以战胜所有强大的势力。故事的结尾催人泪下,已经衰老的吉姆佩尔说:"当死神来临时,我会高高兴兴地去。不管那里会是什么地方,都会是真实的,没有纷扰,没有嘲笑,没有欺诈。赞美上帝:在那里,即使是吉姆佩尔,也不会受骗。"此刻的辛格似乎获得了神的目光,他看到了,也告诉我们:有时候最软弱的也会是最强大的。就像《马太福音》第十八章所讲述的故事,门徒问耶稣:"天国里谁是最大的?"耶稣叫来了一个小孩,告诉门徒:"凡自己谦卑像这小孩子的,他在天国里就是最大的。"

据我所知,鲁迅和博尔赫斯是我们文学里思维清晰和思维敏捷的象征,前者犹如山脉隆出地表,后者则像是河流陷入了进去,这两个人都指出了思维的一目了然,同时也展示了思维存在的两种不同方式。一个是文学里令人战栗的白昼,另一个是文学里使人不安的夜晚;前者是战士,后者是梦想家。这里选择的《孔乙己》和《南方》,都是叙述上惜墨如金的典范,都是文学中精瘦如骨的形象。在《孔乙己》里,鲁迅省略了孔乙己最初几次来到酒店的描述,当孔乙己的腿被打断后,鲁迅才开始写他是如何走来的。这是一个伟大作家的责任,当孔乙己双腿健全时,可以忽视他来到的方式,然而当他腿断了,就不能回避。于是,我们读到了文学叙述中的绝唱。"忽然间听得一个声音,'温一碗酒'。这声音虽然极低,却很耳熟。看时又全没有人。站起来向外一望,那孔乙己便在柜台下对了门槛坐着。"先是声音传来,然后才见着人,这样的叙述已经不同凡响,当"我温了酒,端出去,放在门槛上",孔乙己摸出四文大钱后,令人战栗的描述出现了,鲁迅只用了短短一句话,"见他满手是泥,原来他是用这手走来的"。

这就是我为什么热爱鲁迅的理由,他的叙述在抵达现实时是如此地迅猛,就像子弹穿越了身体,而不是留在了身体里。与作为战士的鲁迅不同,作为梦想家的博尔赫斯似乎深陷于不可知的浪漫之中,他那简洁明快的叙述里,其实弥漫着理性的茫然,而且他时常热衷于这样的迷茫,因此他笔下的人物常常是头脑清楚,可是命运模糊。当他让虚弱不堪的胡安·达尔曼捡起匕首去迎接决斗,也就是迎接不可逆转的死亡时,理性的迷茫使博尔赫斯获得了现实的宽广,他用他一贯的方式写道:"如果说,达尔曼没有了希望,那么,他也没有了恐惧。"

鲁迅的孔乙己仿佛是记忆凝聚之后来到了现实之中,而《南方》中的胡安·达尔曼则是一个努力返回记忆的人。叙述方向的不同使这两个人物获得了各自不同的道路,孔乙己是现实的和可触摸的,胡安·达尔曼则是神秘的和难以把握的。前者从记忆出发,来到现实;后者却是从现实出发,回到记忆之中。鲁迅和博尔赫斯似乎都怀疑岁月会抚平伤疼,因此他们笔下的人物只会在自己的厄运里越走越远,最后他们殊途同归,消失成为了他们共同的命运。值得注意的是,现实的孔乙己和神秘的胡安·达尔曼，都以无法确定的方式消失："我到现在终于没有见——大约孔乙己的确死了。""达尔曼手里紧紧地握着匕首，也许他根本不知道怎么使用它，就出了门，向草原走去。"

拉克司内斯[1]的《青鱼》和克莱恩[2]的《海上扁舟》是我最初阅读的记录，它们记录了我最初来到文学身旁时的忐忑不安，也记录了我当时的激动和失眠。这是二十年前的往事了，如果没有拉克司内斯和克莱恩的这两部作品，还有川端康成的《伊豆的歌女》，我想，我也许不会步入文学之门。就像很多年以后，我第一次看到伯格曼的《野草莓》后，才知道什么叫电影一样，《青鱼》和《海上扁舟》在二十年前就让我知道了什么是文学。直到现在，我仍然热爱着它们，这并不是因为它们曾使我情窦初开，而是它们让我知道了文学的持久和浩瀚。这两部短篇小说都只是叙述了一个场景，一个在海上，另一个在海边。这似乎是短篇小说横断面理论的有力证明，问题是伟大的短篇小说有着远远超过篇幅的纬度和经度。《海上扁舟》让我知道了什么是叙述的力量，一叶漂浮在海上的小舟，一个厨子，一个加油工人，一个记者，还有一个受伤的船长，这是一个抵抗死亡，寻找生命之岸的故事。斯蒂芬·克莱恩的才华将这个单调的故事拉长到一万字以

---

1 赫尔多尔·奇里扬·拉克司内斯（Halldór Kiljan Laxness，1902—1998），冰岛作家。主要作品有长篇小说《沙尔卡·瓦尔卡》《独立的人们》《世界之光》等。1955年获诺贝尔文学奖。

2 斯蒂芬·克莱恩（Stephen Crane，1871—1900），美国著名的自然主义文学家，代表作为长篇小说《红色的英勇标志》。

上，而且丝丝入扣，始终激动人心。拉克司内斯的《青鱼》让我明白了史诗不仅仅是篇幅的漫长，有时候也会在一部简洁的短篇小说中出现。就像瓦西里·康定斯基所说的"一种无限度的红色只能由大脑去想象"，《青鱼》差不多是完美地体现了文学中浩瀚的品质，它在极其有限的叙述里表达了没有限度的思想和情感，如同想象中的红色一样无边无际。

这差不多是我二十年来阅读文学的经历，当然还有更多的作品这里没有提及。我对那些伟大作品的每一次阅读，都会被它们带走。我就像是一个胆怯的孩子，小心翼翼地抓住它们的衣角，模仿着它们的步伐，在时间的长河里缓缓走去，那是温暖和百感交集的旅程。它们将我带走，然后又让我独自一人回去。当我回来之后，才知道它们已经永远和我在一起了。

一九九九年四月三十日

川端康成和卡夫卡的遗产

川端康成和卡夫卡，来自东西方的两位作家，在一九八二年和一九八六年分别让我兴奋不已。虽然不久以后我发现他们的缺陷和他们的光辉一样明显。然而当我此刻再度回想他们时，犹如在阴天里回想阳光灿烂的情景。

川端康成拥有两根如同冬天的枯树枝一样的手臂，他挂在嘴角的微笑有一种衰败的景象。从作品中看，他似乎一直迷恋少女。直到晚年的写作里，对少女的肌肤他依然有着少男般的憧憬。我曾经看到一部日本出版的川端康成影册，其中有一幅是他在接受诺贝尔文学奖时的演说，面对他的第一排坐着几位身穿和服手持鲜花的日本少女。他还可能喜欢围棋，他的《名人》是一部激动人心的小说。

《美的存在与发现》是他自杀前在夏威夷的文学演说，文中对阳光在玻璃杯上移动的描叙精美至极，显示了川端在晚年时感觉依然生机勃勃。文后对日本古典诗词的回顾与他的《我在美丽的日本》一样，仅仅只是体现了他是一位出众的鉴赏家。而作为小说家来说，这两篇文章缺乏对小说具有洞察力的见解，或许他这样做是企图说明自己作品的渊源，从而转弯抹角地回答还是不久以前对他们（新感觉派）的指责，指责认为他们是模仿表现主义、达达主义、莫朗等。这时候的川端有些虚弱不堪。

一九八二年在浙江宁波甬江畔一座破旧公寓里，我最初读到川端康成的作品，是他的《伊豆的舞女》。那次偶然的阅读，导致我一年之后正式开始写作，还一直持续到一九八六年春天对川端的忠贞不渝。那段时间我阅读了译为汉语的所有川端作品。他的作品我都是购买双份，一份保存起来，另一份放在枕边阅读。后来他的作品集出版时不断重复，但只要一本书中有一个短篇我藏书里没有，购买时我就毫不犹豫。

现在回想起来，当初对川端的迷恋来自我写作之初对作家目光的发现。无数事实拥出经验，在作家目光之前摇晃，这意味着某种形式即将诞生。川端的目光显然是宽阔和悠长的。他在看到一位瘸腿的少女时给予了深切的同情，她与一个因为当兵去中国的青年男子订婚，这是战争给予她的短暂恩赐。未婚夫的战死，使婚约解除，她离开婆家独自行走，后来伫立在一幢新屋即将建立处，新屋暗示着一对新婚夫妇即将搬入居住。两个以上的、可能是截然无关的事实可以同时进入川端的目光，即婚约的解除与新屋的建成。

《雪国》和《温泉旅馆》是川端的杰作,还有《伊豆的舞女》等几个短篇。《古都》对风俗的展示过于铺张,《千只鹤》里有一些惊人的感受,但通篇平平常常。

川端的作品笼罩了我最初三年多的写作。那段时间我排斥了几乎所有别的作家,只接受普鲁斯特和曼斯菲尔德等少数几个多愁善感的作家。

这样的情形一直持续到一九八六年春天。一个偶然的机会让我发现了卡夫卡。我是和一个朋友在杭州逛书店时看到一本《卡夫卡小说选》的。那是最后一本,我的朋友先买了。后来在这个朋友家聊天,说到《战争与和平》,他没有这套书。我说我可以设法搞到一套,同时我提出一个前提,就是要他把《卡夫卡小说选》给我。他的同意使我在不久之后的一个夜晚读到了《乡村医生》。那部短篇使我大吃一惊。事情就是这样简单,在我即将沦为文学迷信的殉葬品时,卡夫卡在川端康成的屠刀下拯救了我。我把这理解成命运的一次恩赐。

《乡村医生》让我感到作家在面对形式时可以是自由自在的,形式似乎是"无政府主义"的,作家没有必要依赖一种直接的、既定的观念去理解形式。在某种意义上说,作家完全可以依据自己心情是否愉快来决定形式是否愉悦。在我想象力和情绪力日益枯竭的时候,卡夫卡解放了我,使我三年多时间建立起来的一套写作法则在一夜之间成了一堆破烂。不久以后我注意到了一种虚伪的形式(参见《虚伪的作品》一文)。这种形式使我的想象力重新获得自由，犹如田野上的风一样自由自在。只有这样，写作对我来说才如同普鲁斯特所说的："有益于身心健康。"

以后读到的《饥饿艺术家》《在流放地》等小说，让我感到意义在小说中的魅力。川端康成显然是属于排斥意义的作家。而卡夫卡则恰恰相反，卡夫卡所有作品的出现都源于他的思想。他的思想和时代格格不入。我在了解到川端康成之后，再试图去了解日本文学，所以川端康成的出现没有丝毫偶然的因素。而卡夫卡的出现则可以说是一个奇迹了，文学史上的奇迹。

从相片上看，卡夫卡脸型消瘦，锋利的下巴有些像匕首。那是一个内心异常脆弱、过敏的作家。他对自己的隐私保护得非常好。即使他随便在纸片上涂下的素描，一旦被人发现也立即藏好。我看到过一些他的速写画，基本上是一些人物和椅子及写字台的关系。他的速写形式十分孤独，他只采用直线，在一切应该柔和的地方他一律采取坚硬的直线。这暗示了某种思维特征。他显然是善于进行长驱直入的思索的。他的思维异常锋利，可以轻而易举地直达人类的痛处。

《审判》是卡夫卡三部长篇之一，非常出色。然而卡夫卡在对人物K的处理上过于随心所欲，从而多少破坏了他严谨的思想。

川端康成过于沉湎在自然的景色和女人的肌肤的光泽之中。卡夫卡则始终听任他的思想使唤。因此作为小说家来说，他们显然没有福克纳来得完善。

无论是川端康成，还是卡夫卡，他们都是极端个人主义的作家。他们的感受都是纯粹个人化的，他们感受的惊人之处也在于此。

川端康成在《禽兽》的结尾，写到一个母亲凝视死去的女儿时的感受，他这样写：女儿的脸生平第一次化妆，真像是一位出嫁的新娘。

而在卡夫卡的《乡村医生》中，医生看到患者的伤口时，感到有些像玫瑰花。

川端康成和卡夫卡的遗产是两座博物馆，所要告诉我们的是文学史上曾经出现过什么；而不是两座银行，他们不供养任何后来者。

一九八九年十一月十七日

语文和文学之间

我确定这个题目的时候在阿布扎比，屋外四十度，屋内二十度，我在四十度和二十度之间进出时想到了这个题目。我选择这个题目并非想说语文和文学的区别，虽然区别是存在的，比如说学习语文是一定会有考试的，而阅读文学作品是没有考试的，这样的区别只是道路的不同，方向是一样的，因为语文课本里的文章都是文学作品，就像阿布扎比的四十度和二十度，都是阿布扎比的气温，所以我的兴趣是语文和文学之间有些什么。

选择这个题目有两个原因，一个是你们都是中小学语文老师，还有一个是三十年前我发表在《北京文学》上的一个短篇小说《十八岁出门远行》，根据一位从事教育的朋友查询，一九九九年的时候这篇小说入选了人教社的中等师范语文课本，此后语文版、广东版、上教版、苏教版和人教版的高中语文教材也选入了这个短篇小说。不过《十八岁出门远行》在人教版语文课标教材里只是昙花一现，没过多久就被撤下，放进课外读本中，我不知道其他版的高中语文教材里是否还保留着。前些年广东高考的语文试卷上出现了这个短篇小说，结果不少学生答错了，最好的学生也丢掉了几分，这宝贵的几分让那些本来可以去北大清华的学生，只好去北师大和人大了。我三十年前写下这篇小说时没有想到还会出现这种缺德事，为此我去网上搜索了几篇语文老师的教案，语文老师的分析很精彩很到位，可是让我去考的话，也会丢分。

我问过当时担任人教社高中语文室主任的温立三，高中生对《十八岁出门远行》是什么反应？他说普遍的反应是读不懂，我说既然如此为什么还要把它选进课标教材？他说就是要让他们读不懂。

所以我要在这里讲一讲"语文和文学之间"，我的计划是把语文老师的教案、批评家的文章、作家的评论，与我当初的写作经历和现在重读的感受都放到桌面上来。为此我先是询问浙江师范大学的高玉，有没有关于《十八岁出门远行》的评论，他说有，问我要多少，我说几篇就行，他给我发过来了十多篇，又让他的学生王晓田给我发来了几篇作家的评论。我自己在网上搜索到了几篇语文老师的教案，温立三也给我提供了几篇，我觉得这个计划可行了。

高玉发给我的关于《十八岁出门远行》的专论里大多数有些特殊，这些作者都是师范大学的老师或者研究生，他们写下的是文学评论，同时又或多或少涉及语文教学，可见《十八岁出门远行》进入语文教材之后影响力大增，应该是我所有短篇小说里最著名的一篇了。我注意到这些师范专业出身的评论者已经考虑到这个短篇小说对高中语文经验阅读的颠覆性，他们的文章和我熟悉的程光炜、唐小兵的有所不同，前者是循循善诱，后者是高屋建瓴。辽宁师范大学文学院的王平和胡古玥在题为《象征与存在》的文章里说："这种大胆的叙述与独特的创意，颠覆了学生原有的阅读经验，如果以传统的记叙要素来解读，可能会使故事情节支离破碎，只有从象征修辞与存在的哲学意蕴视角入手，才有可能找到阿里阿德涅之线，解开它的存在真实之谜。"他们在文章最后再次强调，"由于学生初次接触先锋小说，其反常的形式及其他区别于传统小说的异质性特征难免会让学生感到陌生，同时也在挑战他们根深蒂固的观照世界的角度和方式。从产生阻拒到学会欣赏，无疑是提高学生审美能力的创造性尝试。"看得出来，这两位评论者赞成《十八岁出门远行》选入高中语文教材，我读到的其他师范专业出身的评论者的文章也都对此表示了肯定的态度。看来像温立三这样"就是要让他们读不懂"的人为数不少。

　　读得懂和读不懂之间发生了什么？应该发生了很多，我们知道的和我们不知道的都有。抛开那些胡乱拼凑出来的作品，阅读真正意义上的文学作品的反应不应该是懂和不懂，应该是读起来费劲和不费劲、感受到了和没有感受到、愿意读下去和不愿意读下去之类的，尤其是进入语文课本的文学作品，是被时间和文学双重鉴定后贴上安全标签的作品，可是有时候仍然会被读得懂和读不懂所困扰，我想这就是经验阅读和非经验阅读。

我曾经说过，一个好的读者应该怀着空白之心去阅读，一个好的作者应该怀着空白之心去写作。这句话说起来容易，做起来很不容易。每一个读者都是带着自己的经验去阅读文学作品，这样的经验里包含了很多，年龄、性别、经历、性格、心理、环境等；每一个作者也是带着自己的经验去写作文学作品，这个经验里包含了上述这些等等之外，还包含了作者已经熟练掌握的叙述方式。所以无论是读者还是作者，都是长时间沦陷在自己的经验阅读和经验写作之中，可是突然的、毫无先兆的、非经验的阅读或者写作闪现了一下，这样的次数不会多，因为经验是必然，非经验是偶然，当这个偶然出现时，你是困惑之后退却了，还是欣喜之后前进了？如果是困惑退却，那么一切照旧；如果是欣喜前进，那么一个崭新的世界有可能向你打开。

所以我在讲述自己非经验的阅读和写作之前，需要先说说自己的经验阅读和写作。这要从川端康成说起，我二十岁的时候读到他的《伊豆的舞女》，当时"文革"结束才四年，中国当代文学开始显示出生机，不过这样的生机基本上是通过对"文革"的控诉表现出来的，我在周而复始的"伤痕文学"阅读里，偶然读到了来自日本的《伊豆的舞女》，这对于我来说是全新的体验，但不是非经验的体验。我当时二十岁，在多愁善感的年龄，读到阅读真正意义上的文学作品的反应不应该是懂和不懂，应该是读起来费劲和不费劲、感受到了和没有感受到、愿意读下去和不愿意读下去。

有时候文学的看法和时代的看法总是背道而驰,这是因为文学有着超越时代的持久不变的原则,而喜新厌旧则差不多是每一个时代的原则。

一部多愁善感的小说,《伊豆的舞女》唤醒了我青春经验里最易冲动的部分。小说中的"我"也是二十岁,舞女只有十四岁,川端康成细致入微又深入人心地描述了这段若即若离的爱情,小说的结尾是舞女和她哥哥的送别,"我"带着伤痕离去。我在这篇小说里也读到了伤痕,与当时中国流行的"伤痕文学"里的伤痕不同,那是被刀砍出来的疼痛喊叫,而川端康成的是内心深处的隐约作痛。我至今还记得一个细节,舞女蹲在路边用平时插在自己额发上的梳子梳理一条狮子狗的长毛,让"我"看了很不舒服,因为"我"曾想过向她要这把梳子。当时我总觉得自己也有过类似的故事,其实并没有,虚构作品中的一些情节和细节常常会让读者想象成自己的经历。

《伊豆的舞女》带我进入了日本文学,差不多有六年时间我都沉浸其中,夏目漱石、岛崎藤村、三岛由纪夫、谷崎润一郎、芥川龙之介、太宰治等,还有一位名叫樋口一叶的女作家令我感伤了很长时间,我在二十四岁时读到了她的《青梅竹马》,而她在二十四岁时去世了。如果让我选出十部必读的中篇小说,《青梅竹马》应该是其中的一部,我会把它和海明威的《老人与海》,马尔克斯的《没有人给他写信的上校》,科塔萨尔的《南方高速公路》放在一起。我第一次去东京的时候,专门去了樋口一叶纪念馆,在她字迹娟秀的手稿前驻足良久,想象她在现实世界里短暂和穷困的人生,同时在虚构世界里又是漫长和富足的人生。

我当然也去了镰仓的川端康成的故居。日本作家里,我阅读最多的还是川端康成，当时我读了所有能够找到的译成中文的川端康成的作品，后来叶渭渠先生送给我一套他和唐月梅合译的川端康成全集时，我发现里面的作品大部分已经读过。这期间我也读了很多欧美作家的作品，日本文学展现出来的细腻作风构成了我当时的文学经验，阅读欧美的文学作品只是对这经验的补充，所以普鲁斯特和凯瑟琳·曼斯菲尔德[1]这样的作家在我这里是尊贵的客人。

我开始写作了，差不多有四年时间我都在向川端康成学习，这期间发表了十多个短篇小说，都是小心翼翼的学徒之作，在我后来的集子里没有收入，我希望别人不知道我还有这样的作品，可是批评家们不会放过我的过去，他们在评论我后来的作品时，越来越多地提到了这些习作。川端康成对于我写作的意义就是让我一开始就重视细部描写，这为我后来的写作奠定了坚实的基础，我后来写作时的叙述无论是粗犷还是细腻，都不会忽略细部。与此同时，长时间迷恋一个作家并且学习他的写作风格会让学习者越来越受到局限，到了一九八六年，川端康成对于我的写作已经不是翅膀，而是陷阱了。

这时候非经验出现了，我在川端康成的陷阱里大声喊叫救命的时候，卡夫卡刚好路过，他听到了我的喊叫，走过来一把将我

---

[1] 凯瑟琳·曼斯菲尔德（Katherine Mansfield，1888—1923），新西兰短篇小说家，被誉为新西兰最有影响的作家之一。代表作有《花园酒会》《幸福》《在海湾》等。

从陷阱里拉了出去。我在一部当时刚刚出版的《卡夫卡小说选》里读到了《乡村医生》，感谢命运的安排，让我第一次读到的卡夫卡小说是这一篇，这一篇并不是这部小说选集里的第一篇，而且那时候我已经知道著名的《变形记》，只是没有读过，我不知道是什么原因让我选择了最先阅读的是《乡村医生》，也许是因为我不久前还是小镇牙医，出于对同行的兴趣，想看看捷克乡村医生的故事。我读完了，那是一九八六年初的冬天，我是蜷缩在被窝里读完的，南方冬天的屋里没有暖气，我穿上毛衣和棉衣，坐在床上，一根接着一根抽烟，把门窗紧闭的屋里弄得烟雾缭绕，我以彻夜难眠的激动迎接这个非经验时刻的来临。

《变形记》在文学史上的地位高于《乡村医生》，我个人也这么认为。如果我第一篇读到的不是《乡村医生》，而是《变形记》的话，我不会如此激动，我会感到震撼。格里高尔·萨姆沙从不安的睡梦里醒来，发现自己躺在床上变成了一只巨大的甲虫，卡夫卡不同凡响的开头和此后丝丝入扣的描述让我感受到了什么是叙述的力量。没错，这是一个荒诞故事，与我当时熟悉的写实故事决然不同，可是卡夫卡在叙述这个荒诞故事时完全使用了写实故事中的所有合理性描写，变成了甲虫的格里高尔·萨姆沙此后的遭遇和痛苦令人感同身受。《乡村医生》不一样，可以这么说，《变形记》是一个荒诞的故事，却是写实的笔法；《乡村医生》反其道而行之，是一个写实的故事，却是荒诞的笔法。一个医生要出急诊，病人和医生之间隔着广阔的原野，那时候狂风呼啸大雪纷飞，医生有马车，可是他的马在前一天冻死了，这样糟糕的天气里，村里没人会把自家的马借给他，医生心烦意乱地踢开早已弃用的猪圈的门，差不多是想看看有没有一头猪能来拉他的马车，结果里面有一个马夫和两匹强壮的马。一个不合理的开头，接下去的描写是一个不合理紧接着另一个不合理，通篇的不合理描写组合起来后呈现出来的是整体的合理性。

在那个一九八六年冬天的晚上，一次非经验的阅读之后，我在写作的囚笼里得到了一份自由证书，这份自由证书就是《乡村医生》，然后囚笼打开了，我出去了，想奔跑就奔跑，想散步就散步，想干什么就干什么。川端康成把我引入写作之门后，卡夫卡给予我的是写作的自由。

我应该是在写作《一九八六年》的中间写下了《十八岁出门远行》，可能是十月下旬的时候，我过几天就要去北京参加《北京文学》的改稿会。《一九八六年》是中篇小说，我觉得没法在笔会之前或者期间写完，打算写个短篇小说带过去，可是写什么呢，不知道。正好刚刚在一张报纸的夹缝里读到一则新闻，一辆装满苹果的卡车在路上抛锚了，结果住在附近的人把车上的苹果抢光了。我想就写写这个吧，这是一次没有构思的写作，谢天谢地没有构思，让我开始了一次非经验的写作，如同小说里的"我"在公路上"走过去看吧"和那个司机"开过去看吧"，我的写作也是写过去看吧。我在写下递给司机一支烟并给他点燃以为可以搭车时，没有想到接下去会写司机一把推开"我"，让

"我"滚开,结果我这样写了;当我写到强行上车时也没想写司机突然友好了,结果我这样写了,而且很快和司机亲如兄弟;后来"我"为了保护苹果不被抢走被揍得遍体鳞伤时,也没想到会写司机坐上拖拉机走了,结果我这样写了,还写了司机怀里抱着"我"的红书包。写作的意外接连出现,令我在写作的兴奋里一天就完成了初稿。

我带着初稿去了北京,笔会期间修改完稿,交给我的责任编辑傅锋,傅锋读完以后很兴奋,马上交给李陀,李陀当时是《北京文学》副主编,林斤澜是主编。李陀读完以后来到我的房间,满脸欣喜地和我聊天,当时说的很多话已经忘了,可有一句话我终生不会忘记,就是李陀指着《十八岁出门远行》的手稿对我说:"你已经走在中国文学的最前列了。"

现在年轻一代的作家可能不了解李陀,他后来的兴趣越过了文学,去了更为广阔深远的思想史那里。但是在我年轻的时候,李陀是激进青年作家们的导师级的人物。他的赞扬对我的意义远不止是对一个短篇小说的肯定,而且让我在走上一条全新写作之路时更加自信。

李陀后来在《雪崩何处》里也写到了当时的情景:

> 我很难忘记第一次阅读《十八岁出门远行》时的种种感受。那是一九八六年十一月,一个如以往一样光秃秃的寒气凛冽的冬天(其时《北京文学》正在一家服务低劣又脏兮兮

的旅馆中举办一个"改稿班"),编辑部的傅锋郑重地向我推荐了一篇小说,即余华刚刚写出的《十八岁出门远行》。由于我当时正沉浸在一九八五年新潮小说胜利进军的喜悦里,从韩少功、张承志、阿城、马原、莫言等人的小说中所获得的阅读经验不仅使我激动不已,而且已经成为一种十分活跃有力的因素进入我的"前理解",从而控制了我的阅读;然而《十八岁出门远行》的阅读却一下子使我"乱了套"——伴随着那种从直觉中获得的艺术鉴赏的喜悦的是一种惶惑:我该怎样理解这个作品,或者我该怎样读它?《十八岁出门远行》发表于一九八七年一月号《北京文学》,而且是"头条"。当我拿到刊物把它重新读了一遍之后,我有一种模模糊糊的预感:我们可能要面对一种新型的作家以及我们不很熟悉的写作。

李陀这篇文章写于一九八九年四月二十八日,如今二十八年过去之后,已经无须"可能要面对一种新型的作家以及我们不很熟悉的写作"。当年批评先锋小说(李陀上文里所指的新潮小说)不是小说的论调早已消失,即使高中学生里有不少人觉得《十八岁出门远行》读不懂,他们还是认为这个东西是小说。学者们从不同的角度分析解读这个短篇小说,高中老师们从语文教学的角度做出了各自的教案,众说纷纭之后,我感到李陀当年所说的"我该怎样理解这个作品,或者我该怎样读它"仍然有效。

这是一部小说所能得到的最好待遇了。我一直以为，一部小说发表以后并不意味着已经完成，这只是写作层面上的完成，每一个读者的每一次阅读都是一次继续完成的过程，从这个意义上说，作者对于自己的作品不具有权威性，作品发表以后他的相关发言就是一个读者的发言。所以我在准备这篇"语文和文学之间"的讲稿时，给自己一个定位：我不是一个研究员，只是一个讲解员。我觉得自己会是一个不错的讲解员，因为我的正式讲解里会有一些非正式的内容。

我继续讲解，我先从作家的评论讲起。《十八岁出门远行》发表之后，最早出现的评论应该来自王蒙，一九八七年的时候他还是文化部部长，他在二月的《文艺报》上发表了一篇文章，同时评论了当时三个青年作家的三篇小说，刘西鸿、洪峰和我，关于《十八岁出门远行》他这样写道：

"我"漫无目的地在公路上走，无忧无虑，不为旅店操心，而且时时感到公路特别是公路上每一个高地的诱惑。到了黄昏，硬挤上了一辆汽车，却是往回走（有点损）。往回走也没使"我"惶惑，仍然是"心安理得"。然后是汽车抛锚了，修不好了，"我"为了维护汽车和车上的货物被司机和他的同伙（？）揍了一顿……十八岁出门远行，青年人走向生活的单纯、困惑、挫折、尴尬和随遇而安。

我当时读到王蒙的这段评论时，对他两个括号里的内容发出了会心的笑声，前一个是"有点损"，后一个是问号。我觉得他在读到一个不合理的描写紧接着另一个不合理的描写时可能也发出了会心的笑声，虽然他在文章的最后写道："对这样的作者与作品笔者是又理解又不理解，便写了上述又理解又不理解的话。"王蒙的又理解又不理解，在我看来表达了一个观点，那就是：阅读一部小说，理解或者不理解其实不重要，重要的是你是否读着有兴趣，有兴趣的话不理解也会读完，没兴趣的话理解了也不会读完。王蒙在文末说："五十年代的青年作者有兴趣和八十年代的青年作者进行诚恳的对话。"确实如此，王蒙是五十年代青年作者里为数不多的对八十年代青年作者热忱相待的。

王蒙的评论还起到过文学之外的作用。《十八岁出门远行》发表后，有人认为这是资产阶级自由化的产物，准备对其进行政治批判，而不是文学批评，当时《北京文学》的另一位副主编陈世崇为了保护我，就把王蒙抬了出来，说余华这篇小说受到文化部部长的表扬。准备批判我的人只好放过我，这是几年以后林斤澜告诉我的。

另一篇作家评论是莫言写的，这篇《清醒的说梦者》在很多研究文章里被引用过，其实这是莫言的一篇课堂作业。当时北师大和鲁迅文学院合办了一个创作研究生班，毕业后拿的是北师大的硕士文凭和学位，我和莫言是北师大这个"野鸡班"的同学，在同一个宿舍里住了两年。房间中间并排放着两个柜子，将我们两个人的床和书桌分开。我们班上一个同学来串门，他在莫言那边朗读起了一篇关于我的文章，我在柜子这边听着，起初以为是他写的，听着听着意识到是莫言的语调，我走过去说，给我，让我学习学习。我才知道莫言写了《清醒的说梦者》。

莫言在文章里先是认为卡夫卡的《乡村医生》"简直是一个梦的实录，也许是他确实记录了一个梦，也许是他编织了一个梦，这都无关紧要"。接下去他开始分析《十八岁出门远行》了：

> 我来分析《十八岁出门远行》这篇小说里的仿梦成分：
>
> 作者写道："柏油马路起伏不止，马路像是贴在海浪上。我走在这条山区公路上，我像一条船。"
>
> 小说一开篇，就如同一个梦的开始。突如其来，一个梦境、一个随着起伏的海浪漂流的旅途开始了。当然，这是剪裁过的梦境。这个梦有一个中心，就是焦虑，就是企盼，因企盼而焦虑，愈焦虑愈企盼，就像梦中的孩童因尿迫而寻找厕所一样。但我愿意把主人公寻找旅馆的焦虑，看成是寻找新的精神家园的焦虑。黄昏的来临加重了这焦虑，于是梦的成分愈来愈强。
>
> "公路高低起伏，那高处总在诱惑我，诱惑我没命地奔上去看旅店，可每次都只看到另一个高处，中间是一个令人沮丧的弧度。"
>
> 这里描写的感觉，是部分神经被抑制的感觉，是一种无

法摆脱的强迫症,也是对希腊神话中推巨石上高山的西西弗斯故事的一种改造。人生总是陷在这种荒谬的永无止境的追求之中,一直到最后一刻。这里包含着人类生活中最常见的、谁也无力摆脱的公式,人永远是这公式的证明材料,圣贤豪杰,无一例外。这是真正的梦。

"尽管这样我还是一次一次地往高处奔,次次都是没命地奔。眼下我又往高处奔去,这一次我看到了,看到的不是旅店而是汽车。"

汽车突兀地出现在"我"的视野里,而且是毫无道理地对着我开来,没有任何前因后果,正合梦的特征。汽车是确定的,但汽车的出现却是不确定的,它随时可以莫名其妙地出现,又随时可以莫名其妙地消逝,就如同《乡村医生》中那突然从窗框中伸进来的红色马头一样。马从何处来?何须问,问就是多管闲事。但马头毕竟从窗框中伸进来了,这一事实是确定的。

随即"我"搭上车。随即汽车抛锚。

这也许是司机的诡计,也许是真正的抛锚。后来,一群老乡拥上来把车上装载的苹果抢走,"我"为保护苹果被打得满脸开花。

司机的脸上始终挂着笑容(笑容是确定的,为什么笑?笑什么?不知道),并且抢走了"我"的书包和书,然后抛掉车辆,扬长而去。

小说的精彩之处即在于，司机与那些抢苹果老乡的关系所埋下的巨大谜团，这也是余华在这篇小说里施放的一颗烟幕弹。如把这定为一个方程式，那么这方程是个不定式，它起码有两个以上的根，存在着无数的可能性，确定的只是事件的过程。因为存在着许多的可能性，事件的意义也就等于被彻底瓦解，事件是无逻辑的，但又准确无误。为什么？鬼知道。对这篇小说进行确定意义的探讨，无疑是一种愚蠢的举动。当你举着一大堆答案向他征询时，他会说：我不知道。他说的是真话。

是的，他也不知道。梦是没有确定的意义的，梦仅仅是由一系列事件构成的过程，它只能是作为梦存在着。诠释这类小说，如同为人圆梦一样，除了牵强附会、胡说八道之外，你还能说些什么呢？

一个作家对另一个作家的理解就是这么简明扼要，我用非经验来解释阅读《乡村医生》和写作《十八岁出门远行》，莫言用仿梦小说精准地解释了小说叙述时的突兀和不确定。

王蒙借用这篇小说叙述中的不确定性，用不确定的"又理解又不理解"进行回答，莫言用《乡村医生》里的马头进行回答："马从何处来？何须问，问就是多管闲事。但马头毕竟从窗框中伸进来了，这一事实是确定的。"也许别人不明白莫言这句话，我明白就行。如果有人非要刨根问底问我莫言这话究竟是什么意思,莫言也已经替我回答:"当你举着一大堆答案向他征询时,他会说:我不知道。他说的是真话。"

那么,文学批评家又是怎么说的?我知道不少批评家写到过《十八岁出门远行》,他们的角度也是不尽相同,可是我手上只有程光炜和唐小兵的。我先说说程光炜的,他在《余华的"毕加索时期"——以一九八六到一九八九年写作的〈十八岁出门远行〉等小说为例子》一文中,谈到毕加索"所谓超现实主义,就是把'生活陌生化'从而建设一个比现实生活更离奇、夸张、抽象和变形的'现实世界'",然后从我写下的那些创作谈说到"《十八岁出门远行》的主人公'我''出门'的'现实合理性'就被颠覆掉了,相反'不合理性'叙述倒成了小说的中心,倒成了余华这位一向非常自我、自信、自负的作家用'批评方式'所完成的'自我认同'"。程光炜在文中说毕加索曾经的"不稳定时期"让他联想到了我从一九八六年到一九八九年的写作,我想这个"不稳定时期"所指的就是我的非经验写作时期。程光炜说:"我清楚刻意强调余华与毕加索精神气质的某种内在关联性,肯定是勉为其难甚至是没有道理的。"没错,但是说到自我、自信、自负时,我和毕加索有得一拼。不过我相信毕加索经常会自省、自责、自谦,因为我经常就是这样。人都有两面性,我的两面性会以多种方式表现出来。莫言在《清醒的说梦者》里这样说我:"这家伙在某种意义上是个顽童,在某种意义上又是个成熟得可怕的老翁。"

唐小兵的《跟着文本漫游——重读〈十八岁出门远行〉》是他二〇〇七年应邀在复旦大学中文系讲课的整理稿。这是我读到的关于这个短篇小说最为细致的解读，唐小兵的这次文本漫游，对每一个段落的解读，给我的感觉就是他用理论的方式写下了另一部《十八岁出门远行》。他在解读小说倒数第二个段落，就是遍体鳞伤的"我"钻进遍体鳞伤的汽车那个段落时这样说：

> 汽车此时已经不光是"我"的朋友，更成为了"我"身体的一部分，它有着和"我"一样的体验。"我"钻了进去，和它融为一体。"我"和汽车一样，浑身冰凉，但在不可被剥夺的内在世界里，我们都是暖和的。这就回到黑格尔对内心世界的定义，即内心世界存在的必要，就是为了抵抗外在世界的不合理。对内心世界进行探索和发现的冲动，往往是因为我们被外在世界所压迫，意识到自己对外在世界不可能有任何的作用。所以我们要寻找一种精神的生活方式，一种对自己归宿的重新定位。正因为"我"找到了内在世界，能够把"我"的生活重新设想，所以"我"在浑身冰冷，身边没有任何东西，孤零零一个人的时候，却能在卡车的心窝里回忆起那个晴朗暖和的中午，让内心世界把"我"带回那个阳光灿烂的日子，对过去美好的回忆也只能在这样的环境下产生并获得意义。

小说最后主人公获得的经验是，外面的世界是要通过内在世界的发现才能真正进入，外在世界可能会是不可理喻的，充满着背叛、荒谬和暴力，但只要有健全暖和的内在世界，就能在这个世界里找到归宿。

唐小兵通过内在世界的健全暖和赋予了这篇小说积极的意义，这个与我不谋而合。三十一年前我感到自己写下了一篇积极的小说，三十一年后重读时仍然读到了一篇积极的小说，虽然小说里"充满着背叛、荒谬和暴力"，可是欢快的语言、青春洋溢的情绪是发自内心的，而且一目了然。唐小兵对内在世界的强调，也从一个侧面解释了小说里时常出现的叙述的不合理性，因为外在世界是不合理的。

文章的最后部分是唐小兵和张业松教授还有几位学生的对话，虽然我引用唐小兵的话足够多了，还是不想放过他最后那段话：

对年轻的叙事者"我"来说，没有目的感也许是一种快感，因为"我"是在漫游；但当回答"我"的问题的人也含糊其词的时候，迷失感就开始出现了。从这个意义上说，小说确实可以看作是在对当时社会文化进行隐喻性的评点。红背包和我所经历的现实，这两者之间实在没有什么联系，"我"虽然背着红背包，但是"我"要去的地方和这个红背包没有任何关系，别人给"我"指的方向也和它没有任何关系，最后红背包还被拿走了。但康凌刚才所说的和张老师（张业松）的发言在另一个更高层次上实际上就构成了马克思对黑格尔的批判。黑格尔作为现代主体哲学的发起人（我们通常说的唯心主义，是带有偏见的，似乎是个贬义词），马克思对他的批判就是：发现了主体性又怎么样？还是没有回答很多问题呀。为什么农民会来抢苹果？对小说主人公来说，这个现实远远超出了他的理解范围之外，他感到自己是暴力的对象，但对暴力的根源他无法去探求。他唯一能找到的是自己怎样从暴力中摆脱出来，但对自己为什么会成为暴力对象的原因，他不能够回答。但马克思可以回答这个问题。

当王蒙说"又理解又不理解"后，程光炜说那是余华的"不稳定时期"；莫言对于小说叙述为何突兀说的是"何须问，问就是多管闲事"，唐小兵面对一系列社会性质行为的为什么时，干脆说不能够回答，"但马克思可以回答这个问题"，可去哪里找马克思的回答，到他浩瀚的著作里去大海捞针？

他们虽然这么说，可是他们又从各自的角度对《十八岁出门远行》进行阐述，他们相似的地方是都没有打破砂锅问到底，因为这个方法在这样一部文学作品面前可能是无效的。

我想起海明威的《老人与海》在美国《生活》杂志上发表后

的情景，当时轰动美国文坛，批评家纷至沓来，刨根问底分析老人象征什么，大海象征什么，鲨鱼象征什么。海明威对于这种定点清除似的评论很不满意，他说老人和大海都没有象征，只有鲨鱼有象征，鲨鱼象征批评家。然后他把小说和那些评论文章寄给侨居巴黎的正在撰写美国艺术史的伯·贝瑞逊，这是他信任的学者，八十多岁的贝瑞逊读完小说和评论后给海明威写了回信。贝瑞逊在信里说，老人就是老人，大海就是大海，鲨鱼就是鲨鱼，他们不象征什么，但是一部伟大的文学作品无处不洋溢着象征。

贝瑞逊在这里不只对象征做出了准确的解释，还指出了文学的宽广性。简单地说，当你把老人写成某种象征，把大海写成某种象征，把鲨鱼写成某种象征的时候，也就意味着你的描写局限了，甚至老人不像老人，大海不像大海，鲨鱼不像鲨鱼。把老人写成活生生的老人，把大海写成活生生的大海，把鲨鱼写成活生生的鲨鱼，就会无处不洋溢着象征。

这就是文学作品的开放性，同样一部作品，不同的读者会读出不同的感受，即使是同一个读者，不同时期的阅读也会产生不同的感受。前提是这应该是一部优秀的作品，优秀的作品都是开放的，无论它的形式是现实的还是超现实的，是荒诞的还是写实的，或者其他种种我们已知的和未知的形式。

我这么说并不是反对批评家对作家作品分析时使用象征的方式，相反我十分赞成，我只是反对那种把理论当成篮子，把作品一个个放进去不加分类的简单做法。我觉得批评家可以用任何方式评论一部作品，只要持之有故言之成理，即使透过作品的某些段落来阐述作家写作这篇作品时刚刚被一个女人扇过耳光也可以，至于这个耳光是非礼对方得来的还是欠钱没还得来的，这个最好还是私下讨论。我的意思是作家不会不食人间烟火，作品也不是海市蜃楼，来自现实生活的因素会一个个隐藏在虚构作品之中，厉害的批评家会像现在的纪检干部揪出腐败分子一样，把它们一个个揪出来。

唐小兵在复旦课堂上的文本漫游里有一个段落提到小说里的卡车，他说："因为卡车是他的小说里出现频率非常高的一个意象，它把故事里的人物串联起来，空间组织起来。余华就说这个问题非常有意思，他自己都没有意识到，但他很快就补充说，对他们这一代人来讲，卡车喷出的尾气其实有一种特别的感觉，不像现在满大街跑的小车喷出的废气，给人的感觉都和污染联系在一起。卡车带给农村少年的体验是非常有意思的，几乎就是现代的气味。"

我想起来了，那是二〇〇三年十一月在芝加哥大学与唐小兵和他的学生座谈时，唐小兵说到了卡车的意象，我确实先是愣了一下，然后说起我小时候的经历，我经常和同学跑到海边的公路旁，等待一辆卡车经过。在那个物质匮乏的时代，卡车很少见到，有时候等上半天也没有见到一辆，终于看到一辆卡车驶来，我们会奔跑迎上去，跟着卡车奔跑，大口吸着卡车的尾气。那时候我们觉得尾气有一种令人向往的香味，工业之香。

我在写作《十八岁出门远行》时一点也没有想起这个少年往事，此后也没想起，直到在芝加哥大学时才想起来，然后又忘了，再次想起来就是现在读到唐小兵二〇〇七年的文本漫游。我承认唐小兵的解读，少年时期的这个经历在无意识里进入了《十八岁出门远行》。

接下去我应该造访语文了。很抱歉，我滔滔不绝说了那么多篇幅的文学，才意识到对于绝大多数人来说，语文是进入文学的第一扇门，现在我要说说跨过这个门槛后看到了什么。

从我读到的几篇语文老师的教案、教学设计和课堂实录里，我感到我们的语文教学里有一个积极的现象，就是鼓励学生仔细去阅读一部文学作品，这是很重要的。我对中学的语文教育不了解，我自己上中学是在"文革"时期，现在的中学语文教育已经完全不一样了。但是我对大学的文学教育还是略知一二，有一个比较普遍的现象：大学里不少教授热衷于一上来就把自己的研究成果塞给学生，让学生沿着教授的思维去分析一部文学作品。起初我以为只有中国的大学是这样，后来发现欧美的大学也是这样。我觉得好的文学教育应该先是阅读，然后才是分析。如果你对刚刚完成的阅读很有兴趣，那么你在分析这部作品时也会很有兴趣；如果阅读时没有兴趣，再来分析时会有兴趣吗？这就好比是一个男生和一个女生互有好感之后的约会，如果两个人互相讨厌的话，当然也可以约会，但这肯定是被逼迫的，可以想象这样的约会有多么可怕。

阅读是美好的约会，当约会的两个人敞开心扉之后也就意味着他们相爱了。所以当你在欣赏一部作品的时候，这部作品也在欣赏你，因为作品向你敞开了，你也向作品敞开了。

福州八中的郑玉平老师显然同意我的上述观点，他在教案的设计思想部分提出一个阅读方法的问题。阅读如同人生中的经历，丰富的生活经历会让人在面对一个突然出现的事物时能够迅速做出正确的反应，丰富的阅读同样也会如此，起码读到什么样的作品都见怪不怪了。考虑到《十八岁出门远行》对于阅读经历不多的中学生是一个奇怪的小说，一个与他们原有的阅读经验背道而驰的故事，郑玉平用作者的"陌生化"写作来带动学生进行一次"陌生化"阅读，他提出的阅读的方法是"在充分尊重学生的独特阅读感受、体验和理解下，引导学生遵守文本语境解读文本，让学生与文本充分对话，多角度解读作品的意蕴，并从文本中获得更多人生体验"。我觉得这样的方法会让阅读敞开，也会让文本敞开。郑玉平的方法里强调与学生平等对话，同时也要引领学生。我们不排除有些中学生已有惊人的阅读量，但是对于大多数学生来说，他们的阅读，尤其是对《十八岁出门远行》这样的作品的阅读，是需要前面王平和胡古玥提到的阿里阿德涅之线的，优秀的语文老师应该都是美丽的阿里阿德涅，而且会像阿里阿德涅对待忒修斯那样对待自己的学生。

我在网上搜索到的教案里大多没有注明作者，温立三发到我手机上的几篇无法下载，看不到。为了尊重作者，也是为了尊重版权，我这里举的例子是注明了作者的文章。这些注明了作者和没有注明作者的教学设计让我开了眼界，他们在引导学生阅读《十八岁出门远行》时的方法虽有所不同，却都是简明有效。

河北唐山师范学院滦州分校杨小波老师让学生使用的阅读方法是"切入点"：

1. 从关键词"旅店"切入。"旅店"一词在小说中共出现十九次，主人公在文中不断重复要寻找"旅店"，最后发现"旅店"竟是那遍体鳞伤的"汽车"，小说中的人、事、情几乎都与"旅店"（汽车）有关，可以"旅店"为辐射源生发联想，引出讨论、探究的话题。

2. 从关键句切入。类似"我还没走进一家旅店"的句子竟在小说中出现了五次，结尾部分的"我一直在寻找旅店，没想到旅店你竟在这里"和它们遥相呼应，这句话为什么不断出现？与文章主旨有什么关系？通过这一问题的探究，带动对全篇的理解。

3. 从情节切入。这篇小说中有哪些荒诞的情节？这样写的目的是什么？

4. 从情绪切入。主人公在寻找旅店的过程中，情绪的不断变化，构成了小说的一条线索。情绪是怎样变化的？通过回答该问题，牵引情节，体味主旨。

我读完这四个切入点后有两个感受：第一个是全有了，被杨小波一网打尽；第二个是这有点像作家写小说前的提纲。虽然我写《十八岁出门远行》时没有提纲，也没有构思，但我愿意把杨小波的"切入点"视为事后的写作提纲，可以让我以三十年后的重新阅读来呼应三十年前的写作。

渤海大学附中卢萍老师的课堂实录在我看来也是呼应，可以和唐小兵在复旦大学的文本漫游遥相呼应，就是阅读和解析的呼应，前者是一堂阅读课，后者是一堂解析课。我在读完卢萍的阅读课之后很想坐到这个课堂上，我想象有一个学生请假没来上课，我可以坐在他的位置上，或者我是一个插班生坐在那里，我会遵守课堂纪律，老师提问时我不会举手，同学们回答后我会在心里回答，他们听不到。我们来尝试一下，我把课堂实录的主要内容贴在下面，请大家关注卢萍老师和学生的对话，我只是一个插科打诨者，而且我把自己关进括号里。

老师：请同学们速读课文，整体感知，回答下面问题。小说主要讲了什么事情？涉及了哪些人物？

学生1：写"我"第一次出门远行的遭遇。人物有"我""司机""一些农民"和"孩子"等。

（我：没想到自己的小说这么简单。）

老师：概括得很恰当。这篇小说描述了一个十八岁孩子初次出门远行所经历的一些奇怪的生活片段。主要写"我""司机"和"抢劫者"之间的矛盾冲突。

老师：从整篇小说来看，小说中的"我"一直在寻找什么？

学生（共同回答）：旅店。

（我：旅店。）

老师：那么寻找的过程及结果怎样呢？

学生2："我"第一次出门远行很兴奋，当黄昏来临的时候"我"感到需要找"旅店"投宿，可是没有人知道哪里有"旅店"，于是"我"只好顺着路走希望能够找到。后来"我"搭上了汽车，就没再想找"旅店"了。不久汽车又抛锚了，一群人来抢劫，"我"被抢去了背包，还被打得遍体鳞伤，但是却找到了旅店，就是那辆"汽车"。

（我：汽车。）

老师：寻找"旅店"的过程确实就是这样，下面我们再来总结一下。"我"第一次出远门，需要"旅店"，但没有人告诉"我"前面是否有"旅店"。在黄昏来临时，"我"感到了自己无所依靠，于是"我"拼命地到处寻找"旅店"。后来虽然没有找到"旅店"，但"我"搭上了车，暂时的舒服让"我"满足。接着汽车不幸抛锚了。为了维护正义，"我"付出了遍体鳞伤、无限痛苦的代价。结果"我"最终找到了"旅店"，被抢劫的伤痕累累的"汽车"。

老师：小说以"找旅店"贯穿始终，那么"旅店"在小说中有什么象征意义呢？

学生3："旅店"是给人以安全感和能给人提供保护的地方。

（我：旅店是可以睡觉的地方。）

老师："旅店"在这里是一种抽象的体现。它是一处暂时或长久的寄托地，是漂泊的灵魂的栖息地。当"我"躺在汽车里感到一丝温暖，并说"我一直在寻找旅店，没想到旅店你竟在这里"时，"旅店"这个"我"一直要寻找的歇息的地方就被赋予了象征意义：我心底的一点希望，一分力量，也就是自己才能使自己重新振作。这也是这篇小说的文眼所在。

老师：联系情节回答，在找"旅店"的过程中，出现了哪些不合情理的事？

学生4："司机"对"我"搭车态度的突然转变是一处，他"笑嘻嘻地十分友好地看起我来"，而且还要"我"在车正开着时去车厢取苹果。

学生5：当"我"问"司机"去哪里时，他说"开过去看吧"，"我"旅行没有目的地，"司机"也不在乎方向，只要汽车跑着就行。

学生6：汽车在路上抛锚时，"司机"竟然一点也不着急，而是在路上"认真"地做起了广播体操。

学生7：当有人来抢车上的苹果时，"司机"竟然无动于衷，只对"我"被打破的鼻子感兴趣。

学生8：最后"司机"也参加到抢劫者的行列里去了，并把"我"的背包也抢走了。

（我：全被他们说了，一点也没给我留下。）

老师：大家找得很准确，那么请大家再想一想，这些不合情理的、荒诞的情节在小说中起什么作用？

学生9：这些情节幽默可笑，能够增加文章的喜剧色彩。

学生10：这些情节显得非常有意思，能够吸引读者阅读。

（我：可以胡思乱想。）

…………

老师：同学们的见解都很有道理。这些荒诞性情节是通过少年的眼睛来呈现的，它所反映的是"我"初次进入的成人世界的残酷和难以理解，这就体现了少年世界与成人世界的对立与冲突，更是"我"与外部世界的冲突。

老师：在寻找"旅店"的过程中，主人公的情绪有什么变化？

学生11：走了一天的路后，"我"非常希望能够找到"旅店"，但是一直没有找到，也没有能够搭到车，心里非常失望。接着突然看到了一辆停着的汽车。"我"向"司机"提出搭车的要求，出乎意料地被"司机"拒绝了，就在"我"下定决心无论如何要搭上车的时候，"司机"对我的态度突然转变了，变得非常热情和友好，两个人相处得很融洽，于是我就希望汽车一直就这么奔驰下去。但接下来又有更出乎意料的事情发生，汽车在路上抛锚后有一大群人来抢苹果，而且后来"司机"竟然也加入到抢劫者中去了，还抢走了"我"的背包，"我"被打倒在地，虽然很愤怒但是却无可奈何。

（我：这次给我留下了一点，遍体鳞伤的"我"躺在遍体鳞伤的汽车里，想起刚出门时的快乐情景。）

老师：对于情绪的变化找得很准确，把这些情节总结起来就是期望、失望、期望、出乎意料、大失所望、期望、更出乎意料、完全失望这么一个捉摸不定的变化过程。

老师：那么"我"的情绪发生这种捉摸不定的变化的原因是什么呢？

学生12：因为"我"遇到的都是一些令人捉摸不定的事和人，所以"我"的情绪受其影响也变得捉摸不定了。

（我：说得好。）

老师：归纳得非常准确。"我"的情绪的变化就是来自客观世界的不可捉摸，想象中的世界和现实世界相差甚远。

老师：下面我们来把小说做个小结。小说通过描述一个十八岁孩子初次出门远行的经历，反映了孩子世界与成人世界的矛盾冲突，以及涉世未深的孩子对现实世界的困惑和恐惧。它提醒读者，人生是复杂多变的，一个人在成长过程中，会遇到诸多困难与挫折，同时也会有诸多收获。

看到了吧，在卢萍老师的课上，我没有什么表现机会。在这个课堂实录里，似乎不存在读得懂和读不懂的问题，当然我不会因此认为高中学生阅读《十八岁出门远行》没有问题了，我只会把这个课堂实录作为个案，我没有忘记前些年广东高考让不少学生丢分的事,温立三那句"就是要让他们读不懂"的话还在我耳边响着呢。

语文和文学之间,简单地说就是经验阅读和非经验阅读之间,当然在文学的阅读里也充满了经验阅读和非经验阅读,读者已经见怪不怪,但是在语文的阅读里就会见怪而怪。从这个角度说,文学史是经验不断更新的历史,语文史则是经验不断发展的历史。通俗的说法是文学冲锋陷阵浴血奋战取得胜利之后,语文下山来摘桃子了,所以说文学前进的时候,语文也在前进,不同的是一个在前方前进,一个在后方前进。

我想在这里简要谈一谈文学传统和文学先锋性的问题,有人将这两者对立起来讨论,这是错误的,传统不是固定的,是开放的;不是已经完成的,是未完成的,是永远有待于完成的,当传统开始自我革新的时候,就是先锋性出现的时候,所以先锋性只是传统自我革新时的一系列困难活动。由于先锋性常以捣乱的面目出现,在当时很容易被认为是传统的敌人,其实它就是传统自己的行为,是传统自我不满时必然出现的革新行为。同样的道理,非经验是建立在经验基础上的,就是说非经验的起飞,是因为有经验这个跑道,而且跑道越长,起飞越可靠。有句老话,听君一席话,胜读十年书。叶兆言对此有很好的解释,他说你要先读过十年书,才能听君一席话胜读十年书;没读十年书的话,听君百席话也没用。这个读了十年的书就是经验,听君一席话胜读十年书的顿悟就是非经验的突然闪现。

文学史告诉我们,很多曾经被认为是离经叛道的作品,很多年之后一个个被归入传统文学之中,有些成为经典,有些进入了语文。我很高兴《十八岁出门远行》在发表二十多年之后被语文作为桃子摘走,但是我怀疑这只放进语文篮子的桃子可能还没熟。

二〇一七年五月十一日　中山

我为何写作

二十年前，我是一名牙科医生，在中国南方的一个小镇上手握钢钳，每天拔牙长达八个小时。

在我们中国的过去，牙医是属于跑江湖一类，通常和理发的或者修鞋的为伍，在繁华的街区撑开一把油布雨伞，将钳子、锤子等器械在桌上一字排开，同时也将以往拔下的牙齿一字排开，以此招徕顾客。这样的牙医都是独自一人，不需要助手，和修鞋匠一样挑着一副担子游走四方。

我是他们的继承者。虽然我在属于国家的医院里工作，但是我的前辈们都是从油布雨伞下走进医院的楼房，没有一个来自医学院。我所在的医院以拔牙为主，只有二十来人，因牙痛难忍前来治病的人都把我们的医院叫成"牙齿店"，很少有人认为我们是一家医院。与牙科医生这个现在已经知识分子化的职业相比，我觉得自己其实是一名店员。

我就是那时候开始写作的。我在"牙齿店"干了五年,观看了数以万计的张开的嘴巴,我感到无聊至极。当时,我经常站在临街的窗前,看到在文化馆工作的人整日在大街上游手好闲地走来走去,心里十分羡慕。有一次我问一位在文化馆工作的人,问他为什么经常在大街上游玩。他告诉我:这就是他的工作。我心想这样的工作倒是很适合我。于是我决定写作,我希望有朝一日能够进入文化馆。当时进入文化馆只有三条路可走:一是学会作曲;二是学会绘画;三就是写作。对我来说,作曲和绘画太难了,而写作只要认识汉字就行,我只能写作了。

现在,我已经有十五年的写作历史了,我已经知道写作会改变一个人,会将一个刚强的人变得眼泪汪汪,会将一个果断的人变得犹豫不决,会将一个勇敢的人变得胆小怕事,最后就是将一个活生生的人变成了一个作家。我这样说并不是为了贬低写作,恰恰是为了要说明文学或者说是写作对于一个人的重要。因为文学的力量就是在于软化人的心灵,写作的过程直接助长了这样的力量,它使作家变得越来越警觉和伤感的同时,也使他的心灵经常地感到柔弱无援。他会发现自己深陷其中的世界与四周的现实若即若离,而且还会格格不入。

然后他就发现自己已经具有了与众不同的准则,或者说是完全属于他自己的理解和判断,他感到自己的灵魂具有了无孔不入的本领,他的内心已经变得异常地丰富。这样的丰富就是来自于长时间的写作,来自于身体肌肉衰退后警觉和智慧的茁壮成长,而且这丰富总是容易受到伤害。

就像你们伟大的但丁，在那部伟大的《神曲》里，奇妙的想象和比喻，温柔有力的结构，从容不迫的行文，我对《神曲》的喜爱无与伦比。但丁在诗句里表达语言的速度时，这样告诉我们：箭中了目标，离了弦。另一位伟大的作家叫博尔赫斯，是阿根廷人，他对但丁的仰慕不亚于我。在他的一篇有趣的故事里，写到了两个博尔赫斯，一个六十多岁，另一个已经八十高龄了。他让两个博尔赫斯在漫长旅途中的客栈相遇，当年老的博尔赫斯说话时，让我们看看他是如何描写声音的，年轻一些的博尔赫斯这样想："是我经常在我的录音带上听到的那种声音。"多么微妙的差异，通过录音带的转折，博尔赫斯向我们揭示出了一致性中隐藏的差异。伟大的作家无不如此，我在这里可以列出一份长长的名单，我相信这份名单长到可以超过我们中国没完没了的菜谱。

因为一个众所周知的原因，像我这一代人是在没有文学的环境里成长起来的，当我成年以后，我开始喜爱文学的时候，正是中国对文学解禁的时代，我至今记得当初在书店前长长的购书人流，这样的情景以后我再没有见到，这是无数人汇聚起来的饥渴，是一个时代对书籍的饥渴，我置身其间，就像一滴水汇入大海一样，我一下子面对了浩若烟海的文学，我要面对外国文学、中国古典文学和中国的现代文学，我失去了阅读的秩序，如同在海上看不见陆地的漂流，我的阅读更像是生存中的挣扎，最后我选择了外国文学。我的选择是一位作家的选择，或者说是为了写作的选择，而不是生活态度和人生感受的选择。因为只有在外国文学里，我才真正了解写作的技巧，然后通过自己的写作去认识文学有着多么丰富的表达，去认识文学的美妙和乐趣，虽然它们反过来也影响了我的生活态度和人生感受，然而始终不是根本的和决定性的。因此，作为一个中国人，我一直以中国的方式成长和思考，而且在今后的岁月里我也将一如既往；然而作为一位中国作家，我却有幸让外国文学抚养成人。除了我们自己的语言，我不懂其他任何语言，但是我们中国有一些很好的翻译家，我很想在这里举出他们的名字，可是时间不允许我这样做。我就是通过他们的出色的翻译，才得以知道我们这个世界上的文学是多么辉煌。

我真正要说的是文学的力量就在这里，在但丁的诗句里和博尔赫斯的比喻里，在一切伟大作家的叙述里，在那些转瞬即逝的意象和活生生的对白里，在那些妙不可言同时又真实可信的描写里……这些都是由那些柔弱同时又是无比丰富和敏感的心灵创造的，让我们心领神会和激动失眠，让我们远隔千里仍然互相热爱，让我们生离死别后还是互相热爱。因为但丁告诉我们：人是承受不幸的方柱体。在这个世界上，还有什么物体能够比方柱体更加稳定可靠？

一九九七年十一月十三日　意大利

网络与文学

在中国，在二十世纪最后的两年里，一些作家开始考虑这样的问题：在下一个世纪里是否会失业？这样的忧虑并非出于对自己才华和能力的怀疑，而是对自己所从事职业的怀疑。在今天，在二十一世纪，人们已经相信网络和生命科学正在重新结构我们的世界。一个是外部的改变，网络在迅速提高交流的速度的同时，又在迅速地降低交流的成本，使人们在与世界打交道时获得了最直接和最根本的权利；另一个是内部的改变，生命科学对基因的认识使我们走上了一条捷径，让我们感到了走向生命本质时不再是路途遥远。这两者差不多同时出现，又差不多同时成长，于是我们对生命和对世界的看法也在同时改变。

我知道作家的不安是害怕图书会消失，这个不安是来自两方面的。首先他们害怕会失去手触摸纸张时的亲切之感，这样的感受是我们的祖先遗传给我们的，祖先们就像留下了房屋和街道一所以不要害怕困难，越遇到困难就越意味着：命运在向你招手，带你们走向一个更好的地方、更高的境界。

写作者的情感往往和作品中人物的情感同舟共济，共同去承受苦难，也共同去迎接欢乐。

样，留下了手和纸难以分离的亲密之感，这样的感受在我们还是婴儿时就已经开始了成长，很多人都难以抹去这样的记忆——坐在母亲的怀中，孩子的手和母亲的手同时翻动着一本书。现在，人们似乎意识到某一天不再需要作为物品的报纸和图书了，而且这样的意识在人群中迅速地弥漫，越来越多的人相信无纸化出版即将来临，人们可以在因特网上随意读到想读的一切文学作品。于是作家们接下来就会关心另一个问题：去何处支取版税？我在这方面不是一个悲观主义者，虽然传统的法律在面对今天高速前进的网络有些无所适从，虽然在中国有很多作家的作品都在网上被免费阅读，但是我相信这一切都是暂时的。当网上虚拟出版的时代真正来临，那么传统出版累积下来的一切问题，比如印刷成本不断提高、仓库不断积压和应收款数额不断增长等，都会烟消云散。虚拟出版几乎是零成本的现实，将会使读者用很少的钱去得到很多的书籍，对作者来说，其收益也将是有增无减。而且虚拟出版不会再去消耗我们已经不多了的自然资源，还将降低造纸和印刷带来的对环境的污染。

　　对我来说，重要的不是图书是否会消失，而是阅读是否会消失。只要阅读仍然存在，那么用什么方式去读并不重要。我想阅读是不会消失的，因为人类的生存是不会消失的，我相信谁也无法将阅读和生存分隔开来。我有一个天真的想法，在这个世界上越是古老的职业，就越是具有生存的勇气和能力，因此任何职业都不会消失，只是得到形式的改变，而这样的改变或者说网络带来的改变，不会使这些古老的职业变得更老，恰恰是要它们返老还童。当然，预言家会消失，在这个日新月异的时代里，我想人们唯一不需要的就是预言。

在今天的中国，网上的文学受到了空前的欢迎，我所说的网上文学并不是指那些已经在传统出版中获得成功的作品，这些作品在未经授权的情况下已经上网，我指的是那些在传统的图书出版中还没有得到机会的作者。我阅读了一些他们的作品，坦率地说这些作品并不成熟，让我想起以前读到过的中国的大学生们自己编辑的文学杂志，可是这些并不成熟的文学作品在网上轰轰烈烈，这使我意识到了网络的意义和价值。因为人们在网上阅读这些作品时，文学自身的价值已经被网络互动的价值所取代，网络打破了传统出版那种固定和封闭的模式，或者说取消了作者和读者之间的界线，网络开放的姿态使所有的人都成为了参与者，人人都是作家，或者说人人都将作者和读者集于一身，我相信这就是网上文学的意义，它提供了无限的空间和无限的自由，它应有尽有，而且它永远只是提供，源源不断地提供，它不会剥夺什么，如果它一定要剥夺的话，我想它可能会剥夺人们旁观者的身份。

事实上，这是文学由来已久的责任，一个写作者和一个阅读者的关系，或者说一本书和一个世界的关系，这样的关系似乎一直在困扰着文学，同时也一直在支撑着文学。想想巴尔扎克和狄更斯他们的作品，这些作品都是在报纸上以每天连载的方式完成的；再想想二十世纪两部著名的小说普鲁斯特的《追忆似水年华》和乔伊斯的《尤利西斯》，这两部作品在今天看来似乎布满了阅读的障碍，然而在它们自己的时代里都曾经热销一时。有时候文学的看法和时代的看法总是背道而驰，这是因为文学有着超越时代的持久不变的原则，而喜新厌旧则差不多是每一个时代的原则。然而巴尔扎克和狄更斯，还有普鲁斯特和乔伊斯的例子说明了这样一个事实，这些经久不衰的作家一方面和文学心心相印，另一方面又和所处的时代紧密相连，他们都具备了上述两种原则，文学的原则使他们成为了经典作家，成为了一代又一代的读者们内心深处的朋友，而他们所处的那个时代的原则使他们的名字变得响亮和显赫。一句话，无论是巴尔扎克和狄更斯，还是普鲁斯特和乔伊斯，他们都通过了所处时代最便捷的途径来到读者们中间。对于今天的作家，通向读者的道路似乎要改变了，或者说一条新的道路已经展现在眼前，就像是在一条传统的道路旁边，增加了一条更为快捷的高速公路，这有什么不好？

在今天的中国，网上传播的文学和传统出版的文学已经并肩而行了，我现在要谈的不是网络文学和传统出版的文学的比较，这个话题没有什么意义，对于文学来说，无论是网上传播还是平面出版传播，只是传播的方式不同，而不会是文学本质的不同。我要谈的是网络和文学，谈它们之间的一个最为重要的共同之处。

我们都知道文学给予我们的是一个虚构的世界，我相信这是因为人们无法忍受现实的狭窄，人们希望知道更多的事物，于是想象力就要飞翔，情感就会膨胀，人们需要一个虚构的世界来扩展自己的现实，虽然这样的世界是建立在别人的经历和情感之上，然而对照和共鸣会使自己感同身受。我想，这可能就是人们常说的精神的力量，现实太小了，而每个人的内心都像是一座火山一样，喷发是为了寻找更加宽广的空间。那么多年来，文学一直承受着来自现实世界的所有欲望，所有情感和所有的想象，如果不能说它是独自承受，那它也承受着最重的部分。

现在，网络给我们带来一个虚拟的世界，与文学一样，是一个没有边境的世界，它的空间取决于人们的想象力，有多少想象在出发，它就会有多少空间在出生；与文学不同的是，人们不需要在别人的故事里去寻找自己的眼泪和欢乐，网络使人人都可以成为虚拟世界的主人，点动鼠标就可以建造一座梦想中的宫殿，加密之后就像有了门锁和电网。如果说安娜·卡列尼娜的房间人人都可以进入，只要你买下或者读过托尔斯泰的书，那么网上的宫殿则永远是自己的领地，虽然有时候黑客会大驾光临，可是现实中的宫殿也会遭遇小偷和强盗，而且类似的经历只会使这一切变得更加真实，当然也会更加激动人心。

我承认自己迷上了网络的世界，一方面是它如同文学一样使我们的空间变得无法计算，另一方面是它正在迅速地瓦解着我们固有的现实，这是文学无法做到的。有时候我觉得网络的世界很像是文学和信用卡的结合，我的意思是说它具有天空和大地的完整性,它建立了一个虚幻的世界,像文学那样去接受人们多余的想象和多余的情感,与此同时它又在改变我们的现实,就像信用卡虚拟了钱币一样,它正在虚拟我们的现实。如果说文学虚构的世界仅仅是天空的话,那么网络虚拟的世界完成了天空和大地的组合。不过有一点它们永远是一致的,那就是人们需要画饼充饥,因为这样有助于人们的身心健康。

一九九九年五月九日

文学和民族

我十分感谢民族文学作家会议主席李文求先生的邀请,使我有机会来到韩国,有机会在这里表达我的一些想法。

在北京的时候,我收到的演讲题目是《打开二十一世纪东亚文学的未来》,这个题目让我感到不安和惭愧,在涉及东亚文学的时候,我发现自己只是对日本的文学有所了解,对于韩国的文学我可以说是一无所知。诚然,我可以找到一些理由来解释自己这方面的无知,比如由于朝鲜的原因,中国和韩国很晚才建交的事实影响了两国间文学的交流;另一个原因来自中国的图书市场,我很难找到已经翻译成汉语的韩国文学作品。我的朋友白元淡教授告诉我,韩国在出版外国文学作品时,热衷于对西方文学的介绍,对中国文学的介绍十分冷淡。中国的情况更加糟糕,这些年来中国几乎是没有出版韩国的文学作品。

关心西方发达国家远远超过关心自己的邻居,这似乎是亚洲国家共同的特点，但是这几年情况开始改变。在中国，一些清醒的知识分子已经将目光和研究的课题转向自己的邻国。日本作家大江健三郎在一九九四年荣获诺贝尔文学奖的演说中，明确地表明了他是一位亚洲作家的身份。一九九八年，主编《创作与批评》的白乐晴教授和崔元植教授来到北京，与中国的学者和作家进行广泛的交流。

从相互关心到开始真正的交流，我相信这会获得很大的收益。两年前由中国文学出版社出版的《全球化时代的文学和人》一书中，白乐晴教授在第一章就澄清了韩国的民族文学与政府投入大量预算所标榜的"韩国式"民主主义不是一回事，白乐晴写道："政府所倡导的民族文学与我们基于民族良心、文学的良心所指的民族文学有距离的话，谈论'民族文学'不得不更为小心。如果只将民族传统的一部分随便阉割下来保存与展示，并将鼓吹国民生活现在与将来的暧昧乐观论当作民族文学的话，那么它就不是正经文学，对民族大多数成员也无益。"

这是我在那次会议上的第一个收获，因为白乐晴教授在书中写到的有关民族文学的段落，总是让我忍不住想起中国的文学现实，有时候我会觉得白乐晴教授所写的仿佛是中国的事，"将民族传统的一部分随便阉割下来保存和展示"，这也是中国的各级政府官员所热衷的，而且"将鼓吹国民生活现在与将来的暧昧乐观论当作民族文学"，也是不少中国作家的所谓追求。

第二个收获是在中国的《读书》杂志举办的讨论会上，当一位中国的学者问崔元植教授关于南北韩分裂的问题时，崔元植教授的回答使我吃惊，他说南北韩分裂并不是朝鲜民族最重要的问题，他认为最重要的是朝鲜民族是在中国、日本、俄罗斯和太平洋对岸的美国这四个大国的包围中生存。崔元植教授的回答使我对韩国的学者和作家所倡导的民族文学有了进一步的理解，也就是白乐晴教授所指出的民族的良心和文学的良心。

同时，也让我想起了一位伟大的匈牙利作曲家巴托克（Bartók），这位写下丰富的旋律和迷人的节奏的音乐家，一生中的很多时间都是在农村采集民间音乐，于是人们就会知道他那些达到形式对称和题材统一的作品来自何处：与农民们在一起的生活经历，使巴托克获得了成千首典型的马扎尔、斯洛伐克、特兰西瓦尼亚和罗马尼亚等地的民间音乐主题。然而中东欧地区的民间音乐与巴托克的音乐有着更为复杂的关系，当很多人认为为民间旋律配和声是一件容易的事，他们认为无论如何也比创作一个"独特"的主题容易得多（这样的看法其实就是白乐晴教授所指责的"随便地阉割下来"的做法），巴托克不这么认为，他在《农民音乐的重要性》一文中写道：

处理民间旋律是极端困难的。我可以大胆断言，处理民间曲调和创作一首大规模的作品一样困难。只要想到这一点就可以明白：民间曲调不是作曲家自己的作品，而是早已存在的作品，这便是最大的困难之一。另一个困难在于民间旋律的特别性格。我们开始必须认识这种性格，还要深入了解它，最后，在改编的时候要把它突出而不是掩盖住。

我相信文学也是一样，一个优秀的作家必须了解自己民族传统中特别的性格，然后在自己的写作中伸张这样的特别性格。在中国，许多人都十分简单地将现代性的写作与其文学的传统对立起来，事实上这两者之间的关系是互相推进的关系，因为一个民族的文学传统并不是固定的和一成不变的，它是开放的，它是永远无法完成和永远有待于完成的。因此，文学的现代性是文学传统的继续，或者说是文学传统在其自身变革时的困难活动。正是这样的困难活动不断出现，才使民族的传统或者说是文学的传统保持着健康的成长。

我感到，促使巴托克将其一生中最美好的时光安排在贫穷的农村，音乐只是原因之一，另一个原因更为深远。虽然巴托克自己的解释十分简单，他说："作为一个匈牙利人，我很自然地从匈牙利民歌开始我的工作，但是不久就扩展到邻区——斯洛伐克、罗马尼亚……"可是只要从地理和历史方面去了解一下这几个在夹缝中的中东欧国家，就会对他们民族传统中的特别性格有了更为清晰的了解。

从地理上看，这些把德国和意大利两国同俄国分隔开的国家缺少天然疆界，不多的几条山脉都被河流切断，一方面不能阻绝游牧部落，另一方面更无法抵挡一支所向披靡的军队。从历史上看，这些国家的命运时常没有掌握在自己的手中，一八一五年的维也纳会议就是一个例证，遭受侵略、兼并和凌辱似乎构成了这些国家的历史。

我在想，当年巴托克从民间旋律中去寻找民族传统中的特别性格，是否也是今天韩国的作家们所从事的工作？我在白乐晴教授的书中和崔元植教授的谈话中听到了这样的声音。从地理和历史这两方面，匈牙利和韩国有着近似之处，让我感到在韩国和匈牙利这样的国家里，民族文学的声音异常强烈。我有这样的感受，在大多数国家里文学的兴旺时常会伴随着民族感情的复兴，可是在韩国，在此基础上，文学的创作又创造了这样的感情。

虽然从地理上中国与韩国不同，可是中国的近代史同样是遭受侵略和凌辱的历史。奇怪的是在中国，有关民族的文学似乎只有一种声音，来自政府的声音，也就是白乐晴教授所说的"随便阉割下来"的民族传统。中国今天存在的问题令我不安，去年意大利一家周刊的记者来北京采访我，这位记者告诉我，她来北京还有一个采访的任务，就是了解一下今天中国二十岁左右的年轻人都在关心些什么，她采访了二十位中国的年轻人，结果她吃惊地发现没有一个人知道中国的"文化大革命"，可是这些年轻人对美国的情况了如指掌。

这促使我对现在席卷世界的全球化浪潮有了一些警惕，我并不是反对了解美国，美国的文学对我产生过很大的冲击和影响；我也不反对全球化带来的进步，我只是想弄清楚构成全球化的基础是什么，是同一性还是差异性？我的选择是后者，我相信正是各国家各民族的差异才能够构成全球化的和谐，就像构成森林的和谐一样，如果森林中有几个鸟的种类消失，即便它们在森林中是微不足道的，也会引起森林的逐渐流失。因此在今天，寻找和发扬各自民族传统中的特别性格显得尤为重要和紧迫，而且这样的特别性格应该是开放的和互相交流的，用巴托克的话来说就是"杂交和再杂交"，他在中东欧地区采集民间音乐时，发现这样的交流给各民族的音乐都带来了丰富和完善，他说：

"斯洛伐克人吸收了一条匈牙利旋律并加以'斯洛伐克化'，这种斯洛伐克化的形式然后可以被匈牙利人再吸收，加以'再马扎尔化'。我要说'幸运地'这个词，因为这种再马扎尔化的形式将不同于原来的匈牙利旋律。"

一九九九年六月五日　韩国

没有一条道路是重复的

应《环球时报》周晓苹女士的邀请,我来为这部出色的小说集作序。其实这份工作应该属于陈众议教授,正是他的不懈支持,当然还有周晓苹的努力工作,才有了今天《小说山庄》[1]的结集出版。

我不知道如何来谈论这部书带给我的阅读感受,这样的感受就像是在热烈的阳光里分辨着里面不同的颜色。这里的作者遍及世界各地,他们来自不同的国家和民族,生活在不同的时代,他们有着不同的宗教信仰和不同的语言文化,有着不同的肤色和不同的年龄,还有不同的嗜好和不同的习惯。太多的不同使他们无法聚集到一起,可是文学做到了,他们聚集到了这部书中,就像不同的颜色被光的道路带到了阳光里。

---

[1] 《小说山庄》是《环球时报》主编的短篇小说合集作品,由国内学者、翻译家编选。

阅读这部书有时候仿佛是在阅读一幅世界地图，然而我们读到的并不是一张平面的纸，在那些短小的篇幅里，在那些巧妙的构思里，在意外的情节和可信的细节的交叉里，在一个个时而让人感动时而让人微笑的故事里，我们读到了什么？我觉得自己读到了一段段的历史，读到了色彩斑斓的风俗，读到了风格迥异的景色，当然这是人的历史、人的风俗和人的景色，因为在我们读到的一切里，我们都读到了情感的波动。我想这就是文学，文学中的情感就像河床里流动和起伏的水，使历史、风俗和景色变得可以触摸和可以生长。所以这部书并不是一幅关于国家和城市的地图，也不是关于航线和铁路的地图，这一幅地图是由某一个村庄、某一条街道、某一幢房屋、某一片草地和某一个山坡绘成的，或者说它是由某一个微笑、某一颗泪珠、某一个脚步、某一个眼神和某一个转瞬即逝的念头堆积起来的。它是由生活的细节和想象的细节来构成的，如同一滴一滴的水最终汇成了无边无际的大海一样。

世界上没有一条道路是重复的，也没有一个人生是可以替代的。每一个人都在经历着只属于自己生活，世界的丰富多彩和个人空间的狭窄使阅读浮现在了我们的眼前，阅读打开了我们个人的空间，让我们意识到天空的宽广和大地的辽阔，让我们的人生道路由单数变成了复数。文学的阅读更是如此，别人的故事可以丰富自己的生活。阅读这部书就是这样的感受，在这些各不相同的故事里，在这些不断变化的体验里，我们感到自己的生活得到了补充，我们的想象在逐渐膨胀。更有意思的是，这些与自己毫无关系的故事会不断地唤醒自己的记忆，让那些早已遗忘的往事和体验重新回到自己的身边，并且焕然一新。阅读一部书可以不断勾起自己沉睡中的记忆和感受，我相信这样的阅读会有益于自己的身心健康。

二〇〇一年十月十五日

读拜伦一行诗,胜过读一百本文学杂志

一直以来我都有这样的感受,一个好的作家,首先是一个好的读者,因为阅读好的作品,可以养育自己好的文学趣味,尤其是在一个作家刚刚从事写作的时候,阅读是一个重要的环节。回忆我过去二十多年的写作经历,我觉得自己非常幸运,我在几个关键的时期所选择的道路都是正确的,起码从现在来看是正确的。

一九八二年,我二十二岁的时候开始写作了,当时的文学杂志像《上海文学》《收获》等,发行量都是几十万册,当时街上报刊亭里摆着的杂志,全是文学的,几乎没有其他杂志,有一本《中国青年》很受欢迎,这个不是文学杂志,可是里面有不少小说、散文和诗歌。我刚开始写作的时候,就是阅读文学杂志上发表的小说,然后写自己的小说,我觉得那些在著名杂志上发表的小说并不怎么样,并不比我写的小说好多少,可是它们能够发表，我的小说在不著名的杂志上也发表不了，心里有些愤愤不平。那时候我很希望自己的父母是北京或者上海的文学杂志的编辑，很遗憾他们是海盐县城里的医生，我的祖上更是八竿子打不着文学，我没有文学亲戚，只能四处碰壁，我不知道自己骂过多少次他妈的、他奶奶的，然后呢，我明白了一个道理，像我这样一个谁也不知道的住在小县城里的无名作者，要想在文学杂志上发表小说，不能去和那些杂志上已经发表的小说比，如果要比的话，也应该比那些已经发表的小说好很多，好一点不行，只有好很多，编辑才会在自由来稿里眼睛一亮发现我的小说。

当时我还年轻，和你们现在的年龄差不多，很想知道那些名作家是怎么说的，就是想从名人名言里找到一条捷径，我很幸运，看到了杰克·伦敦写给一位想成为作家的年轻人的信，在信里他说了一句话，大致意思是读拜伦一行诗，胜过读一百本文学杂志。

我马上明白这个道理了，就是不要把时间和精力浪费在文学杂志上，不管这个文学杂志有多么优秀，五十年、一百年以后那上面发表的作品能够流传下去的，我想寥寥无几，更不用说那些并不优秀的文学杂志了。从那时起，我养成了一个习惯，不再去读文学杂志，开始大量阅读经典文学作品，我现在书架上接近一半的文学书籍都是那个时候买的，我记得《战争与和平》也就是两块钱，这批书的定价基本上在五角到两元之间，那个时候收入也不高，月薪三十六元，省吃俭用才能买书。阅读这些经典作品让我的虚构世界变得丰富多彩，我所说的虚构世界其实每个人都有，就是现实生活里无法体现出来的各式各样的幻想冥想之类的，我后来出版过一本书，书名是《温暖和百感交集的旅程》，这就是我阅读经典文学作品的感受。

当然这样的感受是各不相同的，有的作品一下子感受到了，有的作品似乎感受到似乎没感受到，有的干脆感受不到。我的经验告诉我，一个读者和一个作家一部作品的相遇是一种缘分，缘分没到的时候就是没感觉。我和鲁迅的相遇就是这样，我是在鲁迅的作品中长大的，我小学和中学的课本里小说散文诗词只有鲁迅的，还有毛泽东的，当时我年幼无知，以为中国只有两个作家，鲁迅和毛泽东。你们想想，我天天接触鲁迅，好比天天吃一样的饭菜，实在不喜欢他，甚至讨厌他，我中学的时候认为鲁迅不是一个好作家，只是当时政治形势的产物。

一九八三年底，我调到文化馆工作，我们创作室办公室门外有一个过厅，挨着墙放了一张乒乓球桌，桌子下面堆满了"文革"时期出版的《鲁迅全集》，现在想起来这是多么珍贵的版本，我进出办公室都会经过《鲁迅全集》，可我没有拿，还幸灾乐祸，心想这个作家终于过时了。过了很多年，一九九六年的时候，一个朋友想把鲁迅的小说集中起来改编成电视剧，问我能不能参与改编，可以给我一笔不错的改编费。我同意了，然后发现家里没有一本鲁迅的书，我去书店买了一本《鲁迅小说全集》，第一篇是《狂人日记》，小说开头时那个狂人觉得世界不对劲了，鲁迅用了这样一句话"不然,那赵家的狗,何以看我两眼呢?我怕得有理",看到这句话我十分震惊,鲁迅只用一句话就让一个人的精神失常了。我肃然起敬,心想这个作家很厉害。我从小学到中学的课文里都有《狂人日记》,我不仅读过几遍,还背过几遍,全是小和尚念经有口无心,全忘记了。第三篇是《孔乙己》,我读完《孔乙己》以后给那位朋友打电话,请他不要改编鲁迅的作品,不要糟蹋鲁迅。

《孔乙己》也是我从小学到中学都在课本里读过的,只记得大概的故事,对细节的处理没有一丝印象。《孔乙己》是经典短篇小说里的范本,为什么说是范本?因为很多经典小说很难解读,而《孔乙己》很容易解读。小说的开头就不同凡响,写鲁镇酒店的格局,穿长衫的是坐在隔壁屋子里喝酒,穿短衣服的穷人是在柜台前站着喝酒,孔乙己是唯一一个穿着长衫站在柜台前喝酒的人。孔乙己的社会背景和生活现状几百个字就出来了,而且淋漓尽致,鲁迅能够用最快的速度达到他想要达到的目的地,小说的结尾也是令人赞叹。一九九六年的时候我认为自己已经是一个训练有素的小说家了,别人也承认我是小说家了,当时我阅读别人小说时不由自主会对其写作的技巧关心起来。鲁迅是一位写作时有着强烈责任感的小说家,他的《孔乙己》面对这样的事实:当孔乙己腿好的时候,他是怎么一次次来喝酒的,可以忽略不写;当他的腿被打断后,他是怎么走到酒店来的,这是优秀的小说家必须要去写的。这是一个很小的细节,却能体现出一个伟大的作家和一个一般的作家之间的差别。

鲁迅对此的处理十分精彩：他先是写"我"如何坐在柜台后面昏昏欲睡，然后听孔乙己在柜台外面说要一碗黄酒，都没有看见人，当"我"端着一碗黄酒走到柜台外面时，才看到孔乙己坐在地上，他的腿被人打断了，然后是孔乙己伸出手掌，上面是几文铜钱和满手的泥，这时候鲁迅写孔乙己是如何走来的——原来他是用这双手走来的。

然后我花了五百多元去书店买来了《鲁迅全集》，同时十分想念当年文化馆乒乓球桌下面"文革"时期版的《鲁迅全集》。鲁迅不属于孩子们，属于成年和成熟的读者，通过课文强加给孩子们，其实是对鲁迅的不尊重。虽然我真正发现鲁迅的时候已经三十六岁了，《许三观卖血记》也已经出版，在写作技巧和风格上鲁迅已经不可能影响我了，但是在精神上鲁迅会一直鼓舞我。

二〇〇五年我去挪威，在奥斯陆大学演讲时说到了我和鲁迅的故事，奥斯陆大学研究中国历史的教授勃克曼听完我的演讲后，走过来对我说，你小时候对鲁迅的讨厌和我小时候对易卜生的讨厌一模一样。后来在纽约，我和一位印度作家有一场活动，我又说了和鲁迅的故事，这位印度作家听完后对我说，你小时候对鲁迅的讨厌和我小时候对泰戈尔的讨厌一模一样。

我一直在想，人的一生中会有很多有益的经历，可是总结起来就是几句话。我刚才说了，年轻的时候会去寻找名人名言，来判断对自己的写作是否有帮助，绝大多数是没有用的，确实也遇到过有用的,这个概率是九牛一毛中的一毛。八十年代我读到过一本关于怀疑主义的小册子,当时我意识到怀疑主义的思维方式适合像我这样的小说家的思维方式,怀疑主义认为任何一个命题的对面都存在着另外一个命题。这句话在今天看来可能没有什么意义了,但是在八十年代我刚刚读到时觉得很新奇,就是说每一个事物都包含着两面性,通俗的说法就是每一个钱币都有两面,这个道理告诉我不要武断地去处理笔下的人物、情节和细节,还有另外一面的可能性发生,这对我后来的写作有很大的帮助。

还有两个对我也有影响,当时我读了海明威的《丧钟为谁而鸣》,小说本身我印象不深了,但是在小说的扉页上海明威引用了约翰·多恩[1]的一首诗:"没有谁能像一座孤岛,在大海里独踞/每个人都像一块小小的泥土/连接成整个陆地/如果有一块泥土被海水冲去/欧洲就会失去一角/这如同一座山岬,也如同你的朋友和你自己/无论谁死了,都是自己的一部分在死去/因为我包含在人类这个概念里/因此我从不问丧钟为谁而鸣/它为我也为你。"当年我读到这首诗的时候深感震撼,我写作中的同情和悲悯之心就是在那个时候被激活的。那时我还读了易卜生的《培尔·金特》,在译者前言里提到了易卜生说过的一句话,后来直到我写出《兄弟》之后,才发现原来易卜生也对我产生了作用,也影响了我。易卜生的这句话大意是,我们每一个人都是社

1　约翰·多恩(John Donne,1572—1631),英国玄学派诗人。代表作有《破晓》《歌谣与十四行诗》《神圣十四行诗》《给圣父的赞美诗》等。

会中的一分子,所有社会中的弊病我们都有一份。易卜生的这句话和约翰·多恩的"丧钟为谁而鸣"殊途同归,从两个方向讲述了同样的真理。这让我知道了写作的时候,应该把自己放置在什么样的位置上:当别人受难的时候,我应该觉得也是自己在受难;当别人犯罪的时候,我应该觉得也是自己在犯罪。

一个作家在写作的时候,成为一个叙述者,此时的他与生活中的他是不一样的,当他写到笔下人物充满同情心的时候,他会觉得这同情心就是他的;当他写到笔下人物痛苦的时候,他会觉得这痛苦就是他的。我很久以前读到过别林斯基[1]评价托尔斯泰的《安娜·卡列尼娜》的文章,别林斯基有一段话当时令我印象深刻,他说安娜·卡列尼娜就是托尔斯泰,渥伦斯基就是托尔斯泰,卡列宁就是托尔斯泰,列文就是托尔斯泰,里面所有的人物都是托尔斯泰。当时我只是觉得这句话很有意思,并不太明白别林斯基对托尔斯泰的理解,多年以后我才明白过来,托尔斯泰在写作的时候很好地完成了角色转换,他在写到安娜·卡列尼娜的段落时自己就是安娜·卡列尼娜,他在写到列文的段落时自己就是列文……当一个作家写作的时候,首先要做的就是把自己虚构成一个叙述者,然后再用这个叙述者去虚构作品,这个叫二度虚构。当作家把自己虚构以后,他用的是什么样的情怀,那么他展现给我们的就是什么样的作品。

1　维萨里昂·格里戈里耶维奇·别林斯基(Vissarion Grigoryevich Belinsky,1811—1848),俄国革命民主主义者、哲学家、文学评论家。

我是在没有书籍的"文革"时代成长起来的，当我认真阅读文学作品的时候已经在写小说了，我一边写一边读。第一个对我写作产生影响的作家是川端康成，我读到了他的《伊豆的舞女》。当时"文革"结束没几年，中国的伤痕文学方兴未艾，《伊豆的舞女》给予我启发，那就是除了控诉，伤痕也可以用另一种方式表现出来，我当时意识到每个人内心深处都是有伤痕的，有些与时代、政治有关，有些只是与自己的经历有关。一九八三年到一九八五年期间，我一直迷恋川端康成，把他所有在中国出版的小说都读了，他重要的小说比如《雪国》，我都是买两本，一本用于珍藏，一本用于阅读，同时我的写作也在模仿他。那时我二十岁出头，他对细部的描写让我入迷，那种若即若离的描写，似乎可以接触到，又似乎游离开去了。我发现他不是用确定的方式描写细部，而是用不确定的方式，一个细部的后面似乎存在着另外几个细部，细部由此宽广和丰富起来。虽然多年以后我的写作风格与川端康成大相径庭，但是我很幸运第一个老师是他，他教会了我处理细部的能力，这样的能力决定了一个作家能走多远。川端康成给予我的帮助还有文学思维的开放性。我记得他有一个中篇小说，描写一个人养了一只鸟，在故事结束的时候鸟死了，那个人很悲伤，这时他读了一位母亲的日记，川端康成用这位母亲日记里的一句话作为故事的结尾。这位母亲的女儿在十八岁时因病去世，下葬前要化妆，母亲就坐在死去女儿的身边，看着死去的女儿，心里想：女儿的脸生平第一次化妆，真像是一位出嫁的新娘。川端康成让母亲把死去的女儿想象成出嫁的新娘,这让我觉悟到了什么是文学的思维方式。

他还写过一本书,日本叫"掌小说",就是我们中国所说的微型小说,其中一篇好像叫《竹叶舟》,他的叙述没有一丝悲伤的意味,我读到的却是悲伤。小说写一个女子的未婚夫去中国打仗了,就是中国的抗战时期,有一天她接到一封信,信的内容是通知她,她的未婚夫在中国战死了。那个女子拿着这封信,走出家门,在往村庄里走去时看见有一些工匠正在盖一个新房子,她就站在那里,心想会是哪一对新婚夫妻住进去?故事就这样结束了,这是典型的川端康成风格。

最初写作的时候我一直在学习他,学了三年以后我发现自己掉进了川端康成的陷阱。我当时很年轻,过度迷恋他到了不能自拔的地步,我明显感觉到自己的小说越写越差,我的写作被川端康成五花大绑了,这时候命运让我遇到了卡夫卡。

一九八六年的时候,我从海盐去杭州,和一位杭州的作家朋友去书店买书,看到有一本《卡夫卡小说选》,只剩下最后一本了,我的朋友抢先买下,我希望他把这本书让给我,他不答应,因为当时的书基本上只印刷一次,过了这个村就没那个店了。晚上我住在这个朋友家里,仍在说服他把《卡夫卡小说选》给我,他还是不答应。我说你住在杭州,我住在海盐,你以后还有机会再买到这本书,可我不会有这样的机会了。他说以后要是在书店里再看到这本书一定为我买下。后来他说到了《战争与和平》,

他说当时错过后再也没在书店里看到过了。我说海盐的书店里还有一套，你把《卡夫卡小说选》给我，我回海盐把《战争与和平》买了寄给你。他同意了。就这样，我带着《卡夫卡小说选》回到海盐，那时候已经是冬天了，我是躺在被窝里阅读的，读的第一篇是《乡村医生》，那个晚上我失眠了，小说里面有一匹马，说有就有，说没有就没有，没有任何逻辑性，但是又觉得很合理。那个失眠的晚上让我知道以后要怎么写小说了，就是自由地去写。然后我写出了《十八岁出门远行》，批评家们普遍认为这是我的成名作。卡夫卡是我的第二个老师，他不是在技巧上教会了我什么，而是让我知道写作是自由的，可以想怎么写就怎么写。我的写作被解放了，此后我想怎么写就怎么写，我的写作开始无所畏惧，再也不用担心自己这样写那样写是否正确，因为文学的世界里根本不存在对错，只是不同的人站在不同的立场和角度发出对与错的评语而已。

二〇〇七年四月二十日　上海

歪曲生活的小说

第奇亚诺·斯卡尔帕生于一九六三年的威尼斯，与苏童同龄。我见过他两次，第一次在罗马，在一家古老的餐馆里；第二次在都灵，在鸵鸟出版社的一个聚会上。第奇亚诺·斯卡尔帕是一个生机勃勃的光头男人，他和人拥抱时十分用力，而且喜形于色。《铁栅栏上的眼睛》[1]是他的第一部小说作品，也是我第一次读到的他的作品。这个光头以前写过故事等其他形式的作品，后来也写过不少，他的主要作品有《宣言》《阅读》《影线》和《团结》等，我想以后会有机会读到这些作品的中文版。

《铁栅栏上的眼睛》是一部歪曲生活的小说，我的意思是第奇亚诺·斯卡尔帕为我们展示了小说叙述的另一种形式。当我们的阅读习惯了巴尔扎克式的对生活丝丝入扣的揭示，还有卡夫卡

---

[1] 本书为斯卡尔出版于1996年的长篇小说，由人民文学出版社于2002年引进中国。本文为余华为此作品所著的推荐序。

式的对生活荒诞的描述以后,第奇亚诺·斯卡尔帕告诉我们还有另外一种叙述生活的小说,这就是歪曲生活的小说。

这部小说在一个女人和两个男人之间展开,不过这不是一部通常意义上的三角爱情小说,他们之间似乎有一些爱情,问题是第奇亚诺·斯卡尔帕的叙述油腔滑调,使小说中原本就寥寥无几的爱情也散发出了阵阵馊味。这三个人都是大学生,卡罗琳娜是美术学院的学生,她的谋生手段是给一家日本的漫画杂志补画人体的生殖器官,她的才华是为了让这些器官变得稀奇古怪和扑朔迷离,她认为自己的工作是要重新塑造这些玩意儿,而不是惟妙惟肖地去展示它们,一句话就是要歪曲它们。法布里齐奥是经济专业的学生,他的房东太太不相信香奈尔或者兰蔻这类化妆品,而是迷恋于年轻男子的精液,于是法布里齐奥每天都要为这位房东太太像挤奶一样挤两次精液,以此作为他的房费。阿尔弗雷德学的是文学,他正在准备一份让他时常陷入噩梦的论文,这篇论文是专门议论陀思妥耶夫斯基小说中的反面人物。

应该说阿尔弗雷德是小说的叙述者,这位沉沦在"极度的苦闷和毁灭性的幻想之间"的陀思妥耶夫斯基的研究者,在四月的某一个下午走出了图书馆,他想闻一闻雨的味道,然后上了一艘小轮渡汽船。就这样故事开始了,阿尔弗雷德遇上了卡罗琳娜。当时的卡罗琳娜一副精神失常的模样,她浑身湿透,腹泻的污迹从裙子下面滴下来,渗到浅色的袜子上,若无其事的卡罗琳娜随后翻身跳进了大运河。阿尔弗雷德与卡罗琳娜相遇之后,他研究的热情开始从陀思妥耶夫斯基的反面人物转到了卡罗琳娜这里，他收集整理了这位姑娘以及她和法布里齐奥关系的消息、资料和日记。整部小说的叙述似乎就是消息、资料和日记，如同烟火似的零散和耀眼。卡罗琳娜和法布里齐奥是一对年轻的情人，可是若要从他们那里去寻找爱情，就像在两棵枯树身上寻找绿色一样困难。法布里齐奥每天必须两次将自己的精液挤出来，带着体温贡献给房东太太已经衰老而且还在衰老的脸，当他再面对卡罗琳娜时，他还有什么呢？卡罗琳娜也强不到哪里去，由于经济拮据她只能住在爷爷的房子里，她那好色的爷爷连孙女都不会放过。卡罗琳娜不堪忍受爷爷的性入侵，决定搬走，于是她的爷爷就向她保证再不会强暴她了，她留了下来，可是没多久，她的爷爷又重操旧业，卡罗琳娜夺门而出，在雨中走上了轮渡汽船。小说结尾时解答了开始时留下的疑问，卡罗琳娜为什么走在人群里时让腹泻物顺着腿往下滴？卡罗琳娜为什么跳进了大运河？

第奇亚诺·斯卡尔帕在这部小说中尽情发挥了他歪曲生活的才华，叙述是由截然不同的两组语言组成，一部分是堂皇的书面语言，另一部分则是粗俗的垃圾语言，两类风格的语言转换自如，就像道路和道路的连接一样，让阅读在叙述转弯的时刻几乎没有转身的感觉。这样的叙述风格有助于第奇亚诺·斯卡尔帕写作的欲望，这个光头作家在描述生活时，甚至是浅显明白的生活时，使用的差不多都是被歪曲或者正在被歪曲的材料，他这样做其实是为了让生活在我们的视野里突出起来，或者说让我们的感受在我们的生活中浮现出来。

我想这是第奇亚诺·斯卡尔帕歪曲生活的真正用意,也是他写作的乐趣所在。值得注意的是,第奇亚诺·斯卡尔帕在使用那些歪曲的材料时,并不是将它们建立在虚无之上,或者说建立在歪曲之上。恰恰相反,他将这些歪曲了的材料建立在扎实的生活之上,而且很好地去把握这中间的分寸。当写到卡罗琳娜跳进大运河,阿尔弗雷德也跳进水中去救她时,第奇亚诺·斯卡尔帕没有忘记一个小小的生活细节,他让阿尔弗雷德在落水之前先将照片塞进衬衣里。那是阿尔弗雷德为关于陀思妥耶夫斯基那篇论文所筛选的照片。我的意思是说,第奇亚诺·斯卡尔帕在这样的叙述里要做的不是抹杀什么,而是要抢救什么。让那些逐渐消散到岁月里的记忆,让那些逐渐淹没在生活中的奇思妙想重新出人头地。有时候,歪曲生活的叙述比临摹生活的叙述更加接近生活本身,第奇亚诺·斯卡尔帕很轻松地证明了这一点。

很多年前,我在阅读法国作家拉伯雷的小说《巨人传》时,曾经读到过拉伯雷引用的大段的法国民间谚语,其中有一句让我至今难忘,意思是若要不让狗咬着你,最好的办法就是永远跑在狗的屁股后面。我在想,要是用跑在狗的屁股后面这样的思维方式来阅读这部《铁栅栏上的眼睛》,那么就有可能获得更多的乐趣。

二〇〇三年一月二日

我已经懂得如何尊重我笔下的人物

　　大概是一九九二年春节后，睡一个午觉醒来，出现了《活着》这个书名，感觉来了，就开始写了。

　　当时我住在一个八平方米的平房，在北京的五棵松和玉泉路之间的地方，那个地方很小，里边只放了一张单人床，平房里边还有个水槽——真是麻雀虽小，五脏俱全——冰箱、洗衣机、电视机都有。但有朋友来看我，在屋里边坐着的时候，床上得坐两个人，因为椅子只有一把。如果一个人说要外出去上公共厕所，所有的人都得起来、走到外面去，要不都出不去！那些朋友上完厕所回来的话，我们大家都得要起来、出去，他才能够进来坐在床上。我写作的书桌的后面是个书柜，书桌是紧挨着书柜的，书柜下面的柜子是放衣服的，所以每次要换衣服都得把书桌给挪开，才能打开柜子。要在上面找书的话，电视机跟冰箱不是把它给挡了吗，所以还得把它们挪一下再去找书。

我就在那很小的空间（大概就跟你们现在的课桌一样大）里开始写作，把《活着》的"解放前"部分写完了。"解放前"写得很顺利，我记得大概不到一个月就写了三四万字。这对我一个写作速度很慢的人来说，已经是超水平发挥了。《活着》"解放前"一写完以后，"解放后"的部分卡住了，不知道该怎么写。其实我是跟着福贵的命运走的，之前没有想得很清晰。我在写长篇的时候，我不希望想得很清晰，讲得很清晰，这样会缺少一种意外的惊喜。写作还是希望有一种意外的惊喜，我是一个比较贪婪的人，希望命运给我一些更多的恩赐和灵感。

"解放前"写完以后，其实我已经不知道"解放后"怎么写了，因为之前的精力全部放在"解放前"。那个时候我回浙江了，回去以后的一天，很有意思，把"解放后"的段落的第一段话写出来，写完以后所有东西就喷涌而来。有时候其实写作其实就像水龙头一样，"摸到"开关的方式其实很简单，就是你不断地写，写这一段，不对的话再换一段，开关肯定会被你"摸到"的。所以我印象中我到了嘉兴以后，"解放后"很顺利就摸到开关。在北京的时候，"解放后"的开关不知道再去哪了，"解放前"已经把水放光了，解放后的水龙头在哪里？找不着！到了嘉兴以后，突然坐下来告诉自己，我必须得写了，要不这个小说又半途而废了！结果第一段写完以后，"啪"打开了，大概两个月左右写完了。

我觉得这个水龙头开关是一种感觉，这个感觉是要承前启后的，因为跟福贵解放前的生活要有关系的。感觉是带有运气的，它不是你一种正确的判断，有时候我感觉我是对的，却可能越走越远了——我跟一些数学家也交流过，这有点像理论数学，你要是前面只偏了 0.00000001 毫米，你计算到最后可能偏了 10 公里——这真是一种人生的运气，就是从一开始直到最后始终没有偏，你才能够找到真理。写作也是一样，刚开始写作时，很容易被一种感觉给迷惑。尤其你们年轻人写作的时候，觉得前面写出了几句很好的话以后舍不得扔掉它，其实应该把它放下，不是说要你们抛弃它，而是把它放下，为什么？它可能适合于你们另外的一部小说的开头，而不是这一部。

我是一九八二年开始创作，所以在一九九二年写《活着》的时候，已经有了十年的写作经验了，当时"摸到"水龙头一打开，我就知道那是我要的水。那是清水，不是那种生锈的水，那是能喝的水、能煮饭的水、能熬汤的水。所以一下子"找到"的感觉是很奇妙——但也可能再写一万字，又发现好像那不是我要的水龙头，因为它水已经流光了！当然必须要储存比较丰富的水，你随时都可以打开来，源源不断，也可以暂时把水龙头关上，而要保证明天打开它继续出水。

是什么念头促发您开始《活着》的创作，为何以此二字为书名？

想写这样一部小说，是因为一直想写一个中国人和他命运之间的关系。这样的想法已经有很长的时间了，因为二十世纪中国人的命运很值得去写。也就是中午睡了个午觉，醒来有了《活着》这个书名以后，我突然发现这个小说可以写了。所以后来在韩文版的自序里我曾经写过："活着"是汉语里最有力量的词汇之一，它的力量不是来自喊叫，也不是来自进攻，而是忍受，忍受"活着"给你带来的一切。假如当时没有想到《活着》这个书名的话，可能这个小说我不会知道怎么写，甚至可能会用另外一种方式去把它写完，而不是现在这样的一个方式。

在创作中，什么是您想表达的核心？

因为写作的过程，有点像人生经历的过程，尤其是写篇幅稍微长一点的小说。它不是几天能够完成的，它可能是几个月甚至是几年才能够完成的，所以就和经历人生是一样的。《活着》里核心的东西，是在写的过程中逐渐地发现的。写作的过程，其实也是一个发现的过程。最重要的一点首先是发现了自己、发现自己拥有什么，因为人类的情感是相通的，人类的思维也是相通的，当你发现自己拥有什么，写出来以后大家都会产生共鸣的话，那就意味着你写下的是一个普遍的东西，而不是一个个人的东西了。当时越往下写《活着》，我越感觉到福贵这个人好像就是为了"活着"本身而活着的，而且我坚信不疑，生命要求他活下去，所以他就活下去了。

如何理解梁启超先生多年前送给广大学子的"无负今日"四个字？

能够做到无负今日的话，肯定过去做得不错。梁启超在写"无负今日"的时候，显然他已经过去做得很好了。我也过去做得不错，所以我才能够在这给你们上课，要不我还在海盐拔牙。

我在一边拔牙一边开始写小说。那个时候是八十年代初，南方冬天很冷，夏天很热。我印象很深，在冬天写作时右手不断地动，左手是冰凉的，右手是滚烫的——这是活人的手，那是死人的手。到了夏天又非常热，而且蚊子又很多（白天还得拔牙，所以只有晚上写作），晚上穿着很厚的牛仔裤，因为蚊子咬我的时候要突破牛仔裤很厚的布料，下面穿着一双很高的雨鞋；但身上是光着的，后面吹着我父亲淘汰下来的一个小电扇，不让它袭击我的后背；左手绑一条干的毛巾，要不稿纸湿了我得重新写！就这样写，终于把我自己送进了北师大。后来有人问我，你为什么不愿意回浙江？我一来北京就不想回去的一个原因，就是北京有暖气，我们南方冬天太冷了！

所以无负今日，最关键是你过去做得好。过去你做好了，你肯定不会辜负你的今天了，如果你过去没做好，那就可能辜负了我们梁先生的期望。

您如何理解"忍受"和"怯懦"两种不同的生活态度？

"活着"这个词汇的力量，它不是进攻型的，而是一种忍受。怯懦其实是人的一种美德，只有善良的人他才有恐惧，他才会怯懦。人有恐惧、有怯懦，有这样那样看起来未必好的品质，其实是人类能够生存下来的最重要品质，是我们的一种好的基因。人是要有恐惧感、敬畏感、怯懦感的。（当然你上战场时应该是勇敢的。）

一个人处在一个不同的环境里，其表现是不一样的，因为人是由各种情感组成的，而非只有一种情感，所以他能表现出跟场合有所吻合的情感，而在另一个场合可能表现出另一种情感。在把握人物的时候，你们也要注意到一点，就是当这个人物进入到某一个场景的时候，他的情感可能是要变化的，你们就要把这个变化写出来。

福贵这个人物，是否可以算作悲剧人物？

《活着》中的福贵这样的人物，他是一个悲剧人物吗？那么多年之后我才开始重新思考，他确实经历了很多苦难，但我认为他不是一个悲剧人物。文学作品中的人物，悲剧性都是用结局来决定的，比如莎士比亚的《麦克白》《李尔王》《奥赛罗》，主角出来的时候都不是悲剧人物，而且是掌握着权力的、高高在上的人，是最终的结局让他们成为了悲剧人物。安娜·卡列尼娜是悲剧人物吗？假如没有结尾中托尔斯泰那伟大的几页描写，安娜·卡列尼娜在沿着铁轨一路走过去，最终选择卧轨自杀的话，安娜·卡尼娜可能不是一个悲剧人物，但是由于在小说结尾她选择了结束自己的生命，这是完成了作为一个悲剧人物的结局。《包法利夫人》也一样。

所谓的悲剧人物要看这一点：他的结局是不是悲剧的结局。当然也有反例，比如鲁迅先生笔下的祥林嫂，一出来就是一个悲剧，她不断地不断地说自己的悲剧，她的结局也是悲剧。但是福贵不一样。悲剧人物有一个特点，就是在结束的时候他是悲观的和绝望的，但是福贵没有，福贵是一个乐观的人，在小说结尾他依然是很乐观的，从他自己的感受来说，他依然很好地活下去，所以我认为他不是一个悲剧人物。

《活着》对您的创作而言，在写作方式和技巧上，有什么突破和转变吗？

我刚开始写《活着》时是用第三人称的。因为你们都是写作专业出身，对我的过去也应该了解一点，知道我在《活着》之前是一个先锋派作家，上一部长篇是《在细雨中呼喊》，所以还是沿用了上一部的方式,沿用第三人称写作。但是怎么写都不顺利,后来写不下去,把它改成了第一人称,就让福贵自己来讲自己的故事,很快就写完了。

当时我没有意识到这个改变带来了什么,仅仅认为这是一种技巧上的选择,从第三人称变成第一人称,等于从一个旁观者的角度变成了自我的角度。

但是过了一些年以后,我开始发现不是这样,在某种程度上这也是一种人生态度的改变。福贵这样的一个人,要是从一个旁观者的角度来看的话,他除了苦难以外没有什么——读者在读《活着》时会觉得,他经历了太多的苦难了,除了苦难就是苦难——但是富贵从自己的角度来讲述一生的故事时,其中是充满了幸福感,他觉得自己曾经拥有过一个最好的妻子,又有过两个最好的孩子,虽然他们已经离他而去了,但他曾经拥有过他们。于是我就开始发现,人生的价值是属于自己的感受的,不属于别人的看法。从旁观者的角度看,富贵肯定是很悲惨的、充满苦难的一个人,但是你从他自己的感受中,他认为他一生过得很幸福,到老了以后还有一头老牛陪着他。

视角的转变,对您之后的写作、看待世界、与世界去建立联系有什么样的转变?

在《活着》之前的那些作品中,我觉得我是我笔下人物的主宰者，他们该怎么样就怎么样，所以我的很多作品中，就早期那些中短篇小说里人物基本上都像符号一样，我认为他们不需要有生命。《活着》之后，我已经懂得如何尊重我笔下的人物，我觉得他们很重要，人物是有自己的生命的。《活着》写完以后，我跟福贵伴随了一年左右，我突然发现他有他的人生观、价值观，有些地方跟我是吻合的，有些地方跟我是不一样的。当一个作家开始尊重自己笔下的人物，那么他就会尊重别人了。以前我们一直认为现实生活中的人，父母、老师、同学、朋友们，都会对自己产生影响，还有阅读、学习都会产生影响，但后来我发现写作也会产生影响，你自己笔下的人物，反过来会影响你的人生观、世界观，这是《活着》给我带来的一个启发。

"活着"是由每一个当下和现在组成的，当下和现在的意义是否战胜了一切？

因为我们能够触摸到、听到、看到、闻到的，就是"现在"。甚至哪怕在梦境中也是"现在"的，只有"现在"是真实的、可以抓住的。但问题是"现在"的价值在哪里？就在于它有"过去"，以及"将来"。对于"过去"，你可以用来回忆，而且它给你提供了很好的经验，无论是在生活也好，在学习中也好，在写作中也好，都可以让你第一时间做出判断，下一步应该怎么做，这实质是"过去"提供给你的。而过去是已知的，将来是未知的，哪怕我的过去和现在再怎么不顺利，我还有时间，我还有"将来"——假如将来也像过去一样已知的话，就没有意义了。

所以"现在"是最有价值的，这一点我是同意的，因为我们就生活在现在，将来、下一秒、明天会发生什么我们不知道。假如没有过去和将来的话，我们此刻生活的现在是很单薄的，是没有价值的，它就像无源之水一样，而且也不知道流到什么地方去。

能否结合您的写作道路，给初学写作者一些具体的经验？

在写的过程中，你也在读它。如果说一个作家是为读者写作，这其实很难做到，因为读者是你不认识的（不是你一个宿舍里的几个人，假如在像《收获》这样的杂志发表的话，可能就会有很多读者读到了）。所以一个作家在写作的过程中是双重身份的：一个作者的身份，以及一个读者的身份。作者的身份，是负责把叙述往前推进；读者的身份是在判断，相当于一个纠错的机制。

你们在写作过程中总觉得"我这句话没写好""标点符号点错了""这个地方是不是需要什么"，其实那是你读者的身份在发言。所以要相信自己的感觉，你只要自己感觉好，就肯定写得对，因为是你读者的身份这样告诉你。但重点在于你是不是一个好的读者，只有当你是一个好的读者，才能够判断出你在写作过程中什么地方是可以过关的、什么地方不能过。

而且你们已经阅读了大量的文学作品，你们要把阅读别人的文学作品的感受，转化到对自己写作的把控中。只要能够掌握到这一点，你的写作就会一步一步地往前走了。

关于小说中对话的处理，您有什么可传授的技巧吗？

对一个作家来说，对话肯定是很大的考验。一个作家会写对话了，才能够越走越远。我最开始就很害怕写对话。你们年轻的时候可以这么干（我发现你们已经这么干了：对话不在引号里处理，把它用叙述的方式处理，这样的对话不需要表现出人物的语气和行为方式来），但是你们总有一天必须正视"对话"，如果你们的写作还在继续、如果你们去教育那些更年轻的人如何去写作的话，也会面临这个问题：如何写好对话？

第一，符合人物的身份，以及他所掌握的知识结构，这是一个前提。你不能让一个老农民来说一些像教授一样的话，起码一个农民的嘴里不要出现黑格尔这样的名字吧——但不是说农民都不知道黑格尔，可能有，但是在读者对农民的认知里，他们跟黑格尔是没有关系的。可能有一个农民去买农作物种子的时候，看到人家包种子的报纸上印着黑格尔三个字，他觉得这个名字好玩，于是就记住了。这样的可能性是有的，这既符合他的身份，又符合他的知识结构。第二，生动。生动的对话能够被人记住，你们要尽量往生动里写。第三，要求语言跟人物的命运相匹配。其实你们只要做到前两者，第三点自然就出来了。第一、二步是你要自己注意的，第三、第四、第五步自然就会走到你面前来，你不需要走过去了。写作就是这么奇妙，刚开始你觉得有点困难，有点像一种争斗，他想打赢你，你想打赢他，但是一旦你赢了，他就臣服于你了，他就会把他所有东西全部献给你。写作就是这样，前面几个关键，把握好就够了。

对于短篇和长篇两种体量的创作，您一般如何抉择？有何不同技巧？

短篇小说相对来说篇幅比较短，你肯定会考虑得比较充分，创作的过程基本在你的把握之中；长篇小说有时候你控制不了，因为假如你要是写三年五年的话，你的生活会出现变化，这时你会不太认同自己刚开始写时的想法了。这种事情经常会发生，所以写短篇小说问题不大，写长篇小说一定要记住一点，就是你在想"我要不要写这个小说"的时候一定要慎重，首先要考虑你对这个题材的热情能不能维持两年到三年——如果你认为只能维持一两个月，不要写。

三十年了，如果让您再写《活着》，会有怎样的变化？

可能还是这个书名,但写出来可能完全是另外一个故事,因为我现在的感觉跟三十年的感觉完全不一样了。可能是一部我都不知道是什么样的小说,假如我要是这个《活着》的书名没有用的话,我可能会给以后的某一部作品用这个书名。一个作家他只有在特定的时间下,才能够写下某一部作品。如果换一个时间,他写不出这样的作品——他能够继续写作,他能够写出别的作品来。但只有我在三十二岁的时候,我才是属于《活着》这本书的;当我到了三十五岁的时候,我属于《许三观卖血记》了。而现在的我,已经都不属于这两部小说了。

假如您没有写《活着》,您会写一本什么书?

假如我当年没有写《活着》的话,我依然会写"一个人及其命运的关系"这样的一篇小说。但是我估计现在写的话,不会有那么多的苦难了!因为现在年龄不一样了,我在写《活着》的时候是三十二岁,现在已经六十二岁了;人的感觉完全不一样,而且那个时代的感觉跟现在时代的感觉也完全不一样;我们那个时代对"活着"的理解跟今天这个时代的理解又不太一样。

所以一个作家他只能写他所处时代的作品,不是说他生活过的时代,而是说他写作的时间。我在二〇二〇年时的心态,和我在一九九〇年时的心态已经完全不一样了。这个时候再去写一九九〇年时的作品,基本上是写不出来了;但是反过来也一样，今天的心态下写出来的作品也是三十年前写不出来的。

跟您创作《活着》之时相比，现在您对"活着"有何新的理解吗？

我的写作肯定是会出现变化，但是对"活着"的理解基本上已经不会再有太大的变化了。当你们开始发表作品、掌握一种叙述技巧后，你们会很不愿意抛弃它，抛弃旧的东西（尤其是已经熟练掌握的东西）是很难的，但往往是旧的东西会阻碍你们往前走。人生也是一样的，不管你们是从事学习、写作、研究，还是从事别的行业，在考虑"如何让自己往前走"的时候，你不得不把自己最喜爱的、最熟练的东西放下来——我所指的"放下"不是抛弃它，因为很可能过几年以后你又把它拿回来了——只要是属于你的东西，它会永远跟随你。你在不同的时候需要不同的东西，这就是所谓的求知。追求知识是没有止境的。同理，写作其实也是一种人生、一种技巧，同时考验了一个人的知识面是否够广。以托尔斯泰为例，托尔斯泰的短篇小说都能写得大气磅礴，你不得不服！这是因为他有一个很大的世界观、人生观，所以写短篇小说时都能够显得如此地大，这不是一般人能做到的，但显然他做到了。

你们在今后的写作中，也会在不同时期遇到不同的困难。当你们遇到困难的时候，就意味着你们要进步了。你们在写作的过程中觉得一帆风顺而没有遇到困难的时候，其实可能是在原地踏步。所以不要害怕困难，越遇到困难就越意味着：命运在向你招手，带你们走向一个更好的地方、更高的境界。

（此文整理自二〇二二年电影《无负今日》余华大师课）

写作的乐趣

我一直认为写作是一种乐趣，一种创造的乐趣。最初写作时的主要乐趣是对词语和句子的寻找，那时候最大的困难是如何让自己坐下来，让屁股和椅子建立友谊，我刚开始写作时才二十岁出头，这是一个坐不住的年龄。想想当时我的同龄人在到处游荡，而我却枯坐在桌前，这是需要极大的耐心来维持的，必须坚持往下写，然后突然有一句美妙的语言出现了，让我感受到喜悦和激动，我觉得自己艰难的劳动得到了酬谢，我再没有什么可抱怨了，我枯坐桌前也同样有无穷乐趣。

随着写作的继续和深入，仅仅是词语和句式的刺激显然不够了。写作的篇幅也是越来越长，从短篇小说到长篇小说，这时候人物的命运和叙述的起伏是否和谐，是否激动人心，就显得更加突出。对一个长期从事写作的人来说，有时候写作已经不单纯是在写作，更像是一种人生经历，尤其是长篇小说的写作，长达一年或者几年几十年的时间,写作者的情感往往和作品中人物的情感同舟共济,共同去承受苦难,也共同去迎接欢乐。这时候得到的乐趣会让我们相信,虚构的世界比现实的世界更加引人入胜。

最后我要谈的是一个非常重要的经验:任何一个写作者同时也是读者。写作者必须重视自己读者的身份。正是在阅读很多经典作品时带来的感受,才会不断纠正自己在写作过程中的错误。

一九九九年十一月十二日

图书在版编目（CIP）数据

　　我的文学白日梦：余华散文精选 / 余华著. -- 北京：北京联合出版公司，2023.4（2024.10重印）
　　ISBN 978-7-5596-6770-0

　　Ⅰ.①我… Ⅱ.①余… Ⅲ.①散文集–中国–当代 Ⅳ.①I267

中国国家版本馆CIP数据核字（2023）第044989号

我的文学白日梦：余华散文精选

作　　者：余　华
出 品 人：赵红仕
责任编辑：高霁月
选题策划：大愚文化
产品总监：孙淑慧
特约编辑：董子鹤
装帧设计：宋祥瑜
封面插画：宋祥瑜

北京联合出版公司出版
（北京市西城区德外大街83号楼9层 100088）
北京盛通印刷股份有限公司印刷　　新华书店经销
字数194千字　880×1230毫米　1/32　9.5印张
2023年4月第1版　2024年10月第3次印刷
ISBN 978-7-5596-6770-0
定价：59.00元

版权所有，侵权必究。
未经书面许可，不得以任何方式转载、复制、翻印本书部分或全部内容。
本书若有质量问题，请与本公司图书销售中心联系调换。电话：（010）64258472-800